Warum fühlt sich das Leben manchmal so schwer an? Und wie kann es gleichzeitig so wunderschön sein? Die zurückhaltende Eva und ihre lebenskluge Nichte Lou sind das Zentrum einer Familie, in der die anderen nur um sich selbst kreisen: Evas Schwester, deren Liebhaber, der zurückgezogene Vater, auf dessen Schultern etwas so Schweres lastet, dass niemand sich traut, danach zu fragen. Sie alle sind bestimmt von ihrem Alltag, heimlichen Zweifeln und zu großen Geheimnissen. Bis Eva eines Tages fort ist. Vier Leben stehen still, vier Menschen treten aus der Zeit, blicken sich um und sehen, dass sie mitten in dieser Welt stehen, die manchmal so schwer zu verstehen ist und manchmal ganz unerwartetes Glück bereithält.

GRIET OP DE BEECK, Jahrgang 1973, arbeitete als Dramaturgin, Journalistin und Kolumnistin, bis sie Anfang 2013 mit »Vele hemels boven de zevende« ihren ersten Roman vorlegte. Sie wurde mit dem *De Bronzen Uil*-Publikumspreis ausgezeichnet und für den AKO-Literaturpreis nominiert. Der Roman wurde in Flandern und den Niederlanden ein sensationeller Bestseller. Griet Op de Beecks zweiter Roman, »Komm her und lass dich küssen«, verkaufte sich sage und schreibe 250.000 Mal.

Griet Op de Beeck

Viele Himmel über dem Siebten

Roman

Aus dem Niederländischen
von Isabel Hessel

btb

für dich
(wegen allem und all dem anderen)

reise weit
trinke wein
denke nach
lache laut
tauche tief
komm zurück
        SPINVIS

Perhaps when we find ourselves wanting everything,
it's because we are dangerously near to wanting nothing.
        SYLVIA PLATH

I

MANCHE MENSCHEN
VERGESSEN NIE ETWAS

EVA

Was habe ich noch gesehen?

Eine Frau in der Pommesbude, wie sie mit Einwickelpapier und Bamischeiben und Wechselgeld herumhantierte. Ich habe noch nie einen so traurigen Menschen gesehen. Sie trug ein rosa T-Shirt mit Glitzeraufschrift: LOVE ME. Zwei Worte auf zwei üppigen Brüsten. Ich dachte: Wir sind uns ähnlich. Ich stellte mir vor, wie sie und ihr Geruch nach Frittiertem von einer langen Arbeitsnacht nach Hause kommen würden, in eine leere Wohnung. So wie ich gleich nach Hause gehen würde, in eine leere Wohnung. Aber mit meinen Pommes und dem Frikadellenspieß würde mir das nicht so auffallen. Vielleicht.

Das habe ich heute getan: meine Stadt durchquert und geschaut, einfach dagesessen und die Ohren aufgemacht. Denn das ist, was man tut, wenn man alleine ist. Nachgedacht habe ich auch. Ich denke zu viel nach, sagen alle. Das liegt in der Familie, da kann man nichts machen.

Einen kleinen Jungen habe ich noch gesehen. Er lernte gerade Radfahren. Er fiel bestimmt zehnmal um, aber dann, beim elften Mal, biss er sich auf die Unterlippe, hielt sich fast fünf Meter auf dem Sattel, um dann doch wieder hinzufallen. Mit todernster Miene sagte er: »So, ich kann's, gehen wir jetzt einen Kakao trinken?« Und dann das Gesicht des Vaters. Lächerlich, wie mich das gerührt hat.

Eine Frau um die fünfzig, die sich mit einer Freundin unterhielt. Beide waren ziemlich blond. Mit grellem Lippenstift, als gäbe es jeden Tag was zu feiern. Sie tranken Kaffee, rührten ihren Keks nicht an. Sie gaben sich ganz ausgelassen, was scheinbar wie von selbst ging. Dann prustete die eine plötzlich los: »Ich weiß ja nicht, wie's mit dir steht, aber I am seriously underfucked.« Glucksend schob sie hinterher, sie habe den Satz in einem Film gehört und gedacht: Den muss ich mir merken, trifft ja voll zu. Ob sie einen Mann hat oder nicht, ließ sich aus dem Gespräch überhaupt nicht erschließen. Auch nicht, ob das Lachen ein Weglachen war.

Ein alter Mann mit wachem Blick, der im Fernsehen von seinem Leben und seiner Kunst erzählte. Und von seiner Assistentin. Er sei ganz verrückt nach ihr, sagte er. Alles an ihm strahlte. »Vielleicht sogar mehr als verrückt.« Aber er traue sich nicht, andere Worte zu verwenden, meinte er. Er sagte allerdings nicht, warum. Ich fragte mich, ob Worte nicht zu benutzen das Gefühl irgendwie beeinflusst.

Ich bin allein, aber längst nicht verloren. Manchmal sage ich mir das laut vor. Meistens kann ich darüber lachen.

Ich bin sechsunddreißig. Das ist weder jung noch alt. Ich kann richtig gut beim Autofahren tanzen, auf hohen Absätzen gehen, Risotto machen und lieb zu kleinen Tieren sein. Wie das genau geht, leben, habe ich noch nicht so richtig raus, aber ich kann ziemlich gut so tun als ob. Was schon mal ein Anfang ist, finde ich. Ich kann anderen Leuten auch mit Erfolg erklären, wie es vielleicht gehen sollte, und manchmal nimmt man meinen Rat an, merke ich, was mich doch ein wenig wundert.

Was habe ich sonst noch gesehen? Einen Jungen mit einem Zwischending zwischen einem Bart und Flaum auf der Oberlippe. Er befühlte ihn mit den Fingern, aus Stolz vielleicht oder aus Scham, könnte auch sein. Er stand in meinem Lieblingsbuchladen, wo er sich die Romane meines Lieblingsautors ansah. Zögernd nahm er einen zur Hand. »Tu's«, sagte ich. »Der ist klasse.« Er schaute mich an, als hätte ich ihm gerade einen Heiratsantrag gemacht, geschockt von so viel unerbetener Intimität. Ohne etwas zu sagen, stellte er das Buch wieder zurück. »Am Schluss stirbt er. Jetzt brauchst du es auch nicht mehr zu lesen.« Gleich darauf bereute ich, was ich gesagt hatte.

Und ein Mädchen, zu jung, um erwachsen genannt zu werden, viel jünger als sein Freund, ein Endzwanziger mit getrimmtem Bart. Ich sah sie vorbeigehen, auf dem Heimweg. Er hielt es ordentlich fest, fester als eigentlich nötig. Es lag etwas Wehrloses darin, wie es nichts mit seinen Armen anzufangen wusste. Die kennen sich noch nicht lange, dachte ich. Vielleicht war das Projektion. Weil ich mich zurückversetzt fühlte in den Sommer, in dem ich fünfzehn war. Es wurde mal langsam Zeit, fand ich damals.

Diskotheken waren eigentlich nicht mein Ding. Aber mit Prinzipien kommt man im Leben nicht weit. Da stand ich also, an der Tanzfläche. Es war warm und eigentlich nicht dunkel genug. Ich schwankte zwischen Übermut und dem Bedürfnis zu fliehen. Lächelte einfach vor mich hin, das konnte nicht verkehrt sein. Mir war noch nicht mal aufgefallen, dass sich inzwischen ein Junge neben mich gestellt hatte. Ein absoluter Traumtyp, nach dem Maßstab Sechzehnjähriger: um die zwanzig, markantes Gesicht, braungebrannt, muskulös, hippe Klamotten. Francis heiße er, sagte er.

»Ich arbeite diesen Sommer hier in Nieuwpoort als Retter.« Womit er sofort seinen besten Trumpf ausgespielt hatte: Retter rangierten außergewöhnlich hoch auf der Sommerliebe-Skala. Ich war baff. Ich hatte keine Sekunde lang wirklich geglaubt, hier heute Abend händchenhaltend hinauszuspazieren, und auf einmal stand da dieser junge Gott, dieser Adonis, den der Himmel geschickt hatte und der mir, wie im richtigen Märchen, die unglaublichste Erinnerung an meinen ersten Zungenkuss verschaffen würde. »Was machst du denn so in deiner Freizeit?« Er hatte ein wenig Speichel am Kinn. Hoffentlich sein eigener, dachte ich, war mir da aber nicht so sicher. Der konnte ja auch von einem Mädchen sein, das er vor einer Stunde dasselbe gefragt hatte. Abgelenkt von dieser allzu menschlichen Entstellung seiner Schönheit antwortete ich völlig daneben, weil ehrlich: »Lesen und Musik machen«, worauf er mit »kräuselndes, säuselndes Wasserding« antwortete, als seien diese drei Worte von Guido Gezelle ein auswendig gelerntes Liebesgedicht, um mir zu imponieren. Ob ich Lust hätte, mit ihm am

Wasser spazieren zu gehen? Wenige Minuten später gingen wir Arm in Arm die Brandung entlang. Ob ich hier in der Nähe wohnen würde? Meine Eltern hatten eine Ferienwohnung gemietet. Die wolle er gerne mal sehen. Sobald wir da waren, begann er mich ohne jede Umschweife zu küssen. Er mich, so musste man das sagen. Mein Mangel an Erfahrung hielt ihn nicht davon ab, er leckte und biss einfach drauflos. Wie ein Irrer ging er mit seiner Riesenzunge rein und raus und wieder rein. Er war vermutlich der allerschlechteste Küsser von Nieuwpoort und Umgebung. Keine Ahnung. Völlig überrumpelt ließ ich ihn gewähren. Schließlich hatte ich jetzt einen Freund, das sollte mir etwas wert sein. Dann machte er sich an meiner Hose zu schaffen: erst der Gürtel, dann die Knöpfe, und ehe ich mich versah, schob er plötzlich die halbe Hand in mich rein. Ich stieß ihn von mir, eher vor Schreck als aus Prinzip, woraufhin er sich mir gegenüber auf einen Sessel setzte und eine Zigarette anzündete. »Das passiert mir echt ständig, dass ich mir die hässlichen Mädchen raussuche. Die sind meistens am willigsten. Aber diesmal hab ich mich anscheinend geirrt.« Ich habe ihn keiner Antwort gewürdigt, obwohl das eigentlich sonst nicht meine Art ist. Als mich Klassenkameraden im September fragten, wie ich den Sommer verbracht hätte, antwortete ich: »Vor allem bei meinem Freund Francis, dem Retter.«

Ich glaube, ich habe Talent für die Liebe. Das mag sich vielleicht blöd anhören, aber ich sage es trotzdem.

Acht Jahre und sieben Monate bin ich mit Frank zusammen gewesen. Vor einem Monat sehe ich ihn da plötzlich stehen, in der Bahnhofshalle, den Blick auf die Abfahrtszeiten geheftet. Kein bisschen verändert, nach all den Jahren. Bleiche Haut, verträumter Blick. Ein Körper, der immer in Eile scheint, als käme er zu spät und gehe deswegen beschwerlich. Alles an ihm wackelt und bewegt sich immer ein klitzekleines bisschen.

Ich überlege kurz, gehe auf ihn zu. Er sieht mich, lächelt und nimmt mich in die Arme, länger, als Freunde das tun. Es fühlt sich ungut an. Das hat mit seinem Geruch zu tun, glaube ich. Das Vertraute von damals, das stimmt jetzt irgendwie nicht mehr.

Reden ist besser. Ich stelle die Fragen. Manche Dinge ändern sich nie. Er antwortet, ausführlich. Es gehe ihm gut: berufliche Erfolge, Haus gekauft in Toplage, noch immer spitzenmäßig mit dem besten Freund befreundet. Wie gut ich diesen Mann kenne. Er zupft ein wenig an seinem Bart herum, zieht zweimal seinen Pulli gerade. Er taxiert mich, das ist was anderes als ansehen. Ich spüre an allem: Seine Geschichte hat Löcher. Aber vielleicht möchte ich das auch nur glauben. Und dann sagt er auf einmal: »Wie wär's, wenn wir total spontan den Zug nehmen würden, nach Lokeren zum Beispiel.« Ich bin im Allgemeinen schon für schlechte Ideen zu haben. Ich habe nur gegrinst – und es nicht getan.

Ich bin sechsunddreißig. Ich frage mich, ob Menschen dazulernen. Manchmal glaube ich, dass ich jedes Mal wieder mit dem Kopf knallhart auf dieselbe Wand zusteuere. Und manchmal denke ich was anderes. Die Hoffnung stirbt zuletzt, sagt man.

LOU

Zwölf zu sein ist schrecklich. Das Einzige, was noch schlimmer ist, ist: zwölf zu sein und aufs Gymnasium zu gehen.

Die Grundschule fand ich jetzt auch nicht so super, aber da war alles noch übersichtlich. Ich hatte eine einzige gute Freundin und keine Probleme mit den anderen. Drei Jungen waren im Laufe der Jahre in mich verliebt. (Schon schade, dass Daan nicht einer von ihnen war. Aber später hat Elsa mir erzählt, er schmecke nach rosa Kaugummi. In dem Moment war ich ein bisschen neidisch auf Elsa, fand das mit Daan aber nicht mehr so schlimm.)

In unserer Schule gab es zwei männliche Lehrer, bei denen hatte ich aber nie Unterricht. Die Lehrerinnen waren fast alle nett. Außer Frau De Smet von der 2B, die war ein bisschen ekelhaft oder so. Manchmal einfach gemein. Zum Beispiel als Tiny, ein Mädchen, das gerne auf den Hinterbeinen seines Stuhls balancierte, einmal hinten übergeknallt ist, mit dem Kopf auf die Fliesen. Tiny weinte. Aber die Lehrerin befahl ihr, bis zur Pause auf dem Boden liegen zu bleiben. Bestimmt eine halbe Stunde hat sie das so durchgezogen. Die Sonne schien zum Fenster herein. Ich hoffte, dass Tiny das merkte. Ich traute mich kaum, zu ihr rüberzuschauen. Ich wollte protestieren, habe es aber nicht getan. Ich kann mich gegen gemeine Menschen nicht wehren, obwohl das jetzt auch keine Entschuldigung sein soll. Mein

Vater sagt, gemeine Menschen gibt es nicht, nur unglückliche. Ich weiß nicht, ob das stimmt.

Ich mache mir oft Sorgen. Das nervt mich selbst, aber es ist, als könnte ich nicht anders. Alles ist eine Frage der Entscheidungen, sagt meine Mama. Wenn das so einfach wäre.

Die Pausen verbringe ich meistens in den Toiletten. Da habe ich wenigstens meine Ruhe.
    Ich weiß nicht, wie das geht: sich mit jemandem anfreunden. Ich glaube, in der Schule finden sie mich seltsam. Das verstehe ich sogar. Ich finde mich selber seltsam.
    Und dann ist da noch die Katastrophe passiert.

Ich wollte gerne in die De-Velder-Schule, das schien mir eine schöne Schule zu sein. Mein Vater fand das aber nicht praktisch, dann müsste ich jeden Tag mit dem Bus in die Stadt fahren. Und er war der Ansicht, eine kleinere Schule, mehr im Grünen wie unser Haus, sei besser für mich. Papa ist nicht so oft zu Hause, aber auf einmal kommt er mit seiner Meinung daher. Er kann mit einer Zehe spüren, wie warm das Wasser im Schwimmbecken ist. Und dann überlegt er stundenlang, ob er jetzt reinspringen soll oder lieber nicht, um sich schließlich die Badehose anzuziehen, aber nicht ins Wasser zu gehen und trotzdem herumzumosern, dass er sich jetzt wieder umziehen muss. Das Schwimmbad steht hier für das Leben. Am Ende war er doch einverstanden.

Ich sei zu empfindlich, sagt meine Mutter. Ich wüsste nicht, was ich daran tun soll.

Ich habe weißblondes Haar und blaugraue Augen. Ich bin einen Meter siebenundvierzig, muss meinen großen Wachstumsschub angeblich erst noch kriegen. (Wachstumsschub ist ein komisches Wort.) Als hätte jemand versprochen, dass das Leben fair ist. Ich habe keine Hobbys, weil ich Hobbys-Haben doof finde. Aber ich mache viele Sachen gerne, das schon. Ich höre und sehe viel. Ich frage mich, ob das anderen Menschen genauso geht.

Am ersten Tag hatte ich Angst, so zwischen all den Schülern, die fast alle größer als ich waren.

Vom Pausenhof werden alle Neueingeschulten in die Aula getrieben. Eine Viehherde von gut hundert Stück. Ich rühre mich nicht vom Fleck, sehe mich um. Wände in einem Grün, das auf gar keinen Fall die Farbe der Hoffnung sein kann. Und der Geruch von lauwarmer Suppe, vielleicht aus der Mensa, nicht weit von hier, sonst ist es der Junge mit der Brille, der so riecht. Dann höre ich es zum zweiten Mal, diesmal bewusst: »Lou Bergmans, 5A Latein.« Eine Frau (undefinierbar braune Haare, schlank, omahaft angezogen, alles beige in Beige, aber mit einem samtweichen Blick, die unterrichtet bestimmt Mathe oder so) hält das Schild hoch: 5A Latein. Als wir zu zweiundzwanzigst um sie versammelt sind, führt sie uns in ein Klassenzimmer.

Es gibt Mädchen, die es echt draufhaben. Vanessa zum Beispiel. Sie ist so eine, die alle sofort gesehen haben. Sie ist ein Jahr älter als wir und hält sich selbst für wichtig, was in ihrem Fall reicht. Sie ist blond genug. Und es stellt sich heraus, dass ihr Vater auch noch ein berühmter Profifußballer ist. Die Mädchen wollen ihre beste Freundin werden, die Jungen mit ihr gehen. Vom ersten Augenblick an und als wäre es nichts, hat sie die Klasse völlig im Griff. Wie sich später herausstellt, auch die Lehrer. Vor allem den von Erdkunde, der so komisch lacht, und den von Französisch mit dem Tick (sein linkes Auge führt ein Eigenleben. Wenn es nicht so unangenehm wäre hinzuschauen, könnte ich darüber lachen).

Ich wäre gerne mal einen Tag lang Vanessa. Einmal tauschen, um zu wissen, wie sich das anfühlt: bewundert zu werden. Vielleicht ist das manchmal ja richtig anstrengend. Während ich darüber nachdenke, fragt Ihro Königliche Durchlaucht: »Ist Lou nicht eigentlich ein Jungenname? Hast du deswegen kurze Haare?« Besonders witzig ist die Bemerkung nicht, trotzdem kichert die Meute, die um sie herumsteht.

Als ich nach diesem ersten Schultag nach Hause radle, ist mir klar: Sechs Jahre sind lang.

Eva sagt, ich müsse mich gegen die Welt wappnen. Eva sagt, wir seien uns ein wenig ähnlich. Dass die Jahre in der Schule für sie auch kein Kindergeburtstag gewesen seien, es später aber besser werde. Ich weiß nicht, ob ich das glauben kann. Und im Augenblick hilft mir das eh nicht.

Ich weiß nicht, ob das eine Waffe ist, aber ich mache mir gerne Listen. Wenn ich Langeweile habe oder etwas Doofes passiert. Fünf Sachen, die mich traurig machen: 1. Bettler, die Kinder dabeihaben, 2. Vanessa, 3. Nebel am Montagmorgen in der Frühe, 4. Wenn nur ein Hackbällchen in einem großen Teller Suppe schwimmt, 5. Das Huhn vom Nachbarn, das krank geworden und gestorben ist. Fünf Sachen, bei denen ich es schade finde, dass sie zum Leben dazugehören: 1. Der Schularzt, 2. Eiskalte Getränke (weil meine Zähne echt empfindlich sind), 3. Filme mit Katie Holmes (die ist so wunderschön) und Filme, die schlecht ausgehen, 4. Lila Nagellack, vor allem an den Zehen, 5. Vanessa. Fünf Sachen, die mich fröhlich machen: 1. Wenn jemand Unbekanntes mich anlacht, 2. »Feel the love generation«, das Lied von Bob Sinclair, das Eva so gerne hört. Wir können gut zusammen dazu tanzen, 3. Lustige Anfangssätze in einem Buch (»Am Waldrand, in der Nähe des Flusses, mitten im Gebüsch hatte der Grashüpfer ein Geschäft. Auf der Schaufensterscheibe stand in Großbuchstaben: VERKAUFE ALLES (AUSSER DER SONNE, DEM MOND UND DEN STERNEN)«), 4. Eine nette SMS, mit der ich überhaupt nicht gerechnet habe. Und über das Fünfte muss ich noch mal nachdenken.

Eva weiß als Einzige von der Katastrophe. Aber da will ich jetzt nicht weiter drauf eingehen.

Ich habe Eva wahnsinnig lieb. Als ich klein war, fand ich sie lustig. Später hat sie mir Dinge beigebracht. Sie sagt mir vorher immer, was auf mich zukommt, bevor sie mich an einen neuen Ort mitnimmt, das finde ich angenehm. Eva redet mit mir über alles, was wichtig ist. Sie weiß, welche Fragen sie stellen muss, und hört sich meine Antworten an.

Eva wirkt immer froh. Als könnte jede Sekunde eine Party losgehen, und sie wäre dann absolut bereit. Eva sagt, sie fände es prima, alleine zu wohnen. Sie kann sich von Kopf bis Fuß in ihre Bettdecke einrollen, sagt sie. Und pupsen, wenn sie mag. Oder mitten in der Nacht einfach aufstehen und ein Eis essen.

Eva sagt, die Ruhe täte ihr gut, wenn sie von der Arbeit nach Hause komme, wo immer so viel zu tun ist, so viele Leute, so viel Heckmeck. Das kann ich mir vorstellen. Eva hat einen toughen Job. Sie hilft Menschen im Gefängnis, das hat sie gelernt. Und dann will man hinterher vermutlich ein wenig seine Ruhe haben, denke ich.

Manchmal glaube ich Eva. Manchmal bin ich sicher, dass sie lügt, wenn sie solche Sachen sagt. Aber das versuche ich dann zu vergessen. Ich denke mir Eva lieber froh.

CASPER

Eva hatte sie zu meiner Vernissage mitgebracht: eine schöne Frau, mit einem Wust an dunklem, nachlässig hochgestecktem Haar, hohen Wangenknochen und einem Blick: intensiv und sanft zugleich. Durch die hohen Absätze war sie ein wenig größer als ich, was ich sexy finde.

Ich frage nie, was die Leute von meinen Bildern halten, aber diese Frau faszinierte mich, also wandte ich mich nach Evas Reaktion – lieb, wie Eva nun mal ist, aber ansonsten eher was ich schon allzu oft gehört hatte – instinktiv in ihre Richtung: »Und du?« »Das kann ich jetzt nicht so auf die Schnelle sagen«, sagte sie. »Wenn du es wirklich wissen möchtest, musst du mir deine Adresse geben, dann schreibe ich dir einen Brief.« Dabei lachte sie und warf mir einen Blick zu, den ich nicht gut einordnen konnte.

Wir hatten uns vielleicht eine Viertelstunde unterhalten, aber ich bin mit diesem Blick im Kopf nach Hause gegangen.

Drei Tage später lag der Brief in meinem Briefkasten, richtig schön altmodisch, in einer schönen Handschrift. Ich las ihn bestimmt siebenmal: als hätte diese Frau eine Führung durch meinen Kopf bekommen. Und was für Worte sie dafür benutzte. Ich mag ja ein Mann der Bilder sein, aber Leute, die sich mit Worten gut ausdrücken können, bekommen bei mir Bonuspunkte.

Ich habe lange nach mir selbst gesucht. Als Kind schon viel mit Bleistift und Papier herumprobiert, mit Stiften und Bierdeckeln, aber ziellos, ohne mich zu fragen, was ich damit tun könnte. Später musste ich von meinem Vater aus einen richtigen Beruf erlernen: »In unserer Familie gibt es keine Träumer und keine Künstler«, sagte er gemessen, als diktiere er ein Gesetz, von dem er sicher war, dass ich es unterschreiben würde. Ich war kein Rebell, ging erst an die Uni, hab Psychologie studiert. Sobald ich alle Erwartungen erfüllt hatte, bin ich weggegangen, alleine, fort von allem, was ich kannte. Hab mich umgeschaut, viel geschwiegen, um zu hören, was durchklingen würde, bin zurückgekommen und habe angefangen zu malen. Später als die meisten, aber mit mehr innerem Drang, vermute ich mal, auch mit mehr Fokus, weil ich spürte, dass es passte, dass es das war, was ich sein musste: ein Maler. Wie unsicher ich auch gewesen war, bevor ich mich offiziell aus meinem Atelier getraut habe, ich habe immer geglaubt, ich müsse daran festhalten, wenn nötig ohne Anerkennung, wenn nötig ohne Geld. Entdeckt werden, international erfolgreich sein war ein komisches Gefühl, aber auch eine Erleichterung: Eine Antwort auf eine Frage zu bekommen ist das Schönste, was es gibt. Davon abgesehen kann ich mich jetzt seit Jahren ganz auf meine Arbeit konzentrieren, darum geht es mir schließlich. Weit mehr als um den Erfolg. Das hört sich von meiner Warte aus wahrscheinlich ein bisschen einfach an, ist aber so. Weil ich das Malen brauche, um das Leben auszuhalten, und weil mich das Malen erfüllen kann.

Und dann schreibt diese Frau über mein Werk, über mich, so stimmig, dass mir ganz kalt wird, und warm. Wie sie meine Gemälde liest. Und Sätze benutzt, wie: »All die scheußliche Einsamkeit und das unbedingte Wieder-auf-die-Beine-kommen-Wollen. Die Raserei und der Stillstand. Das Fühlen und Verlorengehen. Das Finden und dann doch von neuem Suchen. Diese Sehnsucht, ohne genau zu wissen, was man damit anfangen soll. Und gleichzeitig herzhaft darüber lachen können. Deine Kunst ist manchmal witzig, manchmal zum Heulen traurig – und ab und zu beides gleichzeitig.« Und auch: »Dein Werk weckt bei mir so viele Empfindungen, dass alles Denken zum Stillstand kommt, dabei will ich beim Schauen wirklich nachdenken. Und will immer weiterschauen, während Kopf und Herz schwer beschäftigt sind. Das ist wirklich außergewöhnlich.« Wie kann einen so was kalt lassen?

Ich warte einen ganzen langen Tag, verbringe ihn mit Denken und Zweifeln, dann nehme ich ein Stück dickes Papier mit einer meiner Skizzen, ein paar Linien, mehr nicht, es hat aber was, wie ich finde, und schreibe darunter: »Für Dich. Für Deine Worte und Deinen Blick.« Ziemlich dämlich, oder? Ich stecke es in einen großen Umschlag, den ich in den Briefkasten um die Ecke werfe, jetzt kann ich nicht mehr zurück. »Manche Sachen müssen einfach sein.« Das sage ich laut, weil es dann überzeugender klingt, wenn man die Dinge laut ausspricht.

Als ich nach Hause komme, sitzt Willem auf dem Sofa und sieht Nachrichten. »Mama hat angerufen, sie will weiterarbeiten. Wollen wir uns Pizza bestellen?« »Wir haben doch noch alles Mögliche zum Kochen im Haus.« Ich klinge schon wie Merel. »Komm schon, wo wir einmal die Gelegenheit haben, ungesund zu essen.« Er guckt mit bettelndem Blick unter seinen langen Haaren hervor. »Auch wieder wahr«, sage ich, suche den Flyer vom Lieferservice und setze mich neben ihn. »Für dich eine Pizza Bolognese?« »Nein, lieber Hawaii«, sagt er. Und mitten im Telefongespräch: »Ach, lieber doch Bolognese.« Ich beende das Telefonat und sage dann: »Ich hatte mich schon gewundert: Was ist denn da los, er will auf einmal was anderes?« »Casper, mach dich nicht lustig über mich.« »Nur ein klitzekleines bisschen, du großer Abenteurer!« »Aber wenn ich das nun mal gerne mag.« »Man sollte im Leben immer tun, was einem gefällt, da hast du recht.«

Willem schaut sich die letzten Berichte an und kommentiert im Anschluss das Weltgeschehen, und ich staune wieder einmal, was für ein kluger Junge er doch ist. Er zwirbelt sich mit dem Zeigefinger das Haar, während er seinen Standpunkt vertritt, das tut er immer, wenn er nachdenkt. Ich kenne ihn ziemlich gut, nach so vielen Jahren.

Schon komisch, wie sehr einem ein Kind ans Herz wachsen kann, das nicht das eigene ist. Als Merel mir erzählte, dass sie einen Sohn hat, der die Hälfte der Zeit bei ihr wohnt, habe ich erst einmal geschluckt. Aber ich habe erst kürzlich gedacht, als Willem und ich in meinem Atelier auf Leinwänden rumgekleckst haben: Der Junge hat was, gerade mal vierzehn, wie der die Welt sieht, wie gelassen er in allem ist, wie er mit der größten Selbstverständlichkeit mit Bleistift und Pinsel umgeht. Ich hatte ihm ein bisschen unter die Arme gegriffen: Er wollte seiner Mutter zum Geburtstag ein

Gemälde schenken, ein Bild mit vielen knalligen Farben, gar nicht mal schlecht, wirklich. Er gab es ihr und sagte: »Es ist echt spitze geworden.« Bescheidenheit ist was für alte Leute, findet Willem. »Vielleicht auch ein kleines bisschen dank Casper.« Auf einmal standen Merel Tränen in den Augen. Wie sie uns in dem Moment ansah, ihn und mich.

Es klingelt. »Ich geh schon runter. Gibst du mir Geld?« Ich gebe ihm einen Fünfzigeuroschein. Als ich ihn so durch den langen Flur laufen höre, denke ich wieder an Elsie und frage mich, worauf ich mich da um Himmels willen eingelassen habe.

ELSIE

Ich betrete den Operationssaal und sehe mich. Fünfmal. In Großaufnahme. Mit so einem Wegwerfstring aus Papier zwischen den Pobacken. Die Fotos sind gestochen scharf. Ich mag gar nicht hinsehen. Alle anderen sehen hin. Ein unübersichtlicher Haufen Krankenschwestern und Ärzte in der Ausbildung starren die Bilder an und bemerken mich kaum. Nach einer Weile nickt ab und zu jemand aufmunternd in meine Richtung. Wahrscheinlich aus Mitleid. Kein Wunder, bei dem Hintern. Zwei Kinder, den Bauch noch im Rahmen zu halten gewusst, aber die Oberschenkel waren schon immer meine Schwachstelle gewesen, und jetzt bin ich inzwischen über vierzig, konkreter muss ich wohl nicht werden.

Die Oberschwester macht das schon seit Jahren, das merkt man sofort. Sie ist so eine von der Sorte, die es sich zu ihrem Lebensziel gemacht hat, dass sich die Leute wohlfühlen. Sie redet in einer tiefen Tonlage, lächelt, als werde immer alles gut, und erklärt Schritt für Schritt, was passieren wird. »Sie dürfen Ihren Slip jetzt noch anbehalten. Wenn gleich der Arzt kommt, muss er weg, sonst kann er beim Zeichnen nicht gut ran, und das ist wichtig, damit er während des Eingriffs genau weiß, was er tun muss.« Wenn ich doch nur mein Gehirn ausschalten könnte, wäre jetzt mit Abstand der beste Moment dafür.

Ich war schon bei ihm in der Sprechstunde. Das ist so ein Arzt, wie alle Ärzte sein müssten. Attraktiv genug, dass man gerne zu ihm geht. Distanziert genug, dass man sich traut, sich ihm ohne Kleidung zu zeigen. Einfühlsam genug, sodass man ihm vertraut. Er wird im OP so eine spezielle Haube tragen, vermute ich. Mit einem auffälligen Muster oder was Buntes. Weil dieses langweilige Grün nichts für ihn ist. Weil er dafür zu gutaussehend, zu erfolgreich und auf gesunde Weise zu selbstsicher ist. Davon abgesehen, geht es hier ja nicht um Krankheit, sondern um Schönheit, und dazu passt eine fröhliche Note.

Er kommt im Beruhigungsmodus herein. Seine Haube ist knallrot mit weißen Kirschen. Viele, weshalb man die Kirschen nicht gleich als solche erkennt. Ich konzentriere mich auf das Obst, während er, die Nase fast in meiner nackten Muschi, herumzeichnet. Gnadenlos, mit der Sorte Alkoholstift, die mir nicht ins Haus kommt, weil Kinder damit irreparable Schäden anrichten können. Ich versuche, nicht an meine Muschi und seine Nase zu denken, was mir schwerfällt, auch weil die Kirschen so eintönig sind.

Ich kenne eine Menge Leute, die das bullshit finden: plastische Chirurgie. Oberflächliches Geld-zum-Fenster-Rauswerfen für eitle Snobs. Besonders in meinem Umfeld. Ich habe es einer meiner Mitarbeiterinnen in dem Theater, das ich leite, erzählt. Ihre Reaktion war positiv, aber vielleicht auch nur deshalb, weil ich ihre Chefin bin. So was weiß man nie. Egal, lass sie nur reden, all diese Leute mit ihren Meinungen. Ich tue das hier für mich. Das habe ich lernen müssen: mir selbst etwas zu gönnen. Mich zu trauen, die zu sein, die ich sein will. Und das hat gut geklappt. Früher dachte ich, das Leben sei etwas, das man durchstehen muss, wie ich es bei meinen Eltern gesehen habe, jetzt versuche ich, es selbst zu gestalten. Solange man nicht vom Schicksal getroffen wird, ist alles machbar, hängt alles von den eigenen Entscheidungen ab. Nichts ist sicher, außer den Sicherheiten, an denen man selbst festhält. Davon bin ich fest überzeugt.

Warum es mir wichtig ist, schön zu sein – so schön wie möglich, habe ich sie verbessert –, wollte Esther, eine alte Freundin von mir wissen, und darauf hatte ich eigentlich keine richtige Antwort. »Weil deine Mutter Schönheit wichtig findet. Weil dein großer Bruder Ben immer angehimmelt wurde, weil er so ein gutaussehender Kerl ist.« Das sagte sie. Ich habe nur darüber gelacht. Manche Dinge sind wirklich zu weit hergeholt.

Der Arzt ist verschwunden. Die Handlanger müssen mich vorbereiten, er hat sicher in der Zwischenzeit etwas Dringendes zu tun. Seine zweifellos perfekte Frau anrufen zum Beispiel. Oder eben mal das Kreuzworträtsel in der *New York Times* lösen. »Sie dürfen sich jetzt auf den Bauch legen.« Ich bin erleichtert, dass ich nicht zusehen muss. Während ich so daliege und mich frage, ob er gleich genau wie vorhin seine Nase seine Hände in meine Muschi stecken wird, eilen ihm die Schwestern tatkräftig zu Hilfe. Ich werde mit Tüchern abgedeckt. Alles, außer meinem Hintern und meinen Beinen. Plötzlich legt jemand eine Art Verband über meine Muschi und die Pofalte, er fühlt sich wie eine zu große Binde an, die mit Klebestreifen befestigt wird. Mein Herzschlag verlangsamt sich ein wenig, sehe ich auf dem Monitor. So far, so good.

»Wir werden die Stelle erst betäuben, das werden Sie

jetzt ein wenig spüren.« Dann weiß man, was Sache ist. Eigentlich meint ein Arzt dann: Achtung, gleich tut's weh! Es fühlt sich an, als bahnten sie sich mit einem Pfeil, die Spitze voran, durch die Falten an meinem Hintern einen Weg nach unten. Unterdessen richten sie bleibende Schäden an. Ziemlich unangenehm. Euphemismen sind nützliche Wesen. Die Oberschwester kneift zur Unterstützung die Augen zu. »Geht es?« Cooler, als ich bin, sage ich Ja. Manchmal spielt es keine Rolle, ob man Ja oder Nein antwortet.

Denk an den Badeanzug, der jetzt schon für nächsten Sommer bereitliegt. »Sie müssen sich entspannen«, sagt der Mann mit dem Folterinstrument. Er hat leicht reden. Ich denke nur: Ich kann Schmerzen nicht ausstehen.

Endlich fangen sie mit dem eigentlichen Eingriff an. »Jetzt sollten Sie im Prinzip nichts mehr spüren.« Im Prinzip. Das habe ich gehört. Ich höre immer alles. Was nicht in jeder Situation von Vorteil ist. Zwei Stunden fuhrwerken sie an mir herum.

»Und, war es auszuhalten?«, fragt der Chirurg hinterher. Er streicht mir flüchtig über den Arm, was mir seltsam zärtlich vorkommt. »Klar«, sage ich, ich bin hart im Nehmen. Was soll man auch sonst sagen?

Man gibt mir eine Plane mit, von der Sorte, die auf Operationstische gelegt wird. Körperflüssigkeiten, welcher Art auch immer, dringen da nicht durch. Das ist vielleicht nötig, denn ich könnte lecken. Das klingt wie etwas, das ein Tierarzt sagen würde. »Also ein bisschen Flüssigkeitsverlust, oder was soll ich mir darunter vorstellen?« Ich versuche, optimistisch zu bleiben. Die Oberschwester schaut mich besorgt an: »Wenn Sie eine der Patientinnen sind, die lecken, werden Sie das nicht camouflieren können.«

Im Flur sitzt meine Schwester und wartet darauf, mich nach Hause zu bringen. Eva ist ein Fels in der Brandung. Immer da, allzeit bereit. Walter hatte ein wichtiges Meeting, er konnte nicht kommen, und ich selbst darf nicht fahren. »Und, ging's einigermaßen?«, fragt sie. »Kann sein, dass ich lecke«, antworte ich. Sie prustet laut los. Heiterkeit unter Schwestern, herrlich.

Kaum sitze ich im Auto, da bekomme ich eine SMS. Ob die wohl von Walter ist, überlege ich. Sie ist von Casper. Überraschung. »Du guckst so komisch«, sagt meine Schwester. »Ich hatte dir doch von der wunderschönen Zeichnung erzählt, die Casper mir geschickt hat? Jetzt simst er, dass er mit mir essen gehen möchte.« »Aaarggh!« Meine Schwester hatte vorhergesagt, dass das passieren würde. Sie fand, dass da zwischen Casper und mir an jenem Abend in der Galerie was in der Luft gelegen hatte. »Was schreibt er denn?« Ich lese vor: »Wir beide sind aus demselben Holz geschnitzt. Wenn das kein Grund ist, zusammen essen zu gehen, weiß ich es auch nicht. Diesen Mittwoch?« »Du gehst doch, oder?« »Das kann ich eigentlich nicht bringen. Ich bin eine verheiratete Frau.« »Die immerhin diesen Brief geschrieben hat.« »Da ging es um Kunst, ich liebe Kunst. Und ich schreibe auch Briefe an Theaterregisseure.« »Schön und gut, aber du willst mir doch nicht erzählen, dass du dich diesmal nicht extra ins Zeug gelegt hast.« Eva grinst breit. »Ich hätte natürlich schon Lust, das gebe ich zu.« »Wenn du deinen

Blick sehen könntest, Elsie!« »Auf dieses Angebot einzugehen wäre absolut unlike me«, sage ich. »Ein Grund mehr.« Eva strahlt an meiner statt. »Casper ist wirklich klasse«, sagt sie. Ich fürchte auch, denke ich. Aber ich sage es nicht.

JOS

Natürlich habe ich Fehler gemacht. Ich bin einundsiebzig und zahle dafür noch täglich den Preis.

Manche Menschen vergessen nie etwas. Ich versuche, so viel wie möglich zu vergessen. Wie sich mein Rücken nach einem Tag im Restaurant anfühlte. Wie ich die erste Aufführung meiner Kinder in der Musikschule verpasst habe, wie ich alle Auftritte meiner Kinder überall verpasst habe. Wie wütend ich manchmal werden konnte und dass ich dann...

Kummer bahnt sich doch seinen Weg nach draußen. Jetzt ist mir das klar.

Vier Jahre habe ich keinen Tropfen angerührt. Einfach radikal aufgehört, von einem Tag auf den anderen. Keine AA, keine Therapeuten, keine Pillen. Reine Willenskraft.

Nicht was der Arzt behauptete, hat mich zu diesem Schritt bewegt, sondern Evas Blick, als der Arzt meiner Frau gegenüber im Flüsterton wiederholte, was er mir soeben verkündet hatte – als würde eine Siebenjährige das nicht hören, wenn man es leise sagt: »Wenn er so weitermacht, trinkt er sich in absehbarer Zeit zu Tode. So etwas hält keine Leber der Welt aus.« Eva konnte schauen, als wisse sie alles.

Wie alt wird sie gewesen sein, damals, vielleicht neun oder zehn? Wir hatten uns gestritten, Jeanne und ich. Auf einmal verstummte meine Frau mitten im Streit, und das hielt sie so durch, was sonst nicht ihre Art war. Jetzt war alles möglich. Wir sahen fern, eine Serie, die sie besonders mochte, und gerade als es spannend wurde, stand sie auf, ging zum Vorratsschrank mit dem alten Service vom Restaurant und zerschlug ohne jeden Kommentar im Takt einen Teller nach dem anderen. Als pfeife sie inwendig einen Walzer dazu: eins, zwei, klirr, eins, zwei, klirr. Ich brüllte einigermaßen empört in ihre Richtung. Zugegeben: Ich wusste nicht so recht, was ich in so einem Fall tun sollte.

Auf einmal stand da die kleine Eva. In ihrem Schlafanzug war sie heruntergekommen, hatte die Tür zum Wohnzimmer geöffnet und die Lage sondiert. Ohne zu zögern, nahm sie mich bei der Hand und schob mich in die Küche – ich würde die Sache nur schlimmer machen, wird sie gedacht haben. Hinter der geschlossenen Tür hörte ich sie auf meine Frau einreden. Sie sprach leise und unbeirrbar, mit einer Ruhe, die nicht von dieser Welt zu sein schien. Und genauso abrupt, wie Jeanne angefangen hatte, hörte sie auch wieder auf. Eva schob ihre Mutter auf einen Stuhl: »Und jetzt beruhigst du dich wieder.« Es klang wie ein Befehl, als würde sie keinen Ungehorsam dulden. Sie fegte die Scherben zusammen, tat so, als höre sie ihre Mutter nicht weinen, holte mich wieder aus der Küche und schickte mich ins Bett. Sie selbst kam eine Viertelstunde später hoch. »Mama kommt gleich.« Sie schaute aufmunternd und ging dann wieder in ihr Zimmer.

Und ich ließ das geschehen, ja. Ich war ein Schwächling. Ich hatte schon so viele Kämpfe verloren. Niemand soll denken, dass ich stolz darauf bin.

Und dann dieses eine Weihnachten. Wir feierten am zweiten Weihnachtsfeiertag, dann war das Restaurant geschlossen, und ich hatte Zeit. Eine Feier zusammen mit meinem Bruder und seinen drei Söhnen. Die Kinder wollten draußen spielen; Kinder spüren einfach keine Kälte. Unser großer Garten grenzte an ein Grundstück, um das sich keiner kümmerte. Ein kleiner Urwald war das: ein Wildwuchs von Bäumen, Pflanzen und jeder Menge Unkraut. Drumherum hatte man einen stabilen Zaun gezogen, außerdem eine Hecke, die beide Grundstücke voneinander trennte. Von unserem Haus aus konnte man es kaum sehen.

Bei einem so großen Garten wie unserem rechnet man nicht damit, dass Kinder ausgerechnet den Teil erforschen wollen, den sie nicht betreten dürfen. Aber in dem Alter sehen sie in allem ein Abenteuer.

Plötzlich kam der Kleinste meines Bruders stammelnd vor Begeisterung hereingerannt. »Wir haben einen Schatz gefunden, in unserem eigenen Dschungel.« Eva folgte dem Jungen, die Finger blau vor Kälte. »Glenn hat so viel Fantasie«, sagte sie und zwinkerte. »Komm Glenn, wir gehen zurück und vergraben den Schatz, damit ihn nie einer finden kann.« Die Rasselbande blieb lange weg. Als es an der Zeit war, die Geschenke auszupacken, und der Nachwuchs wieder hereinbeordert wurde, taten sie alle geheimnistuerisch. »Na, was macht euer Schatz?«, fragte mein Bruder. »Das wissen nur wir, stimmt's, Jungs?«, sagte Eva verschwörerisch. »Das ist unser Geheimnis, wir schweigen wie ein Grab.« »Wie ein Grab«, wiederholte Glenn und presste die Lippen zusammen, als ob er uns damit ordentlich eins auswischte. Die Kinder sahen Eva an, mit einer Mischung aus

Triumph und Stolz. Sie schaute ganz kurz zu mir. Nur für einen Moment.

Nachts bin ich dann in den Garten gegangen. Eigentlich war ich dafür nicht nüchtern genug, aber ich stellte die Leiter so hin, dass ich damit über die Absperrung konnte. Auf der Suche nach den Flaschen, die ich dort im letzten Jahr entsorgt hatte. Auf meiner privaten Müllhalde. Die Kinder mussten sie gefunden haben, Eva hat ein Spiel daraus gemacht, sie verschwinden zu lassen. Jeanne hat nie etwas davon erfahren.

Elsie war anders. Die große Schwester, unabhängiger, größeres Mundwerk. Selbst in der Nähe meiner Mutter. Eine ziemlich beeindruckende Frau. Dreizehn Kinder zur Welt gebracht, in einem unglaublich kleinen Haus großgezogen, mit dem armseligen Gehalt meines Vaters, eines Sekretariatsassistenten. Da gab es immer etwas, worum sich gekümmert werden musste. Kinder zankten sich oder wurden krank. Kinder jammerten vor Hunger, der nicht gestillt werden konnte. Kinder sangen für ihre Migräne zu laut. So was kann einen schon hart werden lassen. Stolz, das war sie, und klug. Eine Frau, die an einem anderen Ort zu einer anderen Zeit viel hätte verwirklichen können. Dessen war sie sich bewusst. Sie trug ihr Los in Stille, wie die meisten Leute das früher eben so taten.

Abgesehen davon war meine Mutter in allem laut. Ich glaube nicht einmal, dass sie das absichtlich machte, aber sie hatte so eine Art, andere an ihrer fundamentalen Wut auf das Leben teilhaben zu lassen. An einem dieser Tage, an dem sie uns besuchen kam und bereits über den Kuchen, über Evas Frisur und über das Mofa, das Ben von dem mit seinem Ferienjob verdienten Geld hatte kaufen dürfen, gemeckert hatte, beschwerte sie sich, dass sie Jeanne und mich so selten sah. »Undankbare Kinder sind das Schlimmste, was es gibt.« Dabei schaute sie drein, als würde die Welt in absehbarer Zeit untergehen. Woraufhin Elsie ohne mit der Wimper zu zucken antwortete: »Ab und zu ist das Leben auch fair, und die Leute bekommen die Kinder, die sie verdienen. Noch ein bisschen Kaffee, Oma?« Meine Frau stauchte ihre Tochter kurz und bündig zusammen. Ich war insgeheim ein wenig stolz auf ihre große Klappe. Meine Mutter redete unbeirrbar weiter, ihr war nichts Unangenehmes aufgefallen. Das hatten wir gemeinsam. Auch ich konnte den Ton einfach ausblenden, wenn ich das wollte. Dann schaute ich zwar und nickte, zog mich dabei aber in mich selbst zurück. Da war es immer besser. Außer manchmal.

Ben war genauso empfindsam, aber geschickter im Umgehen von Stürmen. Oder auch nicht. Alles eine Frage der Perspektive. Er war immer Jeannes Liebling gewesen. Ich weiß nicht, ob das eigentlich ein Vorteil war. Manchmal denke ich, der Junge hat nie ganz er selbst sein können. Inzwischen verdient er Geld wie Heu, ist oft im Ausland. Er wohnt in einer Villa mit Schwimmbad. Hat sich eine Frau aus gutem Hause gesucht, mit der er ein hübsches Kind bekommen hat. Ganz wie Jeanne es sich erträumt hat. Aber wie er sich wirklich fühlt? Oder was er denkt, wenn er mich…

Ich glaube, nur Eva versteht so wirklich, wie schwer es mir gefallen ist, das Restaurant aufgeben zu müssen. Die Leute finden es ohnehin unbegreiflich, dass ich das bis zu meinem Siebzigsten gemacht habe. Ich wusste ja, warum. Sie auch. Jetzt kommt sie fast jede Woche einmal vorbei. Wir reden. Wenn ich betrunken bin, ist sie sofort wieder weg. Aber wenn es sich in Grenzen hält, erzählt sie mir von ihrer Arbeit und was sie lachend ihr Nichtleben nennt. Ich hoffe, sie sagt das aus Solidarität, weil ich wirklich kein Leben habe, und nicht, weil es wahr ist.

Elsie und Ben sehe ich viel seltener, das verstehe ich auch, sie haben ihre eigenen Familien, um die sie sich kümmern müssen. Ich wünschte, Eva käme darin mehr nach ihrem großen Bruder oder ihrer Schwester. Na, jeder trifft eben seine eigenen Entscheidungen.

Ich entscheide mich nicht so gerne. Schnaps oder Whisky, das geht gerade noch. Aber dann. Ich habe festgestellt, dass man sich erstaunlich selten entscheiden muss, wenn man nicht will. Manche Dinge passieren einfach und bestimmen fast alles, was danach geschieht.

2

ALS SEI SELBSTAUFOPFERUNG AUCH EINE KUNST

ELSIE

Es geschah am Telefon.

Walter: Hallo Mäuschen, wie geht's?
Ich: Gut, es wird sensationell. Du bist doch gleich da, hoffe ich, in zwanzig Minuten sind unsere Gäste da.
Walter: Ich wollte dir gerade sagen, dass ich's nicht schaffen werde. Kris hat mich vorhin angerufen, ob ich für ihn einspringen könne bei dem Vortrag über Leben mit chronischen Krankheiten bei diesem Wohltätigkeitsverein. Ich kann unmöglich Nein sagen.
Ich: Wie meinst du das, unmöglich? Wenn er dich erst in letzter Sekunde anruft? Ich koche schließlich für deine Freunde. Und du weißt, dass ich mit Sofie nicht so viel anfangen kann. Ich tu das für dich. Also, finde eine andere Lösung, please.
Walter: Sei ruhig wütend.
Ich: Obwohl ich allen Grund habe, wütend zu sein, bleibe ich ausgesprochen ruhig, finde ich. Wieso sagst du dann um Gottes willen, ich sei wütend?
Walter: Du bist zurzeit andauernd wütend.
Ich: Und wie verhältst du dich zurzeit?
Walter: Ich weiß, ich bin ein schlechter Mann, ein Arsch, ich mache nichts richtig. Ich bin zu wenig für dich da, ich kümmere mich zu wenig um die Kinder. Und du musst alles alleine hinbekommen. Du hast recht.

Ich: Soll ich mich jetzt auch noch freuen, dass ich bei so was recht bekomme?

Walter: Ich gebe es ja zu: Du bist perfekt, und ich bin der Loser. Abgemacht?

Ich: Das würde dir so passen.

Walter: Das denkst du. Mir fällt das alles andere als leicht. Du weißt ganz genau, wie schuldig ich mich dabei fühle.

Ich: Spar dir die Worte. Von deinem Schuldgefühl kann ich mir auch nichts kaufen. Und die Kinder erst recht nicht. Wenn du selbst findest, dass du nicht genug da bist, wieso änderst du's dann nicht. Tu verdammt noch mal was! Egal was.

Walter: Fluch du nur, das kannst du ja so gut.

Ich: Man kann einfach nicht mit dir reden.

Walter: Was tun wir denn die ganze Zeit hier? Obwohl ich mich eigentlich auf das konzentrieren muss, was ich gleich erzählen soll. Kris hat mir nur gesagt, um welches Thema es geht, ich muss mir noch überlegen, was genau ich über Leben mit chronischen Krankheiten sagen kann, ohne dass es allzu deprimierend wird. Das können solche Männer an ihrem freien Abend nicht gut ab, wie ich weiß.

Ich: Du lässt mich hier mit deinen Freunden und dem ganzen Essen sitzen, und ich soll mich auch noch schlecht fühlen, weil du nicht genug Zeit bekommst, um deinen Vortrag für diese Rotary-Idioten vorzubereiten, das wird ja immer schöner!

Walter: Nein, schon gut. Lass uns weitermachen. Lass uns bis in alle Ewigkeit so weitermachen.

Ich: Ich will nicht weitermachen, sondern jetzt eine Lösung. Ich will wenigstens, dass du mich verstehst.

Walter: Sag mir einfach, was ich sagen soll, und ich sag's.

Ich: Herrgott noch mal, gib mir bitte schön nur für ein paar Minuten das Gefühl, du seist älter als fünf. Du kannst nicht sieben Wochen nacheinander – nein, ich übertreibe nicht, guck einfach in deinen Kalender – Termine auf den letzten Drücker absagen und dich dann auch noch beschweren, dass ich das nicht so toll finde. Erst recht nicht, nachdem du noch versprochen hattest, alles würde besser werden. Ich habe schon so furchtbar oft Verständnis gehabt. Und wenn du ehrlich bist, weißt du selbst: Das ist keine Ausnahme mehr, sondern langsam zur Regel geworden. Mich macht das fix und alle!

Walter: Na prima. Dann sind wir schon zu zweit. Glaubst du, das ist angenehm für mich? Dass ich hiervon gute Laune kriege? Dass ich nachher auch nur zwei Minuten meinen Vortrag genießen kann?

Ich: Das ist unfair. Ich gönne dir ja all deine entspannten Abende, die viele Aufmerksamkeit, all das inhaltlich so interessante Zeug, was du anscheinend unbedingt brauchst. Aber alles hat seine Grenzen. Ich weiß, du hast viel um die Ohren und du kannst schwer Nein sagen, ich weiß sogar, tief in mir, wenn ich mir ganz doll Mühe gebe, dass du das alles gar nicht böse meinst. Das ändert aber nichts an den Tatsachen. Trotz meiner Versuche, dir zu helfen. Trotz deiner Versprechungen. Und ich erwarte ja gar keine Wunder. Ich bin selbst alles andere als perfekt. Aber ich *ver-su-che*, mich wenigstens in den Griff zu kriegen. Aber du drehst dich immer im selben Kreis.

Walter: Das hab ich in den letzten Monaten nun schon fünfzigmal gehört, das alles.

Ich: Das heißt dann wohl, dass du's die neunundvierzig Male davor nicht kapiert hast.
Walter: Ich werde dieses Gespräch jetzt beenden.
Ich: Wag es ja nicht aufzulegen. Wenn ich eines hasse, dann, dass du einfach auflegst. Und das weißt du nur zu gut!
Walter: Ich weiß gar nichts.
Ich: Ich versuche, es dir wieder und wieder zu erklären, weil ich hoffe, dass es irgendwann mal zu dir durchdringt, dass sich was ändert. Zur Not etwas Kleines. Was bleibt mir anderes übrig?
Walter: Wie wär's denn mal mit lieb sein? Vielleicht funktioniert das ja?
Ich: …
Walter: Hallo?
Ich: Bin noch da. Okay, das stimmt. Ich sollte manchmal etwas lieber sein. Aber manchmal treibst du mich einfach zur Weißglut, du … aber das hier ist auch keine Lösung, ich weiß.
Walter: Ich werde mir auch mehr Mühe geben. Aber jetzt muss ich wirklich auflegen, sonst wird das nichts mehr mit meinem Vortrag. Ich bleibe auch nicht zu lange, damit ich hinterher noch ein Gläschen mit euch trinken kann. Tschüss, Mäuschen.

Ich habe Eva angerufen, dass ich Essen für vier Personen habe, lauter leckere Sachen, und ob sie nicht auch kommen wolle. Dass sie so gut mit lauten Frauen wie Sofie, die zu allem eine Meinung haben, umgehen könne. Dass ihr sicher tolle Fragen für einen Dermatologen wie Luc einfallen würden. Dass wir uns mit vielsagenden Blicken und Uns-unterm-Tisch-Anrempeln beistehen könnten. Eva hat natürlich Ja gesagt. Eva sagt immer Ja, wenn's ums Retten geht.

Walter ist nachts um zwanzig vor zwei nach Hause gekommen. Die Gäste waren schon über eine Stunde weg. Ich habe getan, als ob ich schlafe. Am nächsten Morgen habe ich Casper gesimst: »Ich werde da sein. Weil du es bist.«

EVA

Angeblich muss man einen professionellen Abstand bewahren, wenn man als Sozialarbeiter in einem Gefängnis arbeitet. Das stimmt natürlich. Ich kann das aber nicht so gut. Vielleicht will ich das auch gar nicht gut können.

Ab und zu ist einer dabei, um den kommt man unmöglich herum. Wie Henri. Ein gutaussehender Kongolese mit dem Charisma gleich mehrerer Politiker von Weltrang auf einmal.
Ich weiß noch, wie ich ihn zum ersten Mal sah. Er betritt meinen Raum, lacht einnehmend. Ich stelle ihm die üblichen Fragen, die ich jedem Neuinhaftierten stelle. Er antwortet auf Französisch. Ich versuche es auf Englisch, mein Französisch ist nicht gut. »No English. Français?« Wieder lächelt er. Mit Ach und Krach wurstele ich mich durch die Sätze. Er bleibt geduldig, denkt mit, ergänzt Wörter, auf die ich gerade nicht komme. Mindestens drei Sitzungen lang habe ich mit ihm in holprigem Französisch gesprochen. Bis ich bei einem Gruppentreffen merkte, dass andere schmunzelten, wenn er mit mir redete. »Komm, Henri, langsam reicht's. Los, gib schon zu, dass du den Antwerpener Dialekt kriminell gut sprichst.« Woraufhin Henri eine Geschichte in perfektem Niederländisch zum Besten gibt. Es stellte sich heraus, dass er prima Flämisch, Englisch, Französisch und Lingala spricht. Während er das erzählt, hat er sichtlich einen Mordsspaß.

Henri wirkt unnahbar. Ein Spaßmacher, ein Checker. Er sitzt die Jahre im Gefängnis auf einer Pobacke ab, zumindest scheint es so. »Moi, je suis toujours pas ici. Mein italienischer Zellengenosse hat das einmal zu mir gesagt. Für alles gibt's eine Lösung, sogar für dieses beschissene Elend hier.« Dabei lacht er. Ich mache mir mehr Sorgen um die Männer, bei denen alles tipptopp in Ordnung ist.

Ob er's denn hier aushalte, frage ich ihn bei einem unserer letzten Gespräche. »Du bist ja schon eine Weile hier.« »Was glaubst du wohl?«, sagt er. »Ich trage Unterhosen, die vorher weiß Gott wer angehabt hat. Ich lebe an einem Ort, an dem es nie still ist. Türen gehen auf und zu. Leute laufen mit rasselnden Schlüsseln rum. Lautsprecherdurchsagen. Eine Etage höher wird gegrölt, aber ob aus Fröhlichkeit oder weil's Ärger gibt, weiß man nie. Meine Augen sind beinah ständig blutunterlaufen, weil ich nie in die Ferne schauen kann. Ich habe schon seit neunzehn Monaten und drei Wochen keinen Besuch mehr bekommen, von niemandem.« Sein Blick verhärtet sich, als er das sagt.

Henri meldet sich für den dreitägigen Workshop an, den Casper geben wird. Dass ich diesen bekannten Maler dafür habe gewinnen können, hat mein Ansehen bei der Direktion gesteigert.
    Casper hilft den Männern reinzukommen. Er spricht mit ihnen über mögliche Themen, begleitet sie bei ihren ersten Skizzen, gibt Tipps und erklärt Dinge, und ich merke sofort: Auch er ist von Henri fasziniert. »Ja, das ist gut geworden. Du hast wohl früher schon gezeichnet oder gemalt, was?«

»Ein bisschen, aus Langeweile, ist nichts Besonderes.« Henri winkt ab. Arglos, freundlich, als brauche er keine Komplimente. Casper gibt Anweisungen. Henri malt etwas Figuratives in ziemlich dunklen Farbtönen. »Welche Geschichte steckt hinter deiner Arbeit?«, fragt Casper gegen Ende. »The sunshine in my heart, das hab ich gemalt.« Seine Augen wirken noch größer als sonst.

Als ich die Häftlingsgruppe zu ihren Zellen begleite, bleibt Henri als Letzter übrig, seine Zelle ist am hinteren Ende des Flurs. Gerade als der Strafvollzugsbeamte die Türe schließen will, ruft er: »Eva?« Ich stecke den Kopf zur Tür hinein. »Nichts, entschuldige.« Der Beamte reagiert genervt und mault: »Wenn die Dame gestattet, ich habe heute noch was anderes zu tun.« Als ich den langen Flur entlanggehe, denke ich an seinen Gesichtsausdruck. Und an seine Geschichte, die langsam hochkommt, die er sich aber nicht zu erzählen traut. Jedenfalls noch nicht.

Abends rufe ich Casper an, um mich bei ihm zu bedanken. »Sag mal, dieser Henri, ein ganz besonderer Typ, was hat der eigentlich getan?« Offenbar doch immer wieder die Frage der Fragen. »Das musst du ihn selbst fragen, wenn du das unbedingt wissen willst.«

Eine Woche später sitzt Henri bei mir. »Dir geht's nicht gut, was?«, sage ich. Mehr braucht er nicht.

Dass er oft an den Kongo denken muss. »Das ist mein Land. Ich will nie wieder dorthin zurück.« Er erzählt von seiner Oma, wie sie ihn als Kind manchmal gewiegt und ihn dabei mit ihren Riesenbrüsten fast erstickt hatte und dabei immer ein Lied sang, das er sich jetzt oft selbst vorsingt, stumm, damit es keiner hört. Dass er an seine Mama denken muss, seinen Papa, seine Geschwister. Wie er versucht, das nicht zu tun. »Zu viel Tod«, sagt er. »Wie meinst du das?«, frage ich. Er macht eine abweisende Handbewegung, schaut die graue Wand an. Lange.

Dass er unser Land nicht verstand, als er hier ankam. Dass er es noch immer nicht versteht. Wir seien ein seltsames Volk. Jeder so ganz auf sich gestellt. So viel Angst vor dem Unbekannten. So viel miese Laune wegen Kleinigkeiten. Weil die Sonne nicht scheint. Weil man das Fernsehprogramm schlecht findet, es dann aber doch ganz bis zu Ende sieht. Weil an den Schaltern bei der Post eine Schlange steht.

Dass er noch nie so allein gewesen sei. Dass er endlos lang durch die Straßen gelaufen sei, ohne dass ihn jemand wahrgenommen habe. Dass er schließlich eine Frau getroffen habe, die einigermaßen nett zu ihm war. Sie hatte eine Miniwohnung, aber er dufte dort übernachten. Erst später stellte sich heraus, dass sie seit Jahren drogenabhängig war. Aber wo ist schon alles perfekt? Er hatte Koks bis dahin nie probiert, sagte er, aber das sei schon ein Kick gewesen. Plötzlich wieder mit sich selbst zufrieden sein. Plötzlich wieder der Mann zu sein, der er einmal gewesen war. Einer, der was draufhat.

Über sie hatte er die Typen kennengelernt. Schnelles Geld, geringes Risiko, hatten sie versprochen. Es kam vom einen zum andern. »Die Folgen kennst du ja«, sagt er. Bewaffneter Raubüberfall, Hehlerei, Drogenhandel, er weiß, dass ich seine Akte gelesen habe. Er sei nicht stolz darauf, dass er scheußliche Dinge getan habe. Das sei ihm klar.

Und dann stellte sich heraus, dass sie schwanger ist. Sie

hat sich richtig Mühe gegeben, clean zu bleiben, acht Monate später wurde dann ihr Sohn geboren. Aimé. Ein kleiner, aber gesunder Junge. »Er war ein Fußballer, das habe ich sofort gesehen.« Kurz bevor er drei wurde, fiel Aimé die Treppe des Wohnblocks runter. Er hatte sich durch die Gitterstäbe des Geländers gezwängt und war in die Tiefe gestürzt, auf den Kopf. Vier Tage Koma, dann war er gestorben. Sie hatten ihn begraben. Drei Tage später regnete es den ganzen Tag. »Ich hielt das nicht aus«, sagte er. »Ich bin da völlig ausgerastet. Mein Junge durfte doch nicht nass werden.« Er weint beim Erzählen.

»Im Gefängnis darf man nicht heulen«, sagt er. »Wer heult, ist schwach. Wer schwach ist, wird gedemütigt, schikaniert, erpresst, missbraucht. Ich bin stark«, sagt er. »Zum Glück.«

Ich weiß nicht recht, was ich sagen soll. Ich möchte ihn in den Arm nehmen, lasse es aber bleiben. Ich will ihm helfen, weiß nicht wie. »Und Aimés Mama?« »Absolute Katastrophe.« Er verstummt wieder. Ich schaue ihn an. »Und danach?« »Nichts mehr. Da ist nichts mehr.«

Er schweigt. In all seinen Sprachen. »Ich finde das alles furchtbar«, sage ich schließlich. Darauf er, ganz leise: »Nicht nötig, das bringt keinem was.«

Ich will ihn nicht in seine Zelle zurückbringen. Ich will ihn mit nach Hause nehmen und ihm einen Kuchen backen, ihn mit einer Decke, dem gedeckten Aprikosenkuchen und einem Cappuccino mit viel Milchschaum aufs Sofa setzen und sagen, dass alles gut wird, und das auch selbst glauben.

Abends geht mir Henris Geschichte einfach nicht aus dem Sinn. Ich werde es Casper wohl doch erzählen, denke ich und rufe ihn an. Anrufbeantworter. Ich versuch's bei Elsie. Sie geht ran, fängt sofort an zu erzählen. Von Casper, dass sie Ja gesagt hat. Dass sie sich selbst nicht begreift, es aber nicht lassen kann. Dass sie total gespannt ist und auch ein wenig Angst hat. Dass sie, falls das notwendig sein sollte, sofort klarstellen wird, dass sie glücklich verheiratet ist. Von Lou, die sich so über ihr Zeugnis freut. Von Walter, der ihrer Ansicht nach ein Burnout bekommen wird, wenn er nicht aufpasst. Und so weiter und so fort. Nach ungefähr einer Dreiviertelstunde fragt sie: »Und wie geht's dir?« Ich erzähle ihr kurz von Henri. »Bist du dir auch sicher, dass seine Geschichte stimmt?«, fragt sie. »Häftlinge erzählen doch alles Mögliche, um dein Mitgefühl zu gewinnen, und du lässt das dann zu.« Ich habe keine Lust, darauf zu reagieren. Elsie spürt das. »Ich find's toll, was du machst, Eva! Ich versuch, dir nur zu helfen, dich selbst in solchen Dingen ein wenig zu schützen. Das ist alles.« Elsie meint es gut, das weiß ich ja. Sachlichkeit ist auch eine Art, mit Dingen umzugehen.

Ich gehe ins Bett. Kann nicht schlafen. Eine summende Mücke und ein Kopf, in dem die Gedanken kreisen. »Du warst schon immer so eine, die viel vom Leben und von den Menschen erwartet.« Das hat Casper erst kürzlich gesagt. Aus seinem Mund hörte es sich wie etwas Gutes an. Heute Nacht bin ich mir nicht sicher, ob er recht hat.

LOU

Ich hatte ein gutes Zeugnis. Meine Eltern waren zufrieden (ein Wort, das zu meinen Eltern passt: zufrieden). Meine Eltern denken gerne, dass alles gut geht. Ein prima Zeugnis beweist das ihrer Ansicht nach. In der Klasse sind gute Noten nicht automatisch ein Vorteil, aber da ist seit der Katastrophe eh kaum noch was zu retten.

Es ist gleich in der ersten Schulwoche passiert. Ich habe mir morgens meinen neuen Rock angezogen. So ein dunkelblaues Wickelding, das von langen schwarzen Bändern zusammengehalten wird. (Yamamoto, ein absoluter Topdesigner, kombiniert auch immer Schwarz und Blau, hatte Eva gesagt. Sie hat Geschmack, also käme der Rock in der Schule bestimmt gut an.)

In der Pause setze ich mich auf eine Toilette, warte auf den Gong und gehe wieder zurück ins Klassenzimmer. Diesmal hatte ich sogar echt Pipi gemacht. Ich stelle mich zu meiner Gruppe, merke schon, dass gekichert wird, schnalle aber nicht gleich, warum. Eine halbe Stunde später ruft mich die Mathelehrerin an die Tafel, ich soll eine Aufgabe lösen. Ich stehe auf und gehe nach vorne. Jetzt wird wirklich laut gelacht. Die Lehrerin bittet um Ruhe. Ich gehe zur Tafel, woraufhin nun auch die Lehrerin loslacht. Sie versucht, sich zu beherrschen, und sagt mit einem kleinen Prusten: »Lou, Kind, dein Rock.« Ich sehe an mir herunter, bemerke nichts, taste nach hinten und stelle plötzlich fest: Meine Beine sind halbnackt, und alle sehen meine Hello-Kitty-Unterhose, ein kleiner Scherz von Eva von irgendeinem Weihnachten. Offenbar war eines der Bänder in meiner Unterhose hängen geblieben und hatte so das Ganze nach oben gerafft.

Statt in dem Moment einen lockeren Spruch zu reißen oder so oder zumindest cool zu bleiben, fühle ich, wie ich knallrot anlaufe. Ich renne aus dem Klassenzimmer. Auf der Treppe versuche ich mit aller Kraft, nicht zu weinen. Sonst bekomme ich auch noch rote Flecken im Gesicht. Es geht nämlich immer noch schlimmer. Ich traue mich nicht, wieder reinzugehen. Weiß aber, dass es sein muss. Ich zermartere mein Hirn nach einem lässigen Spruch, mit dem ich gleich die Stimmung auflockern kann. Doch mir fällt nichts ein.

Während ich mir wünsche, ich könnte mich auf der Stelle in Luft auflösen und müsste nie mehr zurückkehren, sehe ich ein Stockwerk tiefer den stellvertretenden Direktor vorbeigehen. (Das ist ein komischer Kauz. Etwas klein geraten, mit einer großen, altmodischen Brille und einer Stimme, die sich überschlägt, wenn er wütend wird. Und das wird er oft. Wütend werden ist ein bisschen sein Beruf.) Keine Chance. Ich muss reingehen. Ich klopfe an die Tür, die Lehrerin will mir Mut machen und sagt: »Setz dich nur wieder hin. So was kann jedem mal passieren.« »Ja, aber so 'ne Unterhose sucht man sich doch selber aus«, ruft Vanessa. »Na na na, in meinem Unterricht wird niemand ausgelacht, es war ein kleines Missgeschick. Und Vanessa darf für die nächste Aufgabe an die Tafel kommen.«

Ich versuche, an etwas anderes zu denken. Meistens geht das ganz gut, heute klappt es nicht.

Sie nennen mich immer noch Kitty statt Lou.

Drei Dinge, die ich vergessen will: 1. Die Katastrophe, 2. Das eine Mal auf der Schulfeier, als ich ein Blütenkelch war: Ich hatte die Arme anmutig in die Luft gereckt, die Musik setzte ein, und ein paar Takte bevor wir anfangen mussten zu tanzen, kackt mir ein Vogel auf den Kopf. Klecks, genau mittendrauf, besser hätte er gar nicht treffen können. Ich fing an zu heulen, unser Tanz ist in die Hose gegangen, 3. Dass Mama neulich in ihrem Zimmer leise geweint hat. (Ich war gerade im Flur und hab sie durch den Türspalt gesehen, mich aber nicht getraut reinzugehen, das tut mir jetzt leid.)

Vier Dinge, die mich trösten: 1. Kleine Kinder, die so wahnsinnig lachen müssen, dass man gar nicht anders kann, als zu glauben, dass das Leben schön ist, 2. Stille Dinge anschauen (Sonnenblumen, die Grübchen in Brad Pitts Wangen (ich stehe auf ältere Männer, sagt Eva, darüber muss sie dann wiederum lachen), eine Schale voll bunter Süßigkeiten), 3. Wenn Eva sagt: »Komm, ich hab Suppe gekocht, das hilft«, obwohl ich gar nicht gesagt habe, dass ich mich nicht so doll fühle, 4. Mein kleiner Bruder Jack, wenn er sich einfach so an mich kuschelt. Das passiert aber nicht oft.

Drei Dinge, die ich eklig finde: 1. Füße, besonders die von meinem Vater (erst recht, wenn er sich im Wohnzimmer die Zehennägel schneidet), 2. Fleisch (ich will Vegetarierin werden, darf aber nicht. Alles Bullshit, finden sie zu Hause, trotz meiner vielen Argumente), 3. Der Geruch von überreifen Melonen (Achte mal darauf!).

Sechs Dinge, die ich schön finde: 1. Enten im Wasser (echte), 2. Die Farben Knallrot und Grellblau, 3. Mineralwasser, das gerade in ein Glas gegossen wird: Das strudelt dann wie ein Tornado, bloß nicht gefährlich, 4. Den Buchstaben B (sowohl vom Klang, als auch von der Form her), 5. Volle Lippen (wie die von Bruno aus meiner Klasse, zum Beispiel), 6. Gemälde von Vincent van Gogh (vor allem das eine von seinem traurigen kleinen Zimmer. Schon komisch, dass Leiden auch schön sein kann).

Eva war vorbeigekommen. Ich hab ihr gesagt, sie solle mal online daten. Heutzutage machen das alle. Und wenn sie sich dann mit ihm verabredet, rufe ich eine Stunde später bei ihr an. Wenn sie's dann mit dem Mann nicht nett findet, tue ich so, als bräuchte ich sie dringend wegen eines Notfalls (ich kann einfach blablieblieblabla sagen, er hört das ja doch nicht), und dann kann sie sich aus dem Staub machen. Wenn sie nicht drangeht, weiß ich, dass sie Spaß hat, worüber ich mich dann auch freue. Das sei ein wasserdichter Plan, fand sie, vielleicht würde sie das tatsächlich mal ausprobieren. Freundinnen von ihr machten das auch. Ich bin mal gespannt.

Ich wünsche mir, dass Eva sehr glücklich ist. Ich glaube, es ist immer leichter, zu zweit glücklich zu sein. (Obwohl ich mir da inzwischen nicht mehr ganz so sicher bin, aber ich glaube immer noch etwas mehr, dass es wohl so ist.)

CASPER

Schon beim Aufstehen war ich nervös, wie ein Schuljunge. Malen ging nicht, also habe ich Papierkram erledigt, dadurch verging die Zeit auch nicht schneller.

Endlich fängt es draußen an zu dämmern. Das hier ist keine gute Idee, denkt die eine Hälfte meines Hirns, die andere kann es kaum erwarten. Ich ziehe mein schönes Hemd an, das warm-rote mit dem Siebzigerjahre-Kragen mit langen Spitzen, den schwarzen Anzug und die neuen Schuhe. Bevor ich losgehe, trinke ich ein Duvel, das brauche ich jetzt.

Hand aufs Herz: Ich habe mich in der Vergangenheit durchaus schon einmal zu einer wilden Nacht verführen lassen. Ich vermute das übrigens auch von Merel. Das sollte nicht passieren, tut es manchmal aber doch in diesem schmierigen Leben, wenn die Lust groß und das Geheimnis garantiert sicher ist. Hinterher habe ich mich gefragt, ob das jetzt wirklich nötig war. Vermutlich wegen der Spannung, einen Körper zu sehen und zu spüren, den man noch nicht kennt, wegen des Kicks, jemanden mit ins Bad zu nehmen und aufs Bett zu werfen. Für mich hörte es da dann auch auf, die paar Male, bei dieser vergnügten Einmaligkeit, weil ich das so wollte.

    Und jetzt ständig dieser Gedanke: Wieso fühlt sich das hier anders an?

Als ich ankomme, ist das Restaurant schon ziemlich voll, man gibt mir den letzten Tisch. Ich bin zehn Minuten zu früh da, die verstreichen, die nächsten zehn. Sie kommt doch nicht, denke ich, was für eine Schlappe.

Ob ich sie anrufen soll, ihr simsen, irgendwas Witziges vielleicht? Da auf einmal, während ich an meinem Handy herumspiele, klingelt's: Elsie, plötzlich auf meinem Bildschirm, mir bricht sofort der Schweiß aus. »Hallo?« »Ja, hallo. Ich bin in der Karel de Grotelaan, aber ich finde das Restaurant nicht.« »Es ist in der Karel de Grotestraat, Sweetie.« Sweetie?! Ich könnte meinen Schuh fressen, bin aber dermaßen froh, dass sie kommt, dass ich mir keine Vorwürfe mache.

Eine Viertelstunde später steht sie vor mir, noch schöner als in meiner Erinnerung. Sie hat sich auch überlegt, was sie anziehen soll, oder sie sieht immer so umwerfend aus, wäre auch möglich. Ich stehe auf, um ihr einen Kuss zu geben: Ich gebe ihr nur einen auf die linke Wange – sie riecht genauso toll, wie sie aussieht –, sie dreht ihren Kopf für den zweiten Kuss, ich hatte meinen aber schon zurückgezogen, darum stoßen wir ungeschickt zusammen. »Drei Küsse gibt man Verwandten, denen man lieber nicht begegnet wäre«, sage ich. Das soll eine charmante Entschuldigung sein, kann aber ziemlich falsch rüberkommen, also schiebe ich noch ein paar Worte hinterher, die es noch schlimmer machen. Sie lächelt nur, mitfühlend oder gerührt, schwer zu sagen. Ich habe einen trockenen Mund, es schmatzt ein bisschen beim Sprechen. Hilfe, und das mit sechsundvierzig?

Wir bestellen, ich suche einen guten Wein aus. Sie ist diejenige, die das Gespräch in Gang bringt: Sie erzählt und fragt und haut eine scharfsinnige Bemerkung nach der anderen raus, bisschen machomäßig manchmal, was ich an einer Frau ganz gerne mag. No nonsense, klug und obendrein witzig. So ein Wesen, das gnadenlos immer direkt auf den Punkt kommt, weil das Leben kurz ist.

Sie will auch noch über mein Werk reden: dass es so schrecklich traurig ist und trotzdem gegen alles hilft und dass sie sich fragt, was das über mich aussagt. Das ist eine Frau, die sich brutal in deinen Kopf knallt, einfach weil sie es kann und sich traut, weil sie echt interessiert ist. Ich erzähle – zu meinem eigenen Erstaunen – mehr von mir, als ich in Ewigkeiten getan habe, und aufrichtiger als sonst.

Als ich Gegenfragen stelle, weicht sie aus, wo es nur geht, als wäre sie darin geübt. Aber ich gebe mich nicht so leicht geschlagen. Und dann reden wir über unsere Kindheit, sie erzählt die Geschichte aus der ersten Klasse: Wie ihnen die Lehrerin aufgetragen hatte, eine Katze zu stricken, rosa, mit blauen Augen und Schnurrhaaren, und dass sie sich ein wenig vor Katzen fürchtete, rosa hässlich fand und dem Anschein nach auch keinerlei Begabung fürs Stricken hatte. Nach monatelangem Herummurksen konnte es ihre Mutter nicht länger mit ansehen und strickte ihr knapp zwölf annähernd perfekte Reihen, damit ihre Tochter nicht mit leeren Händen dastand. Aber die Lehrerin war natürlich nicht blind. Sie sah die Katze an, dann sie, sagte kein Wort, klappte den Schultisch auf, nahm die Schachtel rechts aus der Ecke, öffnete sie und nahm ihr die Beute weg: all ihre guten Punkte, es waren siebenunddreißig eingeschweißte

Kärtchen, jedes einzelne durch vorbildliches Verhalten zusammengespart. Am Ende des Halbjahrs durften sich die Schüler davon etwas im Laden aussuchen: ein Säckchen Murmeln, ein Lesebuch – je mehr Punkte, umso schöner die Belohnung. Jetzt bekam sie also nichts. Dass diese Lehrerin sie nicht leiden konnte, war klar. »Dabei sind Lehrerinnen, wenn man sechs ist, absolut alles für einen, aber ich habe keine Träne vergossen, ich wusste ja schon, dass das Leben verdammt unfair ist.« Sie zieht die Augenbrauen hoch, bewegt ihre knallroten Lippen ein wenig nach links und lacht erneut. Vor ihrem rechten Auge schwingt eine Locke. »In dem letzten Satz steckt eine ganze Geschichte«, antworte ich. Sie schaut ertappt und froh zugleich. Wie schwer muss es sein, diese Frau nicht zu lieben?

Wir finden gar kein Ende, springen von einem Thema zum anderen, es ist, als hätten wir hier schon hundertmal gesessen, und zugleich gibt es da kein Detail an ihr, das mich nicht verwundert. Ab und zu verstummen wir beide und sehen uns einfach nur an.

Wir sind schon beim Kaffee, als ich sage: »Deinen Brief fand ich übrigens phänomenal. Ich wusste nicht, was ich sagen soll, hab ihn wieder und wieder gelesen.« Da stößt sie fast ihr halbvolles Glas um. »Was gibt es Schöneres als eine ungeschickte Frau«, sage ich. Sie lacht, weil sie's anscheinend nicht lassen kann. Wenn es einen Zähler für die Spannung in der Luft gäbe, stünde unserer hier kurz vor dem Explodieren, würde ich sagen.

Wir sind die letzten Gäste. Ich bitte um die Rechnung, weil es sich nicht vermeiden lässt. »Du bist echt noch toller, als ich dachte«, sage ich. »Und du bist noch toller als ich, gar nicht so übel«, sagt sie, und dann ihr ausgelassenes Lachen…

Als wir vor dem Restaurant stehen, sagt keiner von uns beiden etwas. Ich würde einen Arm dafür geben, wenn ich sie jetzt küssen dürfte, zwei, um ihre Brüste sehen zu dürfen. Dann sagt sie: »Ich stehe da«, sie zeigt in die Richtung, »und du?« »Ich bin mit dem Rad da. Ich bring dich noch kurz zum Wagen.« Sie sagt noch etwas, das nehme ich gar nicht mehr richtig wahr. »Das bin ich.« Ein alter Saab, petrolblau, diese Frau hat natürlich auch noch guten Geschmack. Ich küsse sie auf den Mund, eher brav, so wie man das unter Freunden macht. Ich kann ihren Blick nicht deuten: froh oder ängstlich, vielleicht beides. Sie steigt ein, winkt kurz und fährt dann weg.

Ich muss noch einen kleinen Nachtspaziergang machen, weil ich aus dem Lot bin, das ist der richtige Ausdruck, und durcheinander und verwirrt und geil und superfröhlich und unsicher. Ich verirre mich in meiner eigenen Stadt, das ist mir noch nie passiert. Nicht gleich übertreiben, sage ich laut, aber richtig überzeugend klinge ich diesmal nicht.

JOS

Never a dull day im Leben mit der Mama. Das hat Elsie früher oft leise zu mir gesagt. »Nicht lachen«, sagte Eva dann, mit einer Mischung aus Lachen und tiefer Tristesse. Wie Eva eben so ist.

Jeanne ist der unbändige Typ, in allem. Wenn sie shoppen geht, kommt sie nicht mit zwei Geschenken für sich nach Hause, sondern mit neun. Wenn sie essen geht, bestellt sie nicht das Drei-, sondern das Sieben-Gänge-Menü. Wenn sie eine Freundin anruft, telefoniert sie keine Viertelstunde, sondern eineinhalb Stunden. Wenn sie sauer ist, gibt es bei ihr keine verhaltene Wut, dann brüllt und keift sie so lange, bis sie keine Stimme mehr hat. Wenn sie traurig ist, fließen nicht ein paar Tränen, sie füllt ganze Seen. Als habe sie irgendwann beschlossen, dass nur Strahlendweiß und Pechschwarz lebenswerte Varianten sind.

Was das mit dem Rest der Menschheit macht, darüber denkt sie nicht nach. Empathie ist ein Luxus, den sie sich nicht leisten kann. Das hat so seine Folgen.

Ich erinnere mich noch an Evas sechsten Geburtstag. Der müsse groß gefeiert werden, fand meine Frau. Sie hatte mich gebeten, mir diesen Tag freizuhalten. Sie legte die Feier extra auf einen Montag in den Schulferien, damit ich dabei sein konnte. Ich muss zugeben: Ich bin nicht gerade ein begnadeter Kinderbespaßer und hatte schon alles in der Richtung absichtlich an mir vorüberziehen lassen, daher fand ich ihre Bitte nicht aus der Luft gegriffen und sagte Ja. Es sollte ein Ausflug in den Zoo werden. Mit dem Zug, die Kinder mögen so was. Könnte schlimmer sein, fand ich. Nichts, was mit ein paar Schnäpsen nicht auszuhalten sein würde.

Und was passiert am Tag der Feier? Um fünf vor neun klingelt es an der Tür. Ich höre entfernt das Rumoren von ein paar Zwergen. Ich beende noch schnell, womit ich gerade beschäftigt bin. Unterdessen geht die Tür ständig auf und wieder zu. Warum lassen sie die Kinder mit der Tür spielen? Als ich runtergehe, um einzuschreiten, sehe ich ein Meer aus Sechsjährigen. Und während ich auf der Treppe stehe, geht die Tür wieder auf: die nächste Ladung. Jeanne hat die ganze Klasse eingeladen. Einundzwanzig der dreiundzwanzig Kinder erscheinen. Ich fange direkt an zu rechnen: So viele Franken waren das damals, Eintritt mal so viel Kinder, und dann haben sie weder gegessen noch getrunken. Für mich hört da der Spaß dann auf, dabei musste er erst anfangen. Jeannes Vergnügen hingegen ist unerschütterlich, ihre Begeisterung kennt keine Grenzen. Sie verabschiedet sich laut schnatternd von den anderen Müttern, türmt eifrig Geschenke auf und putzt geschwind ein paar Kindern die laufende Nase. Wir müssen sehen, wie wir die Truppe irgendwie im Griff behalten: Elsie und Ben – sie sind zwölf und vierzehn, also wirklich alt genug, um mitzuhelfen, findet Jeanne – und eine Nachbarin mit einem etwa fünfjährigen Kind und ich. Mir bricht bereits da der Schweiß aus.

Wie wir mit der ganzen Meute bis zur Bushaltestelle gekommen sind, mit dem Bus bis zum Bahnhof und mit dem Zug schließlich zum Zoo, das habe ich geschickt verdrängt.

Sobald wir angekommen sind, dreht die ganze Rasselbande natürlich völlig durch. Ich zwinge sie, eine Reihe zu bilden, zu zweit Hand in Hand – wie in der Schule, was sie zu meinem Erstaunen auch tatsächlich tun. Ich habe eine Heidenangst, dass ein Kind ausbüxt oder ich eins ein paar Sekunden aus dem Auge verliere, gerade lange genug, dass es von einem Klettergerüst knallt. Jeanne scheint sich überhaupt keine Sorgen zu machen. Sie zeigt auf die Mähne des Löwen, die Beine des Flamingos und die Schnurrhaare der Seeotter, als täte sie das von Berufs wegen den ganzen Tag. Die Kinder hören manchmal zu, johlen viel zu laut, schwärmen aus, kommen zurück, auch wenn manche dazu extra angespornt werden müssen. Alle sechzehn Minuten muss einer von ihnen aufs Klo, hat einer Durst oder ein kleines bisschen Chipshunger.

Um die Mittagszeit bin ich platter als an den anstrengendsten Tagen im Restaurant. Jeanne trommelt die Rasselbande im Zoorestaurant zusammen und kommandiert: Rückt die Tische zusammen, verteilt mal die Pommes und die Cola. Während wir uns um die Verteilung der Teller und Becher kümmern, dirigiert sie die Kinder, die Eva ein Geburtstagsständchen bringen. Hinterher schenkt das Geburtstagskind jedem Mädchen einen rosa Bleistiftspitzer, die Jungs kriegen einen Schlüsselanhänger. Ein Andenken. Nur zu, Vater hat's ja, denke ich. Aber ich schweige. Schweigen ist fast immer besser.

Wir haben den Tag überstanden. Außer einem aufgeschlagenen Knie und einem Streit, der auf der Zugfahrt so halb wieder beigelegt wurde, sogar ohne bleibende Folgen. Aber frag mich nicht wie. Elsie, Ben und ich waren geschafft. Drei Wochen wollten wir schlafen, sagten wir. Nur Jeanne fand kein Ende.

Zugegeben: Eva fand es großartig. Einen ganzen Tag lang war sie die Dschungelprinzessin, von all ihren Klassenkameraden bewundert. Ich habe sie selten mit so einem fröhlichen Gesicht schlafen gehen sehen. Und ja, dass ich mich noch so genau an ihren Blick erinnere, sagt alles über…

Es herrschte öfter Schlechtwetter, als dass die Sonne schien. Dann ärgerte sich Jeanne aus völlig unersichtlichem Grund über eins der Kinder. Alles konnte der Anlass sein. Ein Farbfleck auf einem neuen Pulli, sieben von zehn Punkten in einem Test, eine Übernachtung bei einer Klassenkameradin an einem Tag, an dem sie mit dem Kind etwas geplant hatte. Ganz egal.

Ich erinnere mich an dieses eine Mal. Eva kommt von der Schule nach Hause, merkt direkt: Jeanne würdigt sie keines Blickes. Eva, mit außergewöhnlichen Fühlern für Stimmungen und Zurückweisung, versucht es mit einer Charmeoffensive. Verrückte Geschichten aus der Schule, interessierte Fragen zum Seidenmalereikurs ihrer Mutter, spontan beim Abwasch helfen. Jeanne reagiert kurz angebunden, klappert genervt mit Töpfen und Pfannen, fängt irgendwann sogar an zu staubsaugen, was jegliche Kommunikation praktisch unmöglich macht. Als Eva eilfertig einen Stuhl beiseitestellt, damit ihre Mutter besser hinkommt, hält Jeanne abrupt inne, als wolle ihre Tochter ihr nun auch noch ihre Bemühungen in Haushaltsangelegenheiten sabotieren. Sie stellt sich stocksteif an die Wand. Vollkommen angespannt, Arme eng am Körper, wird zu einer Marmorsäule. Ja, so etwas tut Jeanne gelegentlich. Stundenlang kann sie das durchhalten. Die lebenden Statuen auf den Ramblas sind nichts dagegen. Eigentlich ist das kein schöner Anblick, aber dessen ist sie sich offenbar nicht bewusst. Ich vermute, sie hofft, ein solches Manöver würde die Menschheit schockieren und zur Einsicht bringen, wie tief ihre Trauer und wie falsch das Verhalten des ihr schlechtgesonnenen anderen ist. Denn sieh doch, wie sie buchstäblich nicht mehr zum Handeln oder Reagieren imstande ist. Vor Herzschmerz gelähmt. So heftig hat sie das getroffen, so tief hat es sie gekränkt. Wenn sie diesen Trick bei mir versuchte, habe ich sie einfach stehen lassen oder liegen (diese Variante kam auch vor, die Alternative an anstrengenden Tagen), bis sie selbst entrüstet atmend – ja, sie konnte das, demonstrativ und pfeifend hörte sich das an, als sei es sehr anstrengend für sie, in diesem Leben am Leben zu bleiben – wieder Nähe suchte. Gleichgültigkeit ist immer die stärkste Waffe.

Eva ist da natürlich erst so um die neun, sie kann das nur schwer mit ansehen. Sie versucht ihr Menschenmögliches. Ob Mama ihre gute Mathearbeit unterschreiben möchte? Ob sie vielleicht Lust habe, zusammen zu töpfern? Doch Jeanne presst die Lippen aufeinander, und die Gliedmaßen bleiben steif. Um sie zu erweichen, braucht es schwereres Geschütz. Eva entscheidet sich für die ultimative Geste. »Soll ich dir vielleicht einen Bananensplit machen? Mit selbstgemachter Schokoladensoße?« Jeanne zwinkert kurz, das macht Mut. Sie ist verrückt nach Bananensplit. Auch in Zeiten weltberühmter Diäten ist das auf immer und ewig der größte Verführer, die süßeste Sünde, die Herausforderung, die sie am Ende in die Knie zwingt. Als Eva mit ihrem liebsten Gesicht und darunter dem Eisbecher vor ihrer Mutter steht, hält sie es nicht mehr aus. »Also gut.« Als sei Selbstaufopferung auch eine Kunst. Während des Essens sagt sie, zwischen dem Kauen und dem Schlucken: »Bald springe ich von einer Brücke, dann seid ihr mich los und könnt endlich glücklich sein.«

Als Jeanne eben diesen Satz zum ersten Mal aussprach, klammerte Eva sich an sie wie ein kleines Äffchen. Heute weiß Eva, dass so etwas der Beginn eines Rituals ist. Sie lässt ihre Mutter reden, sagt nichts, nickt lieb, als sei sie sich ihrer Schuld in vollem Umfang bewusst.

Man muss nur warten, bis der Sturm sich legt. Denn das tun Stürme letztendlich immer.

3

UND ÜBERALL DER GERUCH VON DOMESTOS UND LEICHTER KRANKHEIT

EVA

Meine Freunde sagen immer, das werde schon noch. Dass ich den besten Mann von allen finden werde. Weil ich das verdiene. Wie wunderbar es doch wäre, wenn jeder das bekäme, was er verdient, denke ich.

Ich kenne Roel jetzt ein paar Monate. Ein Bassgitarrist, der mit seiner Band drei Konzerte im Gefängnis gegeben hat. Er war beeindruckt. Wollte alles über die Häftlinge und ihre Strafen wissen und über das Arbeiten in so einem Umfeld. An diesem ersten Abend haben wir bis zwei in der Kneipe gesessen. »Echt klasse«, sagte er beim Abschied. Ich bekam einen Kuss auf den Mund. Seitdem haben wir uns einigermaßen regelmäßig getroffen. Sind trinken gegangen, was essen gegangen, einmal in ein Konzert oder ins Kino. Die Seelenverwandtschaft ist groß, der Spaß grenzenlos, die Gespräche tiefgründig und intim.
    Letzte Woche teilte er mir mit, dass er nach Paris dürfe, seine Band habe ein kleines Konzert regeln können, in einem kleinen Saal irgendwo. Low profile, ein Stündchen am frühen Abend spielen, beeindruckend sei das zwar nicht, meinte er, aber »was gibt es Herrlicheres als Paris?«, »Wenig«, sagte ich. »Ich würde auch gerne noch einmal hinfahren, bin lange nicht da gewesen.« »Mach das doch! Und dann übernachtest du im Le Mathurin, einem wundervollen, bezahlbaren kleinen Hotel, gut gelegen, in der Nähe der

Galeries Lafayette. Meine Stammadresse dort.« An diesem Abend kam er mir noch lieber vor als sonst. Ich bekam ein Kompliment darüber, was für ein schneller Denker ich seiner Meinung nach sei, unsere Knie berührten sich unterm Tisch, zum Abschied nahm er mich in den Arm.

Als ich Elsie davon erzählte, sagte sie sofort: »Fahr doch auch nach Paris, überrasche ihn! Roel steht auf französisches Kino, er wird das klasse finden, so eine romantische Geste. Vielleicht hofft er insgeheim darauf, warum erzählt er dir sonst, wo er übernachten wird?« Ich trau mich das nicht. Elsie spürt das. »Wann fängst du endlich an zu leben, Eva? All die Ängste dieser Welt, fuck them! Wenn einer so was tun muss, dann ja wohl du.« Sie, die Frau mit beiden Füßen spektakulär auf dem Boden, jedenfalls meint sie das, hatte es mir erst kürzlich auf ziemlich beeindruckende Weise vorgemacht: einen Moment lang ganz dem Gefühl folgen, das musste ich anstandslos zugeben. Lou, die auch im Raum war und ein Buch las, aber anscheinend das ganze Gespräch mit angehört hatte, rief: »Wenn du nicht fährst, rede ich nicht mehr mit dir.« Und dann lachte sie lauthals, das wunderbare kleine Monster.

Ich zweifle bis zur letzten Minute. Aber weil ein Leben ohne Risiko kein Leben ist, werfe ich ein Dessous-Set in einen Stoffbeutel, andere Kleidungsstücke, den Kulturbeutel, Make-up, ein Buch für die Zugfahrt, und los geht's, mit dem Rad zum Bahnhof.

Dort angekommen steht eine ellenlange Schlange am Schalter. Ich kann nur hoffen, dass ich meinen Zug nicht verpasse, sonst kann ich meinen Anschluss in Brüssel vergessen. Vor mir steht ein Mann, dessen Hündchen ganz kirre wird wegen dieses anderen Hundes: seinem Spiegelbild in der Fensterscheibe.

Endlich bin ich an der Reihe. Ich kaufe eine Fahrkarte und sprinte zum Gleis. Der Zug nach Brüssel hat offenbar elf Minuten Verspätung. Hmm. Wenn ich den Anschluss schaffe, ist das ein Wink der Götter.

Am Bahnhof Brüssel-Süd bin ich gerannt wie schon lange nicht mehr. Noch dazu auf Absätzen. Völlig außer Atem hechte ich in den Thalys, und genau wie im Film schließen sich die Türen direkt hinter mir. Ha. Ich habe ein gutes Gefühl bei dieser Aktion. Das wird er werden, denke ich. Der Tag, an den ich noch Jahre später zurückdenken werde.

Jetzt Roel anrufen. Bei ihm klingelt es, fünfmal, er geht nicht dran. Der wird schon zurückrufen, denke ich, er ist so jemand, der kaum einen Schritt ohne sein iPhone macht. Ich versuche, den Veranstaltungsort im Internet zu finden, ohne Erfolg, nur dass mein Akku immer leerer wird. Also versuche ich noch einmal, ihn zu erreichen. Nichts. In etwa einer Stunde bin ich in Paris. Dann eben simsen: »Hey Roel, kannst du mich bitte mal dringend zurückrufen?« Keine Reaktion. Eine Viertelstunde vor Ankunft versuche ich es noch einmal. Ich hinterlasse eine Nachricht auf seiner Voicemail: »Ich habe eine Überraschung für dich, aber dazu muss ich dich kurz sprechen. Wenn's nicht klappt, auch kein Problem.« Ich höre mich fröhlich an, merke ich. Ich versöhne mich auf eine Art mit meinem Schicksal, weil ich von Natur aus auf Rückschläge und leichte Formen von Trübsal eingestellt bin. Ich werde einfach durch Paris streifen. Wenn er nicht rechtzeitig zurückruft, warte ich in seinem Hotel auf ihn. Ich habe einen Plan, denke ich. Das ist schon mal etwas.

Paris ist wunderbar, aber mit jeder Stunde, die vergeht, wächst meine Unsicherheit. Ob ich ihm noch eine SMS schicken soll? Dann weiß er, dass ich auch in Paris bin, und kann selbst entscheiden, was er damit anfängt. Mein Akku ist fast leer, merke ich, also tippe ich ganz schnell, und gerade als ich auf Versenden drücke will, wird der Bildschirm schwarz. Ich drücke ungefähr siebzehnmal die Ein-/Aus-Taste. Nichts. Ich lache hysterisch. Außerdem schwitze ich vor lauter Nervosität wie ein Schwein, merke ich. Was tut man sich nicht alles an, denke ich.

Aber man muss mutig sein. Jetzt bin ich hier, also gehe ich zu seinem Hotel. Wirklich ein charmanter Laden, sogar romantisch. Ich frage an der Rezeption nach: Ob Roel Van de Kerckhoven hier eingecheckt hat. Bingo. Das gibt mir neue Energie. Ich gehe zur Toilette, um mich umzuziehen und frisch zu machen, neues Make-up aufzulegen, dann in die Bar. Ich bestelle ein Glas Rotwein. Ich prüfe diskret meinen Achselgeruch, so geht es wieder. Ich warte. Eine Stunde. Dann noch eine. Und noch eine. Nicht zu fassen, dass ich ausgerechnet jetzt mein Ladekabel vergessen habe. Vielleicht hat er ja inzwischen versucht, mich anzurufen, denke ich. Hoffnung ist eine Sache, die man nie verlernen sollte.

Um ein Uhr nachts schließt die Bar. Kein Roel in Sicht. Ich bleibe noch eine halbe Stunde in der Hotellobby sitzen. Dann habe ich die Nase voll. Ich frage, ob ich ein Zimmer bekommen könnte. Es ist nichts mehr frei. Auch das noch. Ich verlasse das Hotel, gehe in diese lächerlich schwarze Nacht hinein, um die Ecke sehe ich eine trostlose Lichtreklame: HÔTEL. Es ist mir längst egal, ich will nur noch ein Bett. Ein Bett zum Weinen oder um mich auf irgendeine andere Weise dem Selbstmitleid hinzugeben. Wen sollte das auch stören? Eine graue kleine Frau zeigt mir den Weg zum Aufzug. Es ist die Art Zimmer, wo man immer einen Fleck sieht, den man lieber nicht bemerkt hätte. So viel zum Pariser Glamour. Im Badezimmer schaue ich in den Spiegel: »Eva zieht aus, um Abenteuer zu erleben. Olé!« Das sage ich laut, lachend. Lachen ist immer besser als Weinen.

Zwei Tage später bekomme ich Roel an die Strippe: »Du hast neulich versucht, mich zu erreichen?« »Ach, war nicht so wichtig.« Er fragt Gott sei Dank nicht weiter. »Gehen wir heute Abend zusammen was essen?« Toll. Gerade erst aus Paris zurück, und er will sich gleich mit mir treffen. Vielleicht nimmt das hier ja doch noch ein gutes Ende? Schließlich war nichts passiert.

An diesem Abend gehe ich mit knallrotem Lippenstift und den höchsten Absätzen, die ich habe, zu meiner Verabredung. Er erzählt und erzählt, ich höre zu, stelle geschickte Fragen im passenden Moment. Nach dem Essen gehen wir in eine Kneipe. Er bestellt einen Kaffee und einen Calvados. Danach noch zwei. Ich finde es nicht schlimm, dass er ein bisschen beschwipst ist, dann ist er auch etwas lockerer. Aber ansonsten passiert nicht das Geringste.

Als ich gerade denke, mal besser wieder nach Hause zu gehen, ergreift er auf einmal meine Hand. Ich schlucke. Spitze ein wenig die Lippen. Das geschieht automatisch. Ob der Moment gekommen ist? Ich schlucke so laut, dass ich es inwendig hören kann. Und dann sagt er: »Mensch Eva, ich finde dich so klasse.« Ich lächle. »Ich kann mit niemandem besser reden, und mit dir unterwegs zu sein ist immer ein Riesenspaß.« Mein Lächeln wird breiter. »Nur schade, dass du nicht hübscher bist. Für mich muss eine Frau kein Topmodel sein, aber bei dir würde ich wirklich keinen hochkriegen. Zu schade.« Er blinzelt stark und schweigt dann. Ich murmele etwas, stehe auf, zahle und gehe.

Am nächsten Tag ruft er mich an. »Tut mir leid, Eva, ich war gestern echt voll. Ich weiß gar nicht mehr, was ich alles gesagt habe. Ich hab mich doch nicht danebenbenommen, oder?« »Nein, nein«, sage ich. Manche Sachen will man am liebsten so schnell wie möglich vergessen.

CASPER

Elf lange Tage dauert es: Jeder von uns hat die Telefonnummer des anderen, aber keiner macht den ersten Schritt. Ich will eigentlich, traue mich nicht, darf nicht, will nicht, das ist eine gefährliche Frau, das ist eine fantastische Frau. Vielleicht denkt sie überhaupt nicht an mich, vielleicht denkt sie zu viel an mich. Endlos dauern die Stunden. Ich kriege sie unmöglich aus meinem Kopf, versuche es zwar oder vielleicht auch nicht wirklich. Ich überlege, Eva anzurufen, mal nachzuhorchen, ob Elsie was zu ihr gesagt hat, ich lasse es bleiben. Eva findet selbst keinen Freund, was wird sie von dieser Geschichte halten, vor allem, wo sie doch vor langem selbst in mich verliebt gewesen ist. Ich finde Eva spitze, aber, wie soll ich sagen, sie ist nicht mein Typ. Und dass ich jetzt, unter diesen Umständen, so krass auf ihre Schwester abfahre, die schon immer mehr Erfolg bei Männern hatte, ich weiß einfach, dass ihr das wehtut, und ich will ihr nicht wehtun. Eigentlich niemandem.

Das ist schwieriger, als man meinen sollte: niemandem wehzutun. Als ich jung war, ging ich achtloser über Dinge hinweg, habe Leuten wehgetan. Ich habe mich erst später deswegen schlecht gefühlt. Jetzt bemühe ich mich bewusst, es besser zu machen: die Situation immer auch aus der Perspektive des anderen zu sehen. Ob ich mir damit nicht manchmal selbst etwas versage, hat Eva mich einmal gefragt.

Darüber hatte ich so noch nicht nachgedacht, aber vielleicht hatte sie damit ja recht.

Am zwölften Tag nach dem gemeinsamen Essen habe ich in der Stadt eine Verabredung mit einem Grafiker, der gerade an einem Buch über mein Werk der letzten zehn Jahre arbeitet. Als ich bei seinem Büro bin, steht da vor der Tür: ein alter, petrolfarbener Saab. Das muss ihrer sein. Ich luge hinein: eine Schachtel Cracker, halboffen, ein paar leere kleine Wasserflaschen, sechs Flaschen Wein in einem Karton und auf der Rückbank ein Stapel Broschüren ihres Theaters. Ich überlege kurz, ob ich warten soll, bis sie zurückkommt, aber das geht nicht, ich bin schon zu spät für meinen Termin. Ich suche ein Stück Papier in meiner Tasche, jetzt nur noch einen Stift, der schreibt natürlich nicht. Während ich weitersuche, steht sie plötzlich vor mir: »Na so was!« Sie macht ein Gesicht zwischen erschrocken und freudig überrascht. »Ich weiß nicht, ob ich an den Zufall glaube, aber es kommt mir so vor, als habe das Leben etwas mit uns vor«, sage ich, dann sage ich nichts mehr. Sie schaut mich nur an, liebevoll. Schließlich sagt sie: »Du hast dich nicht mehr gemeldet.« »Du auch nicht...« Ich wieder: »Ich durfte dir nicht wiederbegegnen, weil ich mich sonst in dich verliebt hätte.« Sie lächelt, weil sie nicht anders kann, da bin ich jetzt ganz sicher. Ich nehme sie in die Arme, das muss einfach sein, hier, auf offener Straße. Das findet sie herrlich und unangenehm, das merke ich ihr an. Wir sehen uns an, sagen nichts, sagen viel ohne Worte. Dann küssen wir uns, und das ist leise und wundersam. Ich kriege sofort eine Riesenerektion. Was macht diese Frau mit mir? »Wir müssen uns wiedersehen.« »Oder gerade nicht«, sagt sie. Ich schweige kurz: »Es ist vielleicht nicht vernünftig, aber es muss sein. Komm, so funktioniert das Leben nun mal, wenn es denn funktioniert.« Wir küssen uns ein zweites Mal – wie gut diese Frau küssen kann –, und dann sagt sie Ja. »Abgemacht«, und schickt mich zu meinem Termin. Ich weiß nicht, was ich denken soll, und entscheide dann, das Denken lieber bleiben zu lassen.

Als ich abends mit Merel und Willem am Tisch sitze, der vor sich hin träumt, wie meistens, und Merel, die den Rosenkohl, den ihr Sohn von seinem Teller katapultiert hat, wieder zurücklegt, denke ich: Ich tu's doch nicht.

Ich schlafe schlecht in dieser Nacht. Ich muss mindestens einmal mit Elsie schlafen, danach sehen wir weiter. Vielleicht ist der Sex ja ganz furchtbar, dann kann ich sie hinterher aus meinem Kopf kriegen. Ich rufe sie an – entweder das oder durchdrehen –, und wir reden über eine Stunde. Wir können alles gut zusammen, denke ich, obwohl ich so etwas sonst nie denke. »Ich will dich jetzt sehen«, sage ich nach dieser Stunde, »jetzt sofort.« »Ich kann hier nicht weg«, sagt sie. »Natürlich kannst du das.« »Oh, der Herr ist sich seiner Sache aber ganz schön sicher«, sagt sie. »Der Herr hofft inständig, dass du wegkannst«, korrigiere ich. »Wo?« »In meinem Atelier, unter der Adresse, die du von mir hast.« »Ich bin in einer Stunde da.«

Vierundzwanzig Minuten später ist sie da. Wir sagen nichts, küssen uns, wild und heftig. Sie zieht mein Hemd aus der

Hose, ich ziehe ihr die Bluse aus. Sie fasst mir an den Hintern, ich lecke über den Teil ihrer Brüste, der nicht im BH steckt. Ich küsse ihren Nacken, langsam, spiele mit der Zunge in ihrem Ohr, davon bekommt sie Gänsehaut. »Mach weiter«, sagt sie. Sie lässt ihren Rock herunter. Ich fühle mit zwei Fingern zwischen ihren Schenkeln: eine nackte Muschi, ganz nass. Ich ziehe ihren Slip aus, gehe in die Knie und lecke sie, erst bloß mit der Zungenspitze, quälend sanft, dann so richtig. Sie stöhnt ein bisschen, sehr leise. Ich lecke über ihren Hintern, küsse ihren Rücken, ihren Bauch, ausgiebig. Sie zieht ihren BH aus, ich greife nach ihren Brüsten, sauge an ihren Brustwarzen, beiße ein wenig hinein. Ich spüre, wie sie steif werden. Ich war schon lange nicht mehr so erregt. »Nicht fair«, sagt sie. »Du jetzt auch nackt.« Während ich mein Hemd ausziehe, knöpft sie mir die Hose auf, zieht sie herunter. Sie holt meinen Schwanz hervor und packt ihn: »Was für ein Prachtexemplar!« Sie spielt damit, fährt mit der Zunge darüber, schaut mir dabei in die Augen. Sie saugt und leckt, nimmt meinen rasierten Sack in den Mund, bespielt mit einem Finger meinen After. Ich stoße ein bisschen zu, spüre die Wärme ihres weichen Mundes um mein Glied, sie dreht ihren Kopf hin und her – es gibt nichts Herrlicheres als das – »Mein Gott, du kannst ja blasen wie keine sonst.« Sie ist nicht zu bremsen: »Das macht mich wahnsinnig geil.« Ich sehe an ihren Augen, dass es wahr ist. Ich ziehe die restlichen Kleider aus, nehme sie mit ins Bett, das in der Ecke steht.

Wir schlafen miteinander, wieder und wieder, schamlos, heftig, unermüdlich. Wir schwitzen, wir lachen, wir kommen, dann noch einmal – und sie sogar noch einmal und noch einmal. Selten geht es auf Anhieb wie von selbst, ist es so herrlich und vertraut.

Während wir einander noch eine Weile im Arm halten und quatschen, über alles und nichts, denke ich: Ich hatte recht, wir können alles gut zusammen.

Nachdem sie sich verabschiedet hat, bleibe ich allein in meinem Atelier zurück, das jetzt leerer ist, als es je war. Das Leben ist in diesen wenigen Stunden schöner geworden und schrecklicher: Elsie ist schrecklich schön und schrecklich klug und schrecklich geil und warm und besonders, und ich bin schrecklich.

EVA

Eigentlich bin ich gegen Internetdaten. Ich glaube an zufällige Begegnungen, einen Blick, der dich angenehm verwirrt, an Augen und Hände bei einem Gespräch. Aber nun ja. Eine Kollegin hat auf diese Weise doch ihren Freund kennengelernt. Sie sind schon zwei Jahre zusammen, und anscheinend läuft es gut.

Also habe ich ein Profil erstellt. Nur so zum Spaß, dachte ich. Führt wahrscheinlich eh zu nichts, und selbst wenn. Ist ja nicht so, dass ich in all den Stunden allein in meiner Wohnung keine Zeit für etwas hätte, das nichts bringt. Ich habe mir eine Seite ausgesucht, die auf Basis eines kleinen psychologischen Tests Männer vorschlägt, die zu dir passen könnten. Diese Tests sind extrem leicht zu durchschauen, trotzdem versuche ich, so ehrlich wie möglich zu antworten. Ergebnis: siebenunddreißig Treffer. Manche mit Foto, andere ohne. Ich habe in mein Profil hineingeschrieben: Foto gerne auf Anfrage. Ich möchte meine Chancen so lange wie möglich so groß wie möglich halten.

Vier sind dabei, die mir recht interessant erscheinen: ein neununddreißigjähriger Architekt, ein vierundvierzigjähriger Tischler, ein Werbetyp, der achtunddreißig ist, und ein vierzigjähriger Zahnarzt. Originelle Antworten, nette Interessen. Ich schicke jedem der vier eine Nachricht.

Am nächsten Tag habe ich von zwei von ihnen eine Antwort bekommen. Vom Werbetypen und vom Architekten.

Wir mailen uns ein paar Tage hin und her. Vor allem Bart, der Werbemensch, gefällt mir ganz gut. Er ist witzig und direkt. Ob wir nicht mal telefonieren wollen? Abends kommen mir Zweifel. Schon komisch, mit so einem Halbfremden. Aber ich tu's. Den Mutigen gehört die Welt. Zweimal klingelt es, dann geht Bart dran. Er erweist sich als umgänglicher Typ. Das Gespräch läuft wie von selbst. Am Anfang siezt er mich, was ich ein wenig albern finde, aber Korinthenkackerei kann ich mir schon lange nicht mehr erlauben. Bevor ich mich's versehe, ist eine halbe Stunde rum. Auf einmal sagt er: »Das klappt ja schon mal richtig gut, schickst du mir nachher dein Foto?« Ich verstumme. Das war's dann wohl, denke ich. »Okay.« Wir beenden das Gespräch und legen auf.

Ich schicke das schönste Foto, das ich von mir finden kann, eineinhalb Jahre alt zwar, aber ich habe mich leider seither null verändert. Ich drücke auf Versenden. Bereite mich auf eine unangenehme oder freundlich abweisende Reaktion vor – oder auf überhaupt nichts mehr. Innerhalb von fünf Minuten kommt eine Antwort: »Du bist schön.« Wie bitte? Schön? Ich? Ziemlich befremdlich von diesem fremden Mann. »Jetzt du«, schreibe ich zurück. Er sieht aus wie viele aussehen. Kurze Haare, dunkle Augen, glattrasiert. Nichts dran auszusetzen. Ich finde so was eh nie so wichtig. Also schreibe ich zurück: »Schwer in Ordnung.« Er reagiert sofort. »Wollen wir uns treffen?« Wieso nicht?, denke ich. Ich habe es eilig, was die Liebe angeht, ich lebe schon so lang ohne. Also sage ich zu. Morgen Abend.

Er hat die Bar ausgesucht. Ein netter Ort. Dies ist die Stunde der Wahrheit. Jetzt wird er mich in meiner ganzen Pracht sehen. Nicht nur das Gesicht, sondern auch den Körper. Diesen hässlichen Körper, in dem ich schon so lange wohne und der sich nie voll und ganz wie meiner angefühlt hat. Dieser Körper, der so viele Männer abschreckt. Ich verstehe das vollkommen, ich mag ihn ja selbst kaum ansehen.

Er betritt die Bar, stilvoll gekleidet. Er schaut mich an, strahlt und wiederholt: »Was für eine schöne Frau du bist, mit den dunklen Haaren und dem vollen Busen, und was für ein tolles Outfit.« Ich bin verdutzt, freue mich aber. »Ich mache gerade eine Diät«, sage ich, »Proteine.« Dämliche Kuh, denke ich direkt. Selbst etwas zu thematisieren, woran er sich anscheinend nicht stört. Blöder geht es fast nicht. Er reagiert mit gespielter Entrüstung. »Dieser ganze Quatsch über Diäten, sei einfach du selbst, du kannst es dir leisten.« Die Erleichterung weht fröhlich durch meinen Kopf.

Er wirkt in echt noch sympathischer als am Telefon. Nicht auszudenken, Eva findet einen Freund übers Internet. Ich male mir aus, wie ich das jemandem erzähle.

Wir unterhalten uns ein paar Stunden, als er plötzlich das Thema Sex anschneidet. Das finde ich doch etwas unangenehm, merke ich. Über Sex reden, wenn man sich noch nicht einmal geküsst hat. Noch dazu in einer Bar. Was mir beim Sex gefällt, fragt er. »Ähm, ich glaube, was jeder schön findet?« Ich versuche, das Gespräch in eine andere Richtung zu lenken, aber er lässt nicht locker. »Ich lecke irre gerne. Mit der vollen Zunge über deine Klitoris. Würde dir das gefallen?« »Ähm, ich denke schon, ja.« Ich vermute wachsende Schweißflecken unter meinen Achseln, drücke die Arme an den Körper. »Und was würdest du gerne bei mir machen?« Hilfe. »Das wirst du vielleicht irgendwann mal herausfinden, wer weiß?« »Mmm, du machst es gerne spannend. Aufregend. Ich find's geil, wenn du meinen Sack küsst. Würdest du meinen Sack küssen?« Ich nicke einfach nur, scheint mir unter diesen Umständen das Beste. »Und meinen Schwanz lecken? Und meinen After streicheln? Und an meinem Brusthaar ziehen, so dass es ein wenig wehtut?« »Puh, sag mal, willst du noch was trinken, dann hole ich uns mal was.« Deutlicher kann der Wink mit dem Zaunpfahl nicht sein. »Ja, wir können natürlich eine kleine Abkühlung gebrauchen, wir beide, es ist höllisch heiß hier am Tisch.« Ich hole zwei Bier.

Ich habe eine Eröffnungsfrage zu seiner Liebe für Italien vorbereitet, aber ich sitze noch nicht mal, da fragt er: »Stehst du auf Schmerzen?« »Nein, wer steht schon auf Schmerzen?« »Ich! Und du würdest staunen, wie sehr du vielleicht auch Schmerzen genießen lernen würdest, wenn du dich dafür öffnest. Wie schön du es finden würdest, mich mit einem Stock oder einer Peitsche schlagen zu dürfen. Ich würde dann in deine herrlichen schweren Brüste beißen, an deinen großen Brustwarzen ziehen, auf deinen großen, schweren Hintern klatschen und in all das wunderbare Fleisch kneifen, bis du stöhnst, mehr vor Lust als vor Schmerzen. Na, was hältst du davon?«

Wo sind sie nur, die netten Kerle? Jedenfalls nicht hier mir gegenüber. Ich habe mir nicht einmal die Mühe gemacht, mich freundlich zu verabschieden. Ich bin in die Nacht hinausgegangen. So weit weg von allem wie möglich.

Ich habe einmal jemanden sagen hören: »Wenn das passiert, werde ich ein anderer Mensch.« Mit »ein anderer Mensch werden« meinte er vermutlich, dass er dann selbstsicherer würde. Ich konnte nur denken: Das wäre schon praktisch, so ein Schalter im Kopf. Dass man wirklich mit einem Klick jemand ganz anderes sein kann. Meine Schwester Elsie, zum Beispiel. Oder jemand anderes, das wäre auch okay.

JOS

Mein Bruder Karel wird fünfundsiebzig, und das muss anscheinend gefeiert werden. Ich persönlich finde dieses Alter keinen Grund mehr zum Feiern, aber ich weiß: Das liegt an mir. All unsere Geschwister, die im Gegensatz zu mir ein geselliges Beisammensein schätzen, kommen auch, sogar die beiden, die an der Küste wohnen. Ich habe sechs Flaschen hervorragenden Weins gekauft. Mein Bruder trinkt selten Wein, aber er weiß einen guten Tropfen zu schätzen. Selbst hat er sich nie viel erlauben können. Ich habe ihn all die Jahre finanziell unterstützt.

Karel hatte von unserer Familie schon immer am wenigsten Ehrgeiz. Sein ganzes Leben hat er in derselben Fabrik im Lager gearbeitet. Er brauchte das: die Ruhe der Anerkennung. Seit er in Rente ist, beschäftigt er sich vor allem mit Möbelbau. Jede freie Minute werkelt er in seinem staubigen, kleinen Keller. Kleine Schränke sind seine Spezialität. Und er verdient sich damit auch noch etwas dazu. Das ist willkommen, besonders wegen seines Sohnes Victor.

Imelda war weder die Freundlichste noch die Intelligenteste noch die Schönste, und doch hat er sie vor fünfundzwanzig Jahren geheiratet. Er war noch jung, aber Imelda bestand darauf. Sie wollte unbedingt von ihren Eltern weg. Und der gutmütige Karel sagte Ja. Ich habe damals mit ihm geredet; ob das eine gute Idee sei, fragte ich ihn. Und alles, was ihm dazu einfiel, war, dass Klugheit nicht überschätzt werden müsse. Und ebenso wenig die Liebe. Zur damaligen Zeit wurde nicht lange gesucht und ausprobiert, sondern gewählt und die Treue gehalten. Oft aus Mangel an Alternativen, zugegeben. Aber vielleicht war das besser als das endlose Beziehungs-Hin-und-Her von heute.

Karel hat jedenfalls nie geklagt. Imelda kochte, putzte, machte die Wäsche, und jeden dritten Mittwoch des Monats durfte Karel ran. Da flogen zwar keine Funken, aber sie kam ihrer Pflicht als Ehefrau ohne Murren nach, mehr kann man wohl nicht verlangen, fand Karel. Meistens war sie freundlich. Und gestritten haben sie sich auch nie. Weil sie nicht daran glaubten. So wurden sie alt. Ihnen gelang das.

Meiner Ansicht nach richtet Karel seine ganze Liebe auf seinen Sohn. Wie er mit einer Engelsgeduld Victor füttert, wobei er aus dem Löffel ein Flugzeug macht, um ihn dabei gleichzeitig zu unterhalten. Wie er jeden Tag, bei Wind und Wetter, mit seinem Jungen im Rollstuhl einen Spaziergang macht, weil er an kleinen Geräuschen merkt, behauptet er, wie viel Spaß Victor das macht. Wie er immer noch regelmäßig »I want to hold your hand« von den Beatles auflegt, superlaut, das Lied, zu dem sein Sohn, als er klein und noch ganz er selbst war, stundenlang tanzen konnte.

Karel kann nicht über Victor reden, ohne dass ihm die Tränen kommen. Auch nach all den Jahren. »Warum gebt ihr ihn nicht in ein Heim, notfalls nur wochentags zwischen neun und fünf?« Ärzte, Verwandtschaft, alle fanden das. Sie haben das immer resolut abgelehnt. Er war ihr Sohn, und keiner konnte besser als sie wissen, was er brauchte. Dass ihr Leben und das ihrer Tochter dabei zu kurz kam, war für sie schlichtweg ein unvermeidlicher Teil ihres Schicksals. Viel mehr wurde darüber auch nicht nachgedacht.

Im Allgemeinen mag ich Außer-Haus-Sein ohnehin nicht sonderlich, aber zu dieser Feier von Karel gehe ich mit besonders großem Widerwillen hin, weil…

Es liegt auch an Karels Haus. Klein, jedes Zimmer eng und viel zu voll gestellt mit allem: Möbeln, Vasen, Krimskrams. Dunkel, auch an hellen Tagen. Getönte Fensterscheiben, ich habe nie verstanden, wie man sich so was aussuchen kann. Und überall der Geruch von Domestos und leichter Krankheit. Mir wird übel davon, ich bekomme in diesen Zimmern kaum Luft. Aber Jeanne zwingt mich mitzugehen. Und ich weiß es ja selbst, ich muss das tun. Wenn hier einer…

Es ist wegen Victor. Ich bin nicht gut im Umgang mit behinderten Mitmenschen. Ich habe die allergrößte Bewunderung für jeden, der wie von selbst den richtigen Ton findet, um mit so jemandem zu sprechen, für den, der den Speichelfaden auf seinem Pulli nicht sieht, für den, der weiß, wohin er bei Augen, die sich in alle Richtungen verdrehen, gucken muss, aber mir wird bei alledem bloß unwohl zumute. Ich sage die bescheuertsten Sachen, weiß nicht, was ich tun soll. Trotzdem finde ich, dass ich es weiter versuchen muss, das schon.

»Lass uns noch ein wenig warten«, sage ich zu Jeanne.

»Das Letzte, was ich will, ist, da als Erster anzukommen.« Jeanne war sich sicher, dass alle pünktlich oder zu früh kommen würden. Und sie schiebt hinterher, dass sie darauf achten würde, was ich alles so trinke, als sei das eine Antwort auf meinen Vorschlag. Nur damit ich es weiß, sagt sie, denn sie wolle sich nicht wieder für mich schämen wie damals, als… Ab da höre ich nicht mehr zu. Aber gebe mich geschlagen und lasse mich ins Auto bugsieren. Wir fahren, klingeln an der Tür. Wir sind die Ersten.

Imelda wirkt betretener als sonst, sagt wenig. Karel fragt mich, was ich trinken möchte. »Einen Kaffee?« Er zwinkert mir zu. »Kommst du mit in die Küche?« Er hat eine Flasche billigen Whisky gekauft und gießt einen ordentlichen Schuss in meine Tasse. Karel ist ein feiner Bruder. Zu gut für diese Welt eigentlich und erst recht für mich.

»Unser Victor hat sich auf euren Besuch gefreut.« Ich frage ihn nicht, aus welchen Geräuschen er das in Gottes Namen hat ableiten können. Jeanne gibt Victor eine eingepackte Schachtel Negerküsse. Victor tut nichts lieber als essen und naschen. Und laut Imelda mag er Geschenke in buntem Geschenkpapier. Er kann sie nicht selbst öffnen, aber das macht Karel dann vor Victors Nase, wobei er ganz genau erklärt, was er gerade tut. Er sagt, wie fein es sei, dass Onkel Jos und Tante Jeanne eine Überraschung für ihn mitgebracht haben, und dass er jetzt sicher gespannt ist. Victor legt den Kopf in einem seltsamen Winkel schief, schlägt unkontrolliert mit seinem linken Arm um sich, wiehert ein bisschen und schaut vor allem von dem Geschenk weg. Vielleicht bringt ihn das mehr aus der Ruhe als sonst irgendwas. Das frage ich mich, spreche es nicht aus. Behinderte werden trauriger, je älter sie werden, ich schaue hin und wieder weg. »Oh, Schokoküsse, die isst du doch so gerne! Onkel Jos wird dir mal einen geben, sieh mal.« Karel drückt mir die Packung in die Hände. O nein, bitte nicht ich. Jeanne, eine weit größere Heldin in solchen Dingen, reißt mir die Schachtel aus den Händen. »Nichts da, Tante Jeanne wird ihn dir geben, nicht, Victor. Lecker, was?! Lecker, was, Victor, mmmm.« Ich kann da kaum hinsehen. Dann klingelt es. Zum Glück, noch mehr Besuch, denke ich. Karel geht zur Tür. Mir wird heiß und kalt. Bloß raus will ich. Weg. »Nur kurz eine rauchen«, sage ich und hab schon wieder die Jacke übergestreift. »Oh, du kannst ruhig drinnen rauchen«, sagt Karel, »das tun wir auch.« »Ich bin gleich wieder zurück.« Ohne eine Reaktion abzuwarten, gehe ich auf die Terrasse.

Ich rauche und starre vor mich hin. Ich sehe den grauen Himmel, die Vögel, die hoch oben zwitschern, die niedrigen Dächer der Häuser ringsum, alles gleich klein. Der Taubenschlag des Nachbarn, klapprig zusammengezimmert. Und dann, wie aus dem Nichts, kommen die Bilder wieder hoch. Langsam, in intensiven Farben. Die werde ich nie wieder los.

Tief einatmen. Ruhe bewahren.

Geheimnisse zu hüten ist nicht so schwer, sie jeden Tag aufs Neue zu ertragen ist nicht auszuhalten.

LOU

Ich hab was gesehen, und ich schlafe deswegen schon ein paar Nächte schlecht. Ich rede zwar nicht superviel, habe aber auch nicht gerne Geheimnisse. Die hämmern in meinem Kopf, als müssten sie dringend raus. Eva war dabei, zumindest beim ersten Mal, aber selbst ihr hab ich nichts davon erzählt.

Passiert ist es am Mittwoch nach der Schule. Eva passt auf uns auf. Sie liest ein Buch, irgendwas über die Liebe. »Fröhlich oder traurig?«, frage ich. »Es geht um die Liebe, also traurig«, sagt Eva, tut hinterher aber so, als sollte das nur ein Scherz sein. Weil ich zwölf bin und noch an Prinzen auf weißen Pferden und große Hochzeitsfeiern mit megaviel Essen und die Nacht durchtanzen und danach lange und glücklich leben glauben soll.

Wie die Braut und der Bräutigam auf der Torte. Sie sind bis in alle Ewigkeit beieinander. Außer wenn ein Hund sie kaputtbeißt oder ein Kind sie auseinanderbricht oder so. Aber wenn du die Figuren aufbewahrst, in der Schachtel voller Erinnerungen an die Hochzeit, kann das natürlich nie passieren. Dieses sehr Stille, das Plastikpuppen mit ihrem komischen Dauerlächeln an sich haben, finde ich persönlich immer ein bisschen gruselig.

Ich weiß nicht, ob ich an für immer und ewig glaube. Das sage ich Eva aber lieber nicht. Das ist wohl das Beste.

»Mir ist langweilig«, sagt Jack, der sich aus Liebe nichts macht. »Wollen wir in die Stadt gehen? Ein Eis essen oder einen Pfannkuchen und uns selbst Geschenke kaufen?« Eva hat immer jede Menge tolle Ideen. Sie kauft sich eine Lampe für ihre Wohnung, Jack bekommt ein dickes Dinosaurierbuch, und ich hätte gern einen Pulli, der zu meinem roten Rock passt. »Da kenn ich genau den richtigen Laden«, sagt Eva.

Während sie mit Jack nach Sneakern guckt und ich so vor mich hin stöbere, passiert es: Ich sehe sie. Vanessa. Mir bleibt das Herz stehen. O Gott. Verfolgt die mich jetzt bis in die coolen Läden von Eva? Sie soll mich nicht sehen, sonst glaubt Eva noch, wir seien Freundinnen, und macht irgendwas Verrücktes, was sich gegen mich wenden wird. Ich verstecke mich so gut es geht hinter einem Regal mit Hemden und lasse sie keine Sekunde aus den Augen. Sie kramt ausgiebig im Regal mit den Pullovern herum. Sie nimmt einen nach dem anderen heraus, faltet sie auf und wieder zu, legt sie ordentlich wieder an ihren Platz. Das geht so eine ganze Weile weiter, bis sie auf einmal wie versehentlich einen in ihrer Tasche verschwinden lässt. Lila, mit Glitzer. Sie verzieht keine Miene, geht weiter zum nächsten Regal, schaut sich noch kurz die Hosen an und spaziert dann seelenruhig aus dem Laden. Kein Alarmsignal, niemand greift ein. Mir zittern die Knie. Ich würde mich nicht mal trauen, einen Apfel zu stehlen oder irgendwelche Süßigkeiten aus dem Laden von der alten Frau, die so stinkt und unfreundlich ist. Ich stehe immer noch da und schäme mich für Vanessa, als Eva fragt: »Na, Lou, was gefunden?« »Ähm, nein. Ich hab nur vor mich hin geträumt.« »Komm, ich helf dir beim Aussuchen.«

Auf der Heimfahrt plappert Jack die ganze Zeit über seine Dinos, während ich nur an Vanessa denken kann. Miss Perfect hat eine Schwachstelle, etwas, womit man sie packen kann. Ich weiß nicht, ob ich sie jetzt bewundere oder verabscheue. (Eva sagt immer, Kriminelle sind auch Menschen, dass sie unser Mitgefühl verdienen, zweite Chancen und so. Dass sie es oft so was von schwer im Leben haben, dass sie anfangen, dumme Sachen zu machen. Aber hier geht's schließlich um Vanessa.)

Am nächsten Mittwoch bekomme ich mit, wie jemand sie fragt, ob sie am Nachmittag mit ins Kino wolle. »Nein, ich muss noch in die Stadt«, sagt sie. »Ich muss noch einen Rock kaufen, für die Party demnächst.« »Oh, dann geh ich mit.« Vanessa wimmelt sie ab. Behauptet, sie könne die Shopping-Verabredung mit ihrer Mutter nicht absagen. »Sie lässt mich nur die allerbesten Kleider auswählen, aber dann will sie auch gerne dabei sein.« Das Mädchen girrt, weil es immer girrt, wenn Vanessa den Mund aufmacht.

Ich fasse auf der Stelle einen Plan. Meine Neugier ist dann doch stärker als der Angsthase in mir, also rufe ich Mama an und sage ihr, eine Freundin habe mich zu sich eingeladen, um zusammen Hausaufgaben zu machen. Meine Mutter hat noch nicht einmal gecheckt, dass ich eigentlich gar keine Freundinnen habe, und ist einverstanden.

Ich trödle ein bisschen bei den Fahrradständern, warte, bis sich Vanessa von ihrem Gefolge verabschiedet und losfährt. Ich fahre in sicherem Abstand zu ihr. Am Bahnhof steigt sie ab. Ich folge ihr, so unauffällig wie möglich. Sie geht zu einem Schließfach, stellt ihren Schulranzen da hinein, holt die große Handtasche daraus hervor, mit der ich sie letzte Woche schon gesehen habe. Dann geht sie zu Fuß ins Zentrum. Im ersten Geschäft stöbert sie nur ein bisschen herum, tut aber nichts. Aber in Geschäft Nummer zwei: Bingo! Sie sucht erst ganz lange in allen Regalen, nimmt dann vier Röcke mit in die Umkleidekabine, drei hängt sie wieder zurück. Im vierten Geschäft erbeutet sie eine Bluse. Die verschwindet einfach in der Tasche. Im fünften Laden will sie gerade loslegen, doch in dem Moment, wo sie sich eine Hose unter den Nagel reißen will, hebt sie den Kopf und schaut mir direkt in die Augen. Ich wende mich sofort ab, weiß aber, dass sie mich gesehen hat. Vor lauter Panik bleibe ich stocksteif stehen. Ich bin so nervös, dass ich wieder zu ihr hinschaue. Sie bemerkt das, verzieht den Mund zu etwas, das ich nicht gut zu deuten weiß, und spaziert dann aus dem Laden. Ohne die Hose.

Ich warte, lange. Erst nach einer halben Stunde traue ich mich, mein Rad zu holen. Während ich in die Pedale trete, denke ich, dass das jetzt vielleicht so 'ne Art Waffe gegen die Welt ist oder wenigstens gegen Vanessa. Allein schon bei dem Gedanken wird mir ganz mulmig. Ich hab's nicht so mit Macht, glaube ich. (Vielleicht wendet sich das ja auch mal gegen mich. Das würde noch am meisten zu meinem Leben im Allgemeinen oder so passen.)

Und darum kann ich also nicht schlafen.

EVA

Ich weiß nicht, warum. Es ist immer wieder Henri, der mich tief berührt. Obwohl es mehrere mit schrecklichen Geschichten gibt. Geschichten, die mich auch berühren, die ich mir anhören muss und mich hineinversetzen. Weil ich nicht anders kann. Manche Kollegen verstehen das nicht. Sie finden es ungesund, so viel zu investieren, so viel mit den Männern mitzusuchen und mitzudenken. Hoffnungslose Fälle nennen sie sie. Sie sind alle leicht zynisch oder zumindest distanziert. Ich frage mich, ob das eine Lösung ist.

Ich höre also zu, wenn mir einer erzählt, seine Mutter sei fünfzehn gewesen, als sie ihn bekam, und dass ihr späterer Freund – nicht der Vater, der war längst auf und davon – seine Mama schlug und er versucht habe, etwas dagegen zu unternehmen, das aber nicht geklappt habe, und wie erleichtert er gewesen sei, als ihr Freund endlich wegging, seine Mama aber sehr traurig und dass er sich deswegen immer noch schuldig fühle.

Oder wenn ein anderer von der Sozialarbeiterin erzählt, die früher kam, dass sie Charlotta hieß und er als kleiner Junge den Namen zwar komisch fand, aber den schönsten der Welt. Und dass Charlotta groß und dürr war und rote Haare hatte und immer Stiefeletten trug. Dass sie ihn anlachte und ihn einen guten Tänzer nannte und dass er das nie vergessen hat. Dass er von großen rothaarigen Frauen, die Stiefeletten trugen, aus Prinzip nie etwas gestohlen hat.

Sogar wenn wieder einmal einer behauptet, es nicht gewesen zu sein und dass die Bullen ihn auf dem Kieker haben und der Gefängnisdirektor auch und ihn seine Kumpels reingelegt haben und er ein Opfer ist, nichts anderes, selbst dann frage ich weiter.

Weil ich finde: Einer muss den Leuten doch zuhören, denen sonst keiner zuhören mag. Weil ich weiß, dass sie den Unterschied spüren zwischen wirklich zuhören und so tun als ob. Und vielleicht, wer weiß, ändert das doch etwas, egal wie wenig. Und all diese Geschichten nehme ich mir zu Herzen. Immer. Ich muss sie aus mir rausradeln in den zwanzig Minuten zwischen meiner Wohnung und dem Gefängnis. Meistens klappt das.

Aber Henri geht mir nicht aus dem Kopf. Wegen seiner Zerbrechlichkeit, die er niemandem zeigen will. Wegen seiner großen Träume und der ganzen mit Würde getragenen Leids, durch das er natürlich auch vom rechten Weg abgekommen ist. Wegen der vielen Rückschläge, die niemanden auf der Welt treffen sollten. Wegen seiner Freude, die trotz allem groß sein kann.

Gestern erzählte ein junger Typ bei einem der Gruppengespräche von seinem Sohn. Dass sie in der Schule gesagt hätten, er sei minderbegabt. Ein Test hätte das ergeben. Dass er geantwortet habe: »Das muss der Kleine dann von meiner Frau haben. Bei mir haben sie nämlich auch mal so einen Test gemacht, und ich hatte immerhin vierundachtzig.« Henri war es, der sagte, vierundachtzig sei ein schönes Ergebnis, obwohl er sehr wohl verstanden hatte, dass es um den IQ gehen musste. Ich habe ihn angeschaut. Er hat gemerkt, dass ich das lieb von ihm fand.

Vielleicht liegt es ja auch an der Geschichte mit dem toten Kind. Ich habe immer geglaubt, ich würde mal Söhne bekommen. Das schien mir zum Leben dazuzugehören, jedenfalls zu meinem, denn ich mag Kinder wirklich sehr. Aber jetzt, in meinem Alter. Ich versuche einfach, nicht zu viel darüber nachzudenken.

ELSIE

Casper: Weißt du eigentlich, wie gerne ich in deinen Armen liege?
Elsie: Schon ziemlich gerne, wage ich zu vermuten.
Casper: Und weißt du eigentlich, wie schön du bist? Mit deinem schlanken Rücken und den kleinen Ohren und deinem tollen Nabel und deinen herrlichen X-Beinen?
Elsie: Sag mal! Frechheit!
Casper: Du weißt nicht einmal, wie wundervoll du bist, was schon schade ist ... Und ich? Auf einer Skala von eins bis zehn, wie attraktiv findest du mich?
Elsie: Ich würde sagen, volle vierzehn Punkte.
Casper: Wie, nur vierzehn? Und was gefällt dir am besten an mir?
Elsie: Deine liebe Art, deine Malerhand, deine Verrücktheit. Vielleicht vor allem das, weil ich selber gar nicht so bin.
Casper: Ich meinte äußerlich.
Elsie: Dein Prachtschwanz. Das ist es doch, was du hören willst, stimmt's?
Casper: Du bist gemein. Im Ernst.
Elsie: Du hast wirklich einen schönen Schwanz! Groß und breit, mit einem schönen Sack, gut rasiert, der feuchte Traum einer jeden Frau. Und ich mag auch dein Bärtchen, das gar kein richtiges Bärtchen ist, und den schwarzen Wildwuchs auf deinem Kopf und wie du schaust, wenn du banale Dinge tust wie Kaffee kochen oder die

Küchenrolle anreichen, und wie du so ein klitzekleines bisschen schielst, kurz bevor du kommst. Ich mag deine Haut, wie weich die ist, besonders für einen Mann. Und deine linke Schulter, die ist wesentlich schöner als die rechte. Und die Narbe auf deinem Bauch. Und deine Nase im Profil. Mmmm. Schöner Mann. Und dass ich wegen dir solche Sachen sage. Ich, die ich mit Romantik nie was am Hut hatte.

Casper: Weißt du, wie gern ich bei dir bin?

Elsie: Genauso gern wie ich bei dir, nehm ich an.

Casper: Fährst du mit mir nach Madrid, in zwei Wochen? Ich muss dort für drei Tage hin, eine Ausstellung vorbereiten, für diesen Sommer.

Elsie: Eigentlich gerne, aber ich habe Kinder, das geht echt nicht.

Casper: Klar geht das. Du fährst doch sonst auch mal für ein paar Tage ins Ausland.

Elsie: Und wie soll ich das bitte schön Walter erklären?

Casper: Sag ihm, du müsstest dir dort eine Vorstellung ansehen. Das ist doch sicher kein Problem?

Elsie: Drei Tage lang? Es ist ja nicht so, dass, weil du, der Herr Künstler, so frei wie ein Vogel bist, das Gleiche auch für den Rest der Welt gilt. Manche Menschen haben eben ein Verantwortungsbewusstsein. Manche Menschen haben ab und zu auch so was wie ein Schuldgefühl. Manche Menschen wollen nicht riskieren, dass gewisse Geheimnisse herauskommen.

Casper: ...

Elsie: Tut mir leid, so war das nicht gemeint.

Casper: Ich möchte doch nur ein paar Tage am Stück bei dir

sein. Die ganze Nacht mit dir Sex haben, zusammen aufwachen, durch die Stadt schlendern, uns Kunst ansehen, lecker essen, uns in dunklen Spelunken betrinken.

Elsie: Ich doch auch. Das ist doch klar. Ich werde sehen, was sich machen lässt.

Casper: Wenn du das so sagst, weiß ich jetzt schon, dass die Antwort Nein lauten wird. Dann sag's mir lieber gleich.

Elsie: Casper? Vielleicht sollten wir damit aufhören, bevor alles noch schmerzlicher wird.

Casper: Was?

Elsie: Wohin führt das alles? Du hast Merel und Willem, ich Walter, Lou und Jack. Walter ist der Mann für mich.

Casper: Ich weiß nicht, wohin das mit uns führt, aber ich weiß, dass ich nicht ohne dich sein kann.

Elsie: Alles ist möglich.

Casper: Dass ich nicht ohne dich sein will.

Elsie: Ich auch nicht ohne dich. Das weißt du. Trotzdem …

Casper: Halt mich bitte fest.

Elsie: Alles geht vorbei. Auch Traurigkeit.

Casper: Manche Dinge gehen nie vorbei. Halt mich fest. Bitte.

Elsie: Ich zieh mich besser an.

4

UND ES LIEGT AN DER ZUKUNFT, GLAUBE ICH

EVA

Was habe ich noch gesehen? Mattschwarze Rollos, die etwas zu kurz für die Fenster sind, die sie verdunkeln sollen. Vier weiße Wände, eine Folge meiner Privatinitiative gegen blöde Deko. Eine schöne Deckenlampe, ein Geschenk von Casper bei der Einweihungsfeier. Ein zur Hälfte gelesenes Buch in einer Ecke. Eine Uhr, die verrät, wie langsam die Zeit jetzt vergeht.

Manchmal kann ich den Tag nicht angehen. Das klingt pathetisch, und das ist es auch. Trotzdem fühlt es sich so an. Dann bleibe ich im Bett. Zwischendurch mal raus, um Pipi zu machen oder mir etwas aus dem so gut wie leeren Kühlschrank zu schnappen, dann wieder ab unter die Decke, weiter fernsehen. Das Hirn auf Standby und in einer anderen Welt aufgehen, egal welche, Hauptsache, sie hält einen vom Nachdenken ab, darüber, wie es mit mir weitergehen soll. Wenn es mir am Ende doch gelungen ist, mich in die Dusche zu schleppen, manchmal erst abends um halb neun und nur deshalb, weil ich mit Freunden verabredet bin, schäme ich mich zu Tode.

Das liegt an den Albträumen, glaube ich. Und an der stillen Leere der Sonntage. Und den toten Enten auf dem Teich, die ich kürzlich gesehen habe. Und meinen Fingern und Zehen, die immer kalt sind, immer, auch in Handschuhen oder dicken Socken. Und den Erinnerungen. Zum Beispiel daran, wie ich mich früher nie getraut habe einzuschlafen, weil ich dachte, sie würden mich dann alleine lassen in dem großen Haus. Daran, wie meine Mutter eines regnerischen Tages meinem Vater ihren Schlüsselbund an den Kopf werfen wollte und er sich gerade noch rechtzeitig ducken konnte und davon heute noch Macken in der Wand sind. Wie meine Schwester einmal so wütend war, dass sie sich schreiend zu Boden geschmissen hat und ewig dort liegen blieb. Sie trug eine weiße Hose und einen weißen Pulli und verschmolz fast mit den weißen Küchenfliesen. Ich wollte etwas tun, wusste aber nicht, was. Und es liegt an der Zukunft, glaube ich. Für manche ist die doch genau das entscheidende bisschen unsicherer als für andere.

Angst ist etwas Seltsames. Als ob dir gnadenlos die Kehle zugedrückt würde. Als ob sich deine Zehen andauernd verkrampften. Als säße dein Körper im Zug, während der Kopf auf dem Bahnsteig zurückbleibt.

Es muss doch mal bei einem richtig gut ausgehen. Das ist notwendig, auch für mich. Ich rede mit Henri über draußen, was er dann vorhat. »Live the good life.« Er lacht nicht. Das kann vieles bedeuten.

Demnächst wird über seine Zukunft entschieden, ob er vorzeitig freikommt. Die Karten liegen nicht schlecht, ich habe jedenfalls leise Hoffnung. Hoffen ist nichts für Henri, sagt er. Hoffen bestätigt die Trostlosigkeit seiner Situation. Tatenlos abwarten zu müssen und sich selbst die Daumen drücken, während andere über dein Schicksal entscheiden, könne er nicht ab, sagt er.

Ich will daran glauben, dass er es kann. Aus dem Gefängnis bleiben. Auch wenn er ganz alleine von vorne anfangen muss, ohne den Kick von früher. Von ihm wird mehr verlangt als von uns allen. Aber er ist stark und klug. Letzteres sage ich ihm auch. »Ja«, antwortet er, »und außerdem schwarz und ein Exhäftling.« Ich nehme ihn in den Arm, wie Mütter das mit Kindern tun, die glauben, ihr Kummer gehe nie mehr vorbei. Jeder Zentimeter seines Körpers entspannt sich. »Du kannst alles«, sage ich, »dein Leben gehört dir, vergiss das nie!«

Als an diesem Tag die schwere Gefängnistür hinter mir ins Schloss fällt, fahre ich in die Innenstadt. Ich gehe in ein Sportgeschäft, kaufe mir ein Paar Laufschuhe, zwei Trainingsanzüge und eine Pulsuhr. Zu Hause nehme ich eine Mülltüte und stelle mich vor meine Schränke: Kekse mit Schokolade, Kekse mit Vanillefüllung, Paprikachips, gesalzene Erdnüsse, zwei Tetrapack Kakao, eine Schachtel Miracoli, weg damit. Dann ist der Kühlschrank dran: ein Stück Brie, ein halbes Päckchen Butter, ein paar trockene Würste, eine Fertiglasagne, ich schmeiße alles in die Tüte. Und dann auf zum Supermarkt, einen Einkaufswagen voll gesunde Sachen kaufen. Mein Leben gehört mir, das darf ich nicht vergessen.

ELSIE

Ich bin mit Walter in New York gewesen. Fünf Tage. Wir haben im Mondrian SoHo gewohnt, einem Luxushotel in guter Lage. Nur wir beide, zum ersten Mal seit Jahren. Das würde mir helfen, den Kopf wieder freizukriegen, den Blick in die richtige Richtung zu lenken. Leben ist, was man selbst daraus macht, man denkt nur an die Menschen, an die man denken will.

Walter und ich sind verrückt nach New York. Durch die Stadt zu schlendern, von einem Viertel ins andere, von Vibe zu Vibe. So viel Welt auf so kleiner Oberfläche, da können nicht viele Städte mithalten. Zwischendrin richtig gut essen, viel trinken und noch mehr Kunst ansehen. Hier sind wir as good as it gets.

»Nicht so mein Ding«, sagt Walter, als wir den Frühstücksraum des Hotels betreten. »Zu verschnörkelt.« Mir gefällt es sehr gut. Die Lüster sind ein wenig zu groß geraten, man würde sie eher im Ballsaal eines alten Schlosses erwarten, ansonsten ist alles hypermodern, eine hohe Lichtkuppel, weiße Tische, durchsichtige Plexiglasstühle, überall stehen üppige Pflanzen, hier und da ein Hauch von Kitsch, aber gut dosiert. Es ist toll gemacht, denke ich. Sage es nicht. Auch das nicht.

Walter schluckt den letzten Bissen Müsli mit Joghurt hinunter und sieht mich an, anders als ich es von ihm gewohnt bin. »Was ist?«, frage ich. »Nichts.« Er wirkt aufgewühlt, so habe ich ihn seit langem nicht mehr gesehen. »Ich musste gerade an unseren ersten New-York-Besuch denken, erinnerst du dich? Wie wir uns ... im Central Park geschworen haben, mit diesem Eichhörnchen als Zeugen, dass wir für immer zusammenbleiben würden?« »Sure.« Ich nicke. »Dir ist doch klar, wie sehr ich dich liebe, oder?« Ich lege meine Hand in seine. Er drückt sie.

Wenn Walter klein ist, mag ich ihn am liebsten. Warum, kann ich nicht gut erklären.

Walter und ich lunchen im Blue Ribbon Sushi, trinken Caramel Macchiato im Starbucks und ich einen Karotte-Apfel-Ingwersaft im Jamba Juice, woraufhin Walter sich über meinen spontanen Gesundheitswahn lustig macht. Wir schauen mal eben bei Prada rein – mehr Rutschbahn als Geschäft, findet Walter, ein kleines Architekturwunder, finde ich. Darf nichts anprobieren vor meinem Mann. Ich und meine Kreditkarte auf Streifzug, das ist eine gefährliche Kombination. Walter erzählt, er glaube, bei dem Kind mit komplexem nephrotischen Syndrom kurz vor einem Durchbruch zu stehen. Ich bin froh, ihn mal wieder begeistert von seiner Arbeit sprechen zu hören, denn im Allgemeinen scheint sie ihn eher zu langweilen. Nieren sind nicht gerade die spannendsten Organe, stellen einen aber manchmal vor Probleme, die zunächst unlösbar scheinen, für die er dann aber doch eine Lösung findet. Und darüber freut er sich dann.

Dann ist er lieb. Er erzählt mir von seinen Vorträgen der letzten Wochen, den Erfolgen, die er verbuchen konnte: »Doch nicht schlecht, für einen Trottel wie mich.«

Alles läuft. Denn damit kennen wir uns aus. Von dem, was sich vertraut anfühlt, geht immer etwas Verführerisches aus. Es bietet Halt, Boden unter den Füßen.

Manchmal, wenn ich Walter einfach zu Hause sitzen sehe, in ein Buch vertieft, maximal konzentriert, oder wenn er fast über den Hund stolpert und sich dann bei ihm entschuldigt oder wenn er den Kindern damit auf die Nerven geht, dass sie dringend mal zum Friseur müssten, und dann entrüstet tut, wenn sie »Mann, Papa!« seufzen, dann denke ich: Meine Liebe zu diesem Mann ist stark.

Ich weiß noch ganz genau, warum ich mich in Walter verliebt habe. Er war ein Jugendfreund eines meiner ehemaligen Kommilitonen und anders als die meisten. Er war witzig. Nicht witzig im Sinne von Schenkelklopfen, sondern geistreich-witzig. Und kreativ, was ich von einem Arzt nicht erwartet hatte. Noch dazu von einem Nephrologen, ich wusste zu der Zeit nicht einmal, dass das Nierenspezialist bedeutete. Wilder Denker, offener Blick. Weitgereist. Ambitioniert und loyal. Immer mit irgendwas beschäftigt. Ganz anders als das Nest, aus dem ich stammte, auch das war ein Pluspunkt. Zwölf Jahre älter als ich. Damals dachte ich bloß: Das ist mir egal, aber vielleicht brauchte ich das damals ja auch. Er war der Mann, der mich retten würde. Vor mir selbst, vor diesem Leben.

Bei unserer sechsten Verabredung, in einem Restaurant, fragte er, rührend ungeschickt, nachdem er zuvor einen etwas lauen Witz erzählt hatte – vor lauter Nervosität, wie er später sagte: »Darf ich dich jetzt bitte endlich küssen?« Ich fand das süß und habe ihn geküsst. Besonders gut küssen konnte er nicht, aber küssen kann man lernen. Alles halb so wild.

»Sieh mal!«, sagt er und zeigt zu einer Galerie auf der anderen Straßenseite hinüber. »Mussten wir dafür so weit fliegen?« Offenbar stellt dort gerade David Claerbout aus. Ich möchte mir die Arbeiten gerne ansehen. Wir gehen umher, sagen wenig. Wir betreten einen Raum, schieben uns vorwärts, hinter einem schweren Vorhang, dort ist es sehr dunkel. Ich spüre sofort, hier passiert etwas mit mir. Unsere Augen müssen sich erst an die Dunkelheit gewöhnen, nach und nach sehen wir immer mehr. Vier weite Panoramen um uns herum, pechschwarze Landschaften, eine einzelne Laterne. Ich habe gewartet, bis Walter genug hatte und den Raum verließ. Ich bin geblieben. Weil es sein musste. Ich musste hier einen Augenblick sein, mutterseelenallein, in dieser unwirklich schwarzen Nacht, fern der Welt. Als sei Einsamkeit plötzlich ein Ort geworden, an dem man nicht anders kann, als fest an jemanden zu denken, den man vermisst. Und ich denke an Casper, und das fast unter Tränen. Wirklich. Vor lauter Glück, weil es ihn gibt, und tiefem Unglück, weil er jetzt nicht hier ist. Ich weiß es nicht. Völlig aufgelöst gehe ich wieder raus. Walter ist schon weiter vorne, er dreht sich um, sieht meinen Gesichtsausdruck. »Hey Maus, was ist denn los?« Er umarmt mich, etwas ungeschickt, wie immer in der Öffentlichkeit. Ich weiß nicht, was ich sagen soll. »Nun sag schon.« »Es ist so schön und so verflucht traurig«, sage ich. Er kneift mir in den Oberarm. »Du bist so was von meine Frau.« Dann fange ich an zu weinen. Ich hatte keine Ahnung, dass man so viele Gefühle gleichzeitig empfinden kann.

Als wir nach Hause kommen, fallen Lou und Jack uns um den Hals. »Wann fahrt ihr wieder weg? Es ist so toll mit Eva!«, sagt Lou. »Na, dann nie wieder, um euch eins auszuwischen.« »Papaa!« Walter folgt Jack in den Garten, weil dieser ihm ein neues Kunststück auf dem Trampolin zeigen möchte. Lou fragt: »Und, hattet ihr 'ne schöne Zeit zu zweit?« »New York ist unglaublich. Beim nächsten Mal darfst du mit.« »Aber hattet ihr es schön zu zweit?« Lou schaut mich aus großen Augen an. »Natürlich, wieso fragst du das, mein Schatz?« »Nur so.« Lou geht die Treppe hoch zu ihrem Zimmer. Eva wirft mir einen Blick zu. »Hat sie dir was erzählt?«, frage ich. »Nein, nur, dass sie glaubt, du seist traurig, aber ich habe mir was einfallen lassen. Hast du dich mal bei Casper gemeldet?« »Nein, er sich auch nicht bei mir.« »Er traut sich nicht.« In Evas Stimme liegt ein milder Vorwurf und ein wenig Sorge: »Du bist schließlich von ihm weggelaufen, nicht er von dir. Aber ich habe mich mit ihm getroffen, es macht ihn fertig. Fix und fertig.« »Sag so was nicht, Eva.« »Ich bin gegen unmögliche Lieben«, sagt meine Schwester. »Und gegen Tragik in jeglicher Form.«

Eine Viertelstunde später halte ich mein Handy in den Händen. Nur eine einzige SMS. Einfach irgendwas Nettes schreiben. Da kommen Walter und Jack wieder herein:

»Was gibt's denn zu essen?« Ich kann gerade nicht die vorbildliche Hausfrau spielen. »Was haltet ihr davon, wenn wir Pommes holen gehen?« Die bekommen die Kinder selten, für sie ist es ein kulinarischer Hochgenuss. »Eva, bleibst du auch?« »Zusammen Pommes essen? Ähm, nee«, sagt sie. »Ich habe nachher noch eine Verabredung.«

Ich sehe aus dem Fenster, mag die Farben in der Dämmerung. Casper kann sie wunderbar beschreiben, er analysiert alle Schattierungen und Formen, wie nur Maler das nützlich finden. Er hat mir einmal einen Strauch erklärt, das war beeindruckend. Er hat mir gezeigt, dass es weniger um Formen als um Farben geht, weniger um Perspektive als um Hell und Dunkel. Schritt für Schritt dekonstruierte er alles. Ich werde die Natur nie mehr auf dieselbe Weise sehen.

Vielleicht starrt er ganz genau in diesem Moment selbst aus dem Fenster, wer weiß. »Mama, Hungärrr!« »Ja, Spatz, gehst du mit?« Jack nimmt meine Hand, zieht mich in Richtung Tür. »Vorher müssen wir noch fragen, was jeder will.« Walter zweifelt, Lou ruft aus ihrem Zimmer: »Eine kleine Portion Fritten und eine Käsekrokette«, Jack sagt: »Papa, entscheide dich jetzt!«

Das ist mein Leben. So muss es sein.

Als wir wenig später die Straße entlanggehen, halte ich mit der einen Hand die Hand meines Sohnes, mit der anderen mein Telefon. Wie das in meiner Hand brennt! In meiner Jackentasche.

Auf einmal klingelt es auch noch. Mein Herz überschlägt

sich. Es ist meine Mutter. Ich habe keine Lust dranzugehen. Fühle mich deswegen nicht schuldig: Kinder haben, die lieb zu einem sind, dafür muss man schon das eine oder andere im Leben richtig machen. Ich will den Anruf ablehnen, komme aber an die falsche Taste. Ein Hoch auf Touchscreens!

Elsie: Hi Mama, ich hab nicht viel Zeit, bin mit Jack auf dem Weg zur Pommesbude.
Jeanne: Ah, kochst du denn nicht selbst für deine Familie?
Elsie: Wir sind gerade erst aus New York zurück, Mama. Wir hatten nichts im Haus.
Jeanne: Die Geschäfte sind doch noch auf.
Elsie: Weshalb rufst du an?
Jeanne: Braucht eine Mutter einen Grund, um ihre Tochter anzurufen? Ich wollte nur mal hören, wie eure Reise gewesen ist, aber wenn du keine Zeit für deine Mutter hast, ist das eben so.
Elsie: Es war fantastisch, eine fantastische Stadt. Du solltest auch mal dorthin.
Jeanne: Etwa mit deinem Vater? Den kriegen keine zehn Pferde aus dem Haus, das weißt du doch.
Elsie: Benutz Papa bitte nicht als Ausrede. Nimm dann eine Freundin mit.
Jeanne: Meine Freundinnen interessieren sich nicht so für Kultur wie ich. Jammerschade, aber man kann es sich ja nicht immer aussuchen im Leben, was?
Elsie: Wenn man will, schon. Ich habe mir meine Freunde jedenfalls selbst ausgesucht.
Jeanne: Ich auch, aber ich muss mich mit den Leuten hier

aus dem Dorf und aus meinen Hobbyclubs zufriedengeben.

Elsie: Auch das ist deine Entscheidung. Niemand zwingt dich, da wohnen zu bleiben.

Jeanne: Mit deinem Vater jetzt noch hier wegziehen? Er will hier sterben, sagt er immer.

Elsie: Darüber würd ich mir jetzt noch nicht zu viel Sorgen machen. Bis auf Weiteres seid ihr beide doch noch alive and kicking.

Jeanne: Es grenzt an ein Wunder, dass dein Vater noch lebt. Bei seinem Lebensstil. Wenn er einmal stirbt, bleib ich den Rest meines Lebens alleine. Ich habe genug von den Männern.

Elsie: Jack wird langsam ungeduldig, Mama. Wir stehen jetzt vor der Pommesbude, und er hat Hunger. Ich rufe dich bald mal wieder an.

Jeanne: Du? Bald? Da bin ich ja mal gespannt.

Elsie: Ciao, Mama.

Jack ruft noch: »Tschüss, Oma!«, aber sie hat schon aufgelegt.

JOS

Jeanne machte einen Ausflug. Mit dem Bus irgendwohin. Ich habe vergessen, wohin. Sich irgendwas anschauen, was man im Fernsehen eigentlich viel besser sehen kann, mit Schnitzel-Essen und vermutlich hinterher Kuchen. Ich habe schon vor etlichen Jahren damit aufgehört, ihr richtig zuzuhören. Wer mir das ankreiden will, soll selbst einmal einen ganzen Tag hier sitzen, sage ich immer.

Jeanne war in aller Herrgottsfrühe aufgebrochen, ich hatte mich noch einmal im Bett umgedreht. Um 8.11 Uhr bin ich dann aber doch aufgewacht. Je älter man wird, umso kleiner das Schlafbedürfnis, dabei hatte man nie weniger zu tun. Ein perverser Streich von Mutter Natur. Ich bleibe noch ein wenig liegen, in der zähflüssigen schwarzen Dunkelheit des Schlafzimmers. Jeanne hatte diese teuren gefütterten Vorhänge gewollt, da kommt kein Fitzelchen Licht hindurch. Ich hätte gerne noch ein wenig weitergeschlafen, drehte mich auf den Bauch, lag still. Ich versuchte, an nichts zu denken. Das war schwierig. Ich fühlte mich schlecht. Woran das genau lag, wollte ich nicht wissen. Ein unangenehmes Gefühl ist ohnehin immer schwer zu benennen. Vermutlich kommt das wieder von…

Ich stand besser auf, sonst würde alles nur noch schlimmer werden. Etwas Wasser ins Gesicht – die Jugend von heute wäscht sich ja ständig, das kann doch nicht gesund sein, oder? –, Zähne putzen, anziehen, runtergehen, Kaffee. Ein Butterbrot essen? Kein Butterbrot. Dann vielleicht die Zeitung lesen. In letzter Zeit steht da gar nichts mehr drin, in gut zehn Minuten hatte ich sie ganz durch. Sollte ich ein wenig im Garten arbeiten? Aber so grau wie der Himmel war, gab es sicher noch Regen. Ich starrte die Wand an. Vergilbt vom Zigarettenqualm. An manchen Stellen rissig. Die Bude vergammelt hier langsam, dachte ich bei mir.

Ich musste noch einkaufen. Heute Mittag doch versuchen, etwas zu essen. Eventuell würde ich was Gewagtes kochen, was Jeanne nicht gerne isst. Während ich ans Essen dachte, meldete sich mein Darm. Ich ging aufs Klo. Ein guter Stuhlgang ist wichtig. Erst recht in meinem Alter. Ich kontrollierte den Inhalt der Kloschüssel, wie immer. Ein bisschen dünn heute und gelblich. Musste ich mir Sorgen machen? Nein, ich würde mir keine Sorgen machen. Nicht heute. Jetzt dann zum Metzger? Nein, jetzt noch nicht. Vielleicht erst einen kleinen Sherry. Nur einen. Das nimmt dem Ganzen die Schärfe. Ich leerte das Glas in einem Zug, füllte es sofort wieder nach. Sofort ging alles eine Spur besser.

Am Nachmittag ist Eva vorbeigekommen. Ich erinnere mich nur zur Hälfte, was dann geschehen ist. Ich glaube, sie fühlte sich nicht gut. Ich erinnere mich an Tränen und Gestammel. Ein rot angelaufenes Gesicht. Ich erinnere mich, dass ich sie nicht gefragt habe, warum sie weinte. Dass ich eine ganze Litanei vom Stapel gelassen habe. Über die Leere des Lebens und die Unmöglichkeit wahrer Liebe und die unerträgliche Aussicht auf den Tod, der einem gewiss ist. Darüber, dass man niemandem wirklich vertrauen könne.

Oder so. Ich glaube sogar, dass ich am Ende angefangen habe zu weinen. Aus Angst, fürchte ich. Zu sterben. Oder aus Selbstmitleid. Ich kann zwar nur raten, aber das wird so ungefähr der Inhalt gewesen sein. Ich kenne die Geschichten der anderen über die Reden, die ich schwinge, wenn ich genug intus habe. Dann schwappt alles heraus, was in nüchterneren Viertelstunden mühevoll drinnen gehalten wird. Hinter zugenagelten Fenstern und verriegelten Türen. Was man nicht alles muss.

Eva kommt sich nie bei mir ausheulen, was sie wohl...

Ich überlege, sie anzurufen, lasse es aber bleiben. Scham ist ein hässliches Tier.

Ich finde, Gefühle werden überbewertet. Ich versuche jedenfalls, möglichst wenige zu haben. Manchmal klappt das ganz gut. Manchmal.

Als Jeanne am darauffolgenden Morgen nach Hause kam, hatte Elsie sie schon angerufen. Die Kinder tratschen immer alles untereinander weiter. Sie war empört gewesen, hatte gesagt, es würde anscheinend wieder schlimmer mit mir. Sie hatte wissen wollen, was Jeanne dagegen unternehmen wolle. Jeanne hatte sich das verbeten. Und gesagt, dass es Elsie freistehe, selbst etwas zu unternehmen. Elsie hatte geschwiegen, das Gespräch beendet und aufgelegt. Ein hartes Kind, sagte Jeanne. Immer schon gewesen.

Das fand Jeanne eine Unverfrorenheit. Dass sie ausgerechnet während ihres kleinen Vergnügungstrips einen solchen Anruf bekommen musste. Dass sie anscheinend nie ein wenig Spaß haben konnte, ohne sich Sorgen um mich zu machen. Dass sie davon die Schnauze so was von voll habe. Und dass wir alle ... Ab da habe ich nicht mehr zugehört.

Es gibt so Tage. Und von denen gibt es eine Menge.

LOU

Ich habe Eva gesagt, dass ich glaube, dass meine Mutter traurig ist. Dass sie in anderen Momenten verärgert wirkt, ohne es echt zu sein. Eva hat geantwortet, das sei im Leben eben manchmal so. Manche Phasen sind fröhlich, andere traurig. Ihrer Ansicht nach bräuchte ich mir darüber keine Sorgen zu machen. Ich wollte wissen, wie lange so was dauern kann, eine traurige Phase. »Manchmal schon ziemlich lange«, sagte Eva. »Aber nicht bei hübschen zwölfjährigen Mädchen, die Lou heißen.« Eva versteht mich wirklich megagut.

(Insgeheim nenne ich es ein klein bisschen traurig sein, denn wenn man etwas nicht ganz und gar ist, ist man es im Grunde gar nicht.)

Mama und Papa denken von vielem, dass ich es nicht weiß, nicht fühle. Das kommt vielleicht, weil sie es selbst auch nicht wissen oder fühlen, vermute ich dann.

Manchmal frage ich mich, ob Papa es wirklich schön findet, Vater zu sein. Er liebt uns schon, das ist auch die Pflicht der Eltern oder so, aber ich denke manchmal, dass er lieber Arzt ist als Vater oder Ehemann. Papa tut gerne so, als ob er alles weiß. Auch Mama gegenüber. Papa ist nicht immer echt lieb zu ihr, finde ich jedenfalls. Nicht wie in den Filmen, wo sie sich sagen, dass sie sich lieben, und sich umarmen und Geschenke machen, einfach, weil sie das so gerne wollen. Ich weiß nicht, ob Mama das richtig merkt. Papa ist, glaube ich, ein wenig härter, weil seine Eltern nicht so liebe Menschen waren. Das hat er mal erzählt. Ich hab sie nie kennengelernt, die beiden, sie waren schon tot, bevor ich geboren wurde. Das war bestimmt nicht einfach für ihn. Zu mir und Jack ist Papa meistens schon lieb, und ziemlich oft ist er sogar witzig. Ab und zu sagt er einfach irgendetwas. Das mag ich überhaupt nicht.

Mama ist anders und auch ein bisschen genauso. Mama tut auch gerne einfach, als sei nichts. Als ob froh zu sein normal ist. Mamas Tage sind immer proppenvoll. Manchmal wegen uns, manchmal wegen ihrer Arbeit, manchmal wegen ihrer Freunde, manchmal wegen irgendetwas anderem. Wahrscheinlich ist das normal, wenn man sich selbst immer davon zu überzeugen versucht, dass es einem gut geht. Ich spüre bei Mama auch eine Traurigkeit und Melancholie (das Wort ist schöner als das Gefühl). Aber ihr das sagen trau ich mich nicht, weil ich nicht glaube, dass sie das gerne hören mag.

Eva ist Mama gar nicht ähnlich, obwohl sie Schwestern sind. Eva fühlt viel, genau wie ich. Eva schaut genau hin, hört noch genauer zu. Auch deswegen bin ich so gerne bei ihr, glaub ich.

Die Leute sagen ja manchmal: Ab jetzt kann's nur bergauf gehen. Ich bin zwar erst zwölf, aber ich weiß inzwischen schon, dass das nicht wahr ist. Da ist anscheinend immer noch ein Boden unter dem, was man für den Boden gehalten hat. Ich habe meinen Vater gefragt, ob es da wohl eine Grenze gibt oder nicht. Er lachte nur. »Meine kleine Drama Queen«, sagte er. Papa tut, als sei alles ein Scherz. Das ist natürlich auch 'ne Strategie. Ich denke, dass Mama das auch nicht an ihm mag.

Manchmal stelle ich mir vor, dass Unglücklichsein ein Etwas oder ein Jemand ist. Weil ein Etwas oder ein Jemand plötzlich verschwinden kann, genauso schnell wie er oder sie gekommen ist.

(Ich hab das Gefühl, dass mich keiner sieht, ich meine wirklich sieht. Außer Eva dann. Und Vanessa. Die sieht mich leider immer.)

CASPER

»Wo soll das nur hinführen?«, fragte Elsie. Das weiß ich auch nicht, ich brauche das nicht zu wissen, denke ich, jedenfalls jetzt noch nicht. Ich weiß jedenfalls, dass ich sie will: wenn ich wach werde, wenn ich nicht schlafen kann oder ganz einfach glücklich bin, wenn ich ein Bild vermasselt habe, wenn mich die Geilheit überkommt, wenn ich durch die Nacht streifen will. Das war so in den herrlichen Wochen, in denen sie bei mir war. Das spüre ich jetzt noch viel deutlicher.

Ich hatte schon versucht, mich in permanente Geschäftigkeit und Ablenkung oder in die Malerei zu flüchten. Früher glaubte ich: Was auch geschehen mag, ich habe immer noch meine Kunst; aber jetzt, wenn ich in meinem Atelier bin und eine Skizze anfertige oder gerade an einem neuen Werk arbeite, frage ich mich, was Elsie davon halten würde.

Mir war eigentlich nicht klar, dass es das gibt: so zusammen sein. Ich dachte immer: Ich will keine Frau, die an mir klebt, wie diese Pärchen, die immer im Doppelpack daherkommen, das finde ich furchtbar. Aber das hier ist eine wunderbare Art, zusammen zu sein: ein Zusammensein aus Lust, weil man Gedanken teilen möchte, weil die Begeisterung vom einen auf den anderen übergeht, ein Zusammensein, das spürt, wenn es nötig ist. Ich glaube, sie merkt das auch oder nicht, natürlich. Elsie ist mehr fürs Denken als fürs Fühlen, das erfordert weniger Mut. Das habe ich ihr noch nicht gesagt.

Eva sagt, wir Menschen wiederholen, was wir von zu Hause mitbekommen haben. Ich hoffe, das stimmt nicht. Aber dann habe ich mir überlegt, dass meine Eltern auch so leben: Beide machen so ihr eigenes Ding, ab und zu streiten sie sich, nicht zu viel, und nach außen hin geben sie das Ehepaar, das füreinander geschaffen ist. Darüber mag ich jetzt nicht weiter nachdenken. Und auch nicht über die Depressionen meines Vaters. Stundenlang konnte er dasitzen und vor sich hin starren. Oder er war zwar da und machte so Sachen wie Aufräumen oder Einkaufstüten ausladen, aber dann mit dem abwesendsten Blick, den ich je gesehen habe. Oder wir machten ihm mal wieder zu viel Krach. Oder er war traurig und zugleich untröstlich. Ich hatte immer Angst, das auch zu bekommen. Ich kämpfe ganz bewusst dagegen an. Manchmal macht mich das auch irgendwie müde.

Seit unserem letzten Mal waren ungefähr fünf Wochen vergangen. Zugegeben, ich hatte etwas zu viel getrunken an einem dieser übertrieben ausgelassenen Kneipenabende mit ein paar Freunden. Einer schüttete sein Herz aus, wie das manchmal eben so geht, der Rest folgte. Nur ich habe geschwiegen. Und auf einmal konnte ich nicht mehr an mich halten. Ich hab mich aufs Rad geschwungen und bin zum Theater gefahren. Zwar war die Wahrscheinlichkeit gering, dass da noch jemand sein würde, aber gleich als ich ankomme, sehe ich sie durch das große Fenster hinten an der Bar sitzen. Sie sieht bezaubernd aus. Sie unterhält sich mit ein paar Leuten, vorne trinken zwei weitere Grüppchen noch etwas. Ein Foyer kurz vor Sperrstunde. Ich schließe mein Fahrrad an einem Verkehrsschild an, verwuschele meine Haare ein bisschen, das hat sie gerne, atme in meine hohle Hand, rieche – da war wohl Knoblauch in dem Gericht heute Abend, na, dann muss es eben so gehen – und betrete mit weichen Knien die Bar.

Die ganze Gruppe um sie herum schaut auf – weil sie zuerst aufgeschaut hat, hoffe ich insgeheim –, und ich gehe auf sie zu, überlege, ob ich sie einfach kommentarlos hochheben und wegtragen soll, finde dann aber doch, dass das zu viel von einer romantischen Komödie hat, deshalb sage ich nur, als ich direkt vor ihr stehe: »Kommst du mit?« Sie weiß nicht, was sie tun soll, ich merke ihr aber an, dass sie will. Sie zögert. »Das sind Ewout, Lars und Frouke, junge Schauspieler, die hier heute Abend eine schöne Vorstellung gebracht haben.« »Angenehm«, sage ich, aber innerlich zischt es: Verzieht euch, Ewout, Lars und Frouke, I'm a man on a mission. »Wenn ich mich nicht irre, haben die drei noch ziemlich wichtige Dinge miteinander zu besprechen.« Dazu lache ich dämlicher, als die Leute das von dem berühmten Maler erwarten würden, das steht ihnen ins Gesicht geschrieben. »Absolut«, sagt Elsie. »Leute, trinkt noch einen Absacker auf meine Kosten, ich muss eh langsam mal los. Ich hol kurz meine Jacke.« »Mein Herz macht einen Sprung«, sage ich, obwohl ich das eigentlich nur denken wollte. Sie reagiert nicht, verschwindet. Während ich warte, plaudere ich ein wenig mit den jungen Leutchen. Das kann auf keinen Fall interessant gewesen sein, weil ich in Gedanken bei ihr bin und bei dem Kuss, den sie gleich bekommen wird. Nichts ist schöner, als wenn das Vermissen ein Ende hat.

Als wir nebeneinander aus dem Theater spazieren, muss ich mich bremsen, um ihr nicht den Arm um die Schulter zu legen, nach dem Motto: Schaut, das hier ist meine Freundin, schaut, wie toll sie ist. Oder sie auf der Stelle auszuziehen, vor aller Augen, und sie in meinen Mantel zu wickeln. Nach diesem ganzen verworrenen Entbehren ist jede Sekunde die reinste Qual. Sie geht resolut weiter, sagt nur: »Mein Wagen steht um die Ecke.« Als wir eingestiegen sind, kann ich nicht mehr an mich halten und küsse sie. Sie kichert leise, weil sie sich geniert oder vor Erregung, das kann ich nicht mit Gewissheit sagen.

»Ich habe so lange gewartet«, sage ich. »Ich weiß«, sagt sie. »Du hast mich nicht angerufen«, sage ich. »Aber du hast mich zu finden gewusst«, sie flüstert es fast. Ich räuspere mich: »Ich will bei dir sein. Nichts fühlt sich besser an, als bei dir zu sein.« »Wir dürfen uns nicht küssen«, sagt sie und küsst mich zurück. »Es fühlt sich an, als ob mein ganzer Körper ein Fest feiert. Als ob Sonne, Mond und Sterne gleichzeitig auf uns herabscheinen und sagen: So ist es gut.« »Keiner außer dir darf so kitschig mit mir reden, und ich schmelze auch noch dahin...« Sie küsst mich noch einmal.

Wir sind zu meinem Atelier gefahren und haben miteinander geschlafen, wie ich es noch nie mit jemandem getan habe, glaube ich. Dieses ganze gezügelte Begehren musste raus, da gab es kein Halten mehr. Nachher lagen wir noch eine kleine Ewigkeit enger als eng beieinander, sie mit dem

Kopf in meiner Achselhöhle, wobei sie mich mit der linken Hand streichelte, ich hatte den Arm um ihren Rücken geschlungen, meine rechte Hand fest auf ihrem Hintern. Viel haben wir nicht gesagt, und das, obwohl wir normalerweise keine fünf Minuten schweigen können.

Dann musste sie wirklich nach Hause, das hatte sie schon dreimal gesagt.

Nachdem ich sie dann noch einmal fest an mich gedrückt und leidenschaftlich geküsst habe und sie verschwunden ist, bekomme ich eine SMS, von Elsie, denke ich, die sich jetzt schon nicht mehr beherrschen kann. Sie kommt von Merel, die gerade beruflich in den Niederlanden ist: »Herzlichen Glückwunsch zu mir, heute seit acht Jahren deine Freundin, morgen Überraschung.« Ich mache eine CD an, lege mich wieder aufs Bett und starre die Zimmerdecke an.

5

ALS WÄRE DAS EINE STRAFE

JOS

Irgendwie komisch, dass Karel uns wieder eingeladen hat. Sein Geburtstag ist noch nicht so lange her. Er müsse uns noch etwas erzählen, hatte er gesagt. Da habe ich gar nicht weiter bewusst drüber nachgedacht.

Ich bin abgehauen, nach draußen. Allein schon deshalb werde ich das Rauchen nicht aufgeben, so habe ich immer eine Ausrede. Noch während ich das denke, rufen sie mich wieder herein. Karel und Bob. Als dürfte ich nichts von dieser Zusammenkunft verpassen.

Ich schmeiße meine Kippe zu den Nachbarn, halte meinem jüngsten Bruder die Hand hin. Bob umarmt mich. Ich liebe Bob, ein aufgeweckter, kluger Kerl, der seinen eigenen Weg gegangen ist. Das bewundere ich an Leuten. Ich liebe alle meine Brüder. Wegen dem, was früher war. Füreinander geradestehen, wenn das nötig war. Sorgen für den, der zu kurz kam. Unsere Eltern waren nur zu zweit, wir aber zu dreizehn, da fehlte immer irgendwo Aufmerksamkeit. Wenn ich an all die Stunden zurückdenke, die wir uns zusammen mit so gut wie nichts amüsieren konnten. Selbst Flieger zusammenbasteln aus altem Plunder, den wir gefunden hatten. Oder Radio spielen mit einem selbstgebastelten Mikrofon aus Klorollen und einem Papierpfropfen.

Ich sage ihnen nie, dass ich sie liebe. Schon mal, wenn ich

besoffen bin, mit viel zu viel Brimborium, das nimmt mir dann aber vermutlich auch niemand ab.

Ich trödle ein bisschen in der Küche herum. Sich-nützlich-Machen kommt immer gut an, dann muss ich in der Zwischenzeit auch Victor nicht sehen, diese lebende Puppe, die von einem bösartigen Gott gelenkt wird, der ihre Gliedmaßen in alle Himmelsrichtungen fliegen lässt. Außerdem kann ich ungestört meinen Kaffee trinken.

Die letzten Geschwister trudeln ein, mit Küssen für alle und bescheidenen Beiträgen zum Getränkevorrat, alle wissen, dass Karel immer knapp bei Kasse ist. In allen Winkeln des Hauses wimmelt es von Leuten, die in kleinen Grüppchen beisammenstehen und sich unterhalten. So müssen sich Bienen in ihrem Bienenkorb fühlen. Und Neger in Flüchtlingslagern. Ich schnappe nach Luft, greife zum Whisky, als ich Jeanne hereinkommen sehe, also tue ich gerade noch rechtzeitig so, als suchte ich einen Schwamm.

Plötzlich steht Karel neben mir. »Jos«, sagt er, »danke für deine Hilfe. Ich muss euch gleich etwas mitteilen, das wird nicht einfach. Ich wünschte, ich hätte wie du und Bob ein Talent fürs Reden.« Das hört sich nicht gut an. »Komm schon, Karel, trink auch mal einen Schluck«, schlage ich vor, »dann geht alles leichter.« Er lacht, nimmt ein Grimbergen aus dem Kühlschrank und geht wieder ins Wohnzimmer. Mission erfolgreich beendet. Manche Leute werden einfach weniger mutig geboren, ist das dann deren Schuld?

Ein paar Schwestern und Schwägerinnen jagen mich aus der Küche, anscheinend haben sie etwas zu besprechen. Im Wohnzimmer schiebt Schwager Herman mir den letzten freien Stuhl hin und fragt mich irgendwas Belangloses. Ablehnen wäre unhöflich. Er redet ohne Punkt und Komma, doch ich bin abgelenkt, das kommt durch meinen Neffen, der jetzt wieder genau vor meiner Nase in seinem Stuhl sitzt, der immer sein Stuhl ist.

Victor war früher ein hübsches Kerlchen. Und aufgeweckt. Scheußlich, was ein harter Aufprall aus einem Kind machen kann: Hirnblutung, Überdruck im Schädel, dadurch Sauerstoffmangel im Gehirn, der bleibende Schäden zur Folge hatte. Nach knapp zwei Wochen Koma ist er aufgewacht, jeder war voller Hoffnung, zumindest anfangs. Aber auch nach einer endlosen Zeit in der Reha ist es nie wieder besser geworden als das hier. Ein spastisches Häufchen Mensch. Karel und Imelda sind überzeugt davon, dass sie ausführlich mit ihm kommunizieren, ich kann mir das kaum vorstellen, aber das sage ich nie. Manchmal ist Selbsttäuschung…

Jetzt kommt Karel herein. Er tickt mit einem Messer an sein Bierglas: »Könnt ihr bitte kurz alle mal herkommen, ich muss euch etwas mitteilen.« Bob lacht über etwas, was meine Schwester Marie gerade erzählt hat. Karel wartet, macht ein ernstes Gesicht. Bis er jedermanns Aufmerksamkeit hat. »Es gibt keine schöne Art, so etwas zu sagen, also falle ich mal mit der Tür ins Haus: Ich habe Krebs, meine Lunge. Wir haben ihn zu spät entdeckt, sagen die Ärzte. Mir bleibt nicht mehr viel Zeit. Darum will ich euch bitten...« Imelda beginnt zu schluchzen, läuft nach draußen, Bobs Frau Johanna eilt ihr hinterher. »... will ich euch bitten, Imelda zu unterstützen, wenn ich nicht mehr da bin. Mit unserem Victor und auch sonst.« Seine Stimme überschlägt sich, er fasst sich wieder. »Ich habe ein gutes Leben gehabt, das ist okay so für mich. Aber eines muss ich unbedingt wissen, dass gut für sie gesorgt wird.« Er blickt auf seine Schuhe.

Unsere Familie ist immer laut. Allesamt Plaudertaschen, die kein Ende finden. Jetzt bleibt es rekordverdächtig lange totenstill. Bob ist der Erste, der zu reden anfängt. »Verdammt, Karel!« Er umarmt ihn. Immer schon der Anhänglichste, das ist bei den Jüngsten so. Und dann scharen sich die Leute in Grüppchen um Karel, umschwirren ihn ermutigend. Sagen zweifelsohne, er könne beruhigt sein, sie werden ihr alle selbstverständlich zur Seite stehen.

Ich bleibe minutenlang wie festgenagelt sitzen. Ich will raus hier, aber da steht Imelda. Ich gehe an Karel vorbei, klopfe ihm zweimal auf die Schulter und gehe weiter in die Küche. Die Leute müssen etwas trinken, besonders in Krisenzeiten. »Noch jemand ein Bier?« Keine Reaktion. Vom wissenschaftlichen Standpunkt aus hätte ich längst nicht mehr da sein sollen. Und er, ein Mensch, der nie etwas geschenkt bekommen hat, kriegt jetzt Krebs. Die Welt ist doch...

Den restlichen Tag räume ich Gläser ab, fanatischer, als ich es je in meinem Restaurant getan habe. Bis ich sechs Weingläser fallen lasse, die ich in einer Hand trug. Sie zerspringen auf den Steinfliesen. Jeanne rauscht herbei. »Wunderbar, du bist wieder blau. Zeit, nach Hause zu gehen, sehe ich.« Als wäre das eine Strafe. Ich winke in jedem Raum einmal in die Runde. Jeanne redet in verschwörerischem Ton mit Imelda, in der Zwischenzeit nehme ich Karels Hand in meine, lege meine andere auf seine Schulter: »Imelda und Victor können sich auf meine monatliche Überweisung verlassen, das ist selbstverständlich. Jeder muss angeblich irgendwann sterben, aber in deinem Fall will ich das doch erst noch sehen.« Karel zuckt leicht. Keine Ahnung, ob vor Lachen trotz allem oder vor unterdrücktem Weinen. Ich wende mich von ihm ab, gebe Imelda einen Kuss: »Halt die Ohren steif.«

Sobald wir im Wagen sind, beginnt Jeanne wie nicht anders zu erwarten mit ihrem Monolog. Dass sie sich jetzt wieder aufopfern müsse, für meine Familie, weil ich zu nichts fähig sei. Dass sie selbst schon eine ganze Weile erschöpft sei und das vielleicht ja auch Krebs sein könnte. Dass sie immer geglaubt habe, ich würde bestimmt vor Karel gehen, der doch immer ein fescher Kerl war, mit dem Rad zur Arbeit fuhr, nicht fett aß, früh schlafen ging und nur Zigarren rauchte, doch weniger ungesund als Zigaretten. Dass Imelda ihn sicher nicht anständig betreuen würde. Dass sie dazu zu dumm sei. Dass sie es so furchtbar finde, besonders für Victor. Und so in einem fort, auch als wir schon zu Hause waren. Ich murmelte etwas in meinen Bart, ging nach oben. Sie hinterher. Im Bett redete sie unermüdlich weiter. Hinhören tat ich nicht, aber ein Schlaflied konnte man es doch auch nicht wirklich nennen. Irgendwann verstummte sie.

Einschlafen konnte ich trotzdem nicht. Das Einzige, was ich immerzu sah, waren diese Bilder. Ich, damals, in meinem neuen Wagen. Unterwegs zu Karel, bei dem ich kurz etwas vorbeibringen musste. Da, auf einmal: ein dumpfer Schlag. Etwas fliegt gegen meine Windschutzscheibe. Bremsen. Anhalten. Raus aus dem Auto. Doch hoffentlich kein Mensch? Schauen. Hinlaufen. Sehen: Es ist Victor. Nachbarn strömen herbei, einer ruft, er habe einen Krankenwagen gerufen. Mieke, Victors große Schwester, kommt aus dem Haus, sieht ihren Bruder daliegen und rennt davon. Karel eilt herbei, will sein Kind in die Arme nehmen, hochheben, ich lasse ihn nicht. Imelda kommt näher, federt zurück, kreischt, wie ich noch nie zuvor einen Menschen habe kreischen hören. Victor bekommt nichts mit. Er und sein wehrloser Kinderkörper liegen nur da, auf dem Asphalt, in dieser merkwürdigen Position. Blut. Bleiches Gesicht. So gut wie leblos. Karel flüstert unaufhörlich auf seinen Sohn ein, ich höre nicht, was er sagt.

Als der Krankenwagen ankommt, geht auch jemand auf mich zu. Mein Gesicht, meine Arme, mein Oberkörper, überall stecken Splitter. Ich spüre nichts. Als schaute ich durch eine Glasglocke auf eine seltsam fremde Welt. Ich schweige. Ich starre in die Ferne. Ich implodiere.

Erst Stunden später, im Krankenhaus, sehe ich ihn, scheußlich festgekettet an piepende Apparate. Der Geruch im Zimmer verschlägt mir den Atem. Da denke ich: Victor wird sterben. Victor wird sterben, und ich bin noch schuldiger daran, als irgendwer annehmen würde.

LOU

Das ist zu viel für einen zwölfjährigen Kopf. Wenn auf der einen Seite schöne Dinge passieren und auf der anderen unschöne, wie soll man sich denn dann fühlen?

Ich weiß nicht, was zu Hause los ist, aber Mama benimmt sich seltsam. Was Papa übrigens kaum auffällt, glaube ich. Oder vielleicht doch? Manchmal habe ich das Gefühl, als sei er stiller als sonst. Jack kriegt von alledem nichts mit, das merke ich die ganze Zeit an kleinen Dingen, was mich dann wieder nervös macht. Ich versuche, superlieb zu sein, was aber keinen Unterschied macht.

Meiner Meinung nach kriegt Eva zurzeit, was Glücklichsein betrifft, auf einer Skala von eins bis zehn auch nur eine Vier. Ich traue mich nicht, sie zu fragen, ob ich recht habe. Vielleicht macht so eine Frage ja alles nur schlimmer.

(Fast alle Kinder glauben, ihr Leben werde später ganz toll werden. Ich bin mir da nicht immer so sicher.)

In der Schule passiert gerade alles Mögliche. Seit dem verfluchten Tag, an dem ich Vanessa erwischt habe, lässt sie mich nicht aus den Augen, das merke ich. Gesagt hat sie nichts, bis vor sechs Tagen.

Ich verbringe mal wieder die Pause in der Toilette, momentan gehe ich zu einer der Toiletten im Erdgeschoss. Das fällt weniger auf, und da stinkt es nicht so scheußlich.

Gerade schreibe ich Eva eine SMS, als plötzlich jemand an meine Tür klopft. Ich zucke zusammen. Ich knie mich auf den Klodeckel, damit meine Füße nicht zu sehen sind. »Ich weiß, dass du da drin bist, Lou, komm bitte mal raus, ich möchte mit dir reden.« Vanessas Stimme. Zum ersten Mal nennt sie mich nicht Kitty. »Ich weiß, dass du dich hier in den Pausen versteckst, alle wissen das.« Ich bleibe, wo ich bin, halte den Atem an. »Möchtest du nicht lieber mit bei uns sein? Ich weiß, dass die Sache mit dem Rock doof von mir war, aber eigentlich finde ich, du bist ein Girl mit Stil. Jemand mit einer eigenen Meinung.« Ich beuge mich ein wenig nach hinten auf der Klobrille, das ist ganz und gar keine bequeme Position. »Lou?« Mein Telefon rutscht mir aus der Hand, zerspringt auf dem Boden in seine Einzelteile. Vanessa hebt die Teile auf, die auf ihrer Seite liegen, und schiebt sie vorsichtig unter der Tür durch. »Ich weiß, dass du denkst, ich tu das alles nur, weil du mich gesehen hast. Und ich will gar nicht so tun, als habe das eine mit dem anderen nichts zu tun. Aber die ehrliche Wahrheit ist, dass ich trotzdem glaube, dass ich dich nett finden könnte. Du bist so eine, die ihren eigenen Weg geht, so wie ich. Lou? Ich habe auch noch ein kleines Geschenk für dich. Ich leg es hier hin, ja, ans Waschbecken.« Sie hat mir einen Pulli hingelegt, es ist der lilafarbene mit Glitzer. Ich ziehe ihn an, schaue in den Spiegel, stehen tut er mir schon. Dann gongt es. Blitzschnell ziehe ich den Pulli wieder aus, lege ihn wieder dahin, wo ich ihn gefunden habe.

Mir wird klar, dass ich Vanessa richtig in Schwierigkeiten bringen könnte. Ein Teil von mir würde das vielleicht sogar genießen, das gebe ich ehrlich zu. (Bin ich schlecht, weil ich so etwas denke? Unser Französischlehrer hat gesagt, es gebe Philosophen, die davon ausgehen, alle Menschen seien von Grund auf schlecht. Wenn das stimmt, ist es in meinem Fall vielleicht noch nicht so schlimm. Wenn ich schlecht bin, dann eher ein bisschen als von Grund auf, glaube ich.)

Zwei Tage später, ich bin gerade in der Schule angekommen und dabei, mein Fahrrad anzuschließen, sehe ich Vanessa auf mich zukommen, ihre Pudelhorde wie immer im Schlepptau. Ich mache mich auf was gefasst. »Wir gehen ins Kino, nächsten Samstag, und wollten dich fragen, ob du mitkommst.« Die anderen Mädchen schauen zu meinem Erstaunen nicht entsetzt. Was soll ich jetzt davon halten? »Benno kommt vielleicht auch, mit Marcel«, sagt Vanessa, als ich nicht reagiere. Herrgott, woher kann sie wissen, dass ich Benno mag? »Das wär echt spitze, wenn du mitgehen würdest. Wir finden es schade, dass wir dich noch nicht besser kennengelernt haben.« Ich schlucke, hoffe, dass niemand das mitbekommt. »Wir haben dich ein wenig aufgezogen mit deiner Unterhose, aber wir wollen uns jetzt dafür entschuldigen, das war kindisch von uns, stimmt's?« Die anderen Mädchen nicken. Was soll ich tun? Sagen, dass sie mir gestohlen bleiben kann, sie mit ihrer affigen Anbeterschar? (Ich mag das Wort Anbeter, ich habe es mal in einem Buch gelesen und dann nachgeschlagen.) »Wenn du magst, kannst du auch etwas früher kommen, dann mach ich dir die Haare. Ich habe einen tollen neuen Schaumfestiger, damit kriegen sie mehr Volumen. Du wirst sehen, das wird klasse aussehen.« Während sie weiterredet, beginne ich doch ein wenig von Pausen zu träumen, die ich mit Freundinnen verbringe, davon zu wissen, wen ich anrufen kann, wenn ich nicht mehr weiß, was genau wir in Mathe aufhaben. Und vielleicht könnte ich mich ja mit Benno unterhalten. »Komm schon, Lou, das wird megacool.«

Meint Vanessa nun wirklich, was sie sagt? Ist es denkbar, dass aus falschen Gründen gute Dinge entstehen? »Du kannst ja noch mal eine Nacht darüber schlafen, aber komm jetzt bitte mit uns mit zu Lisse. Sie hat die von Reli mit ihrem Freund gesehen, und das ist anscheinend eine superwitzige Geschichte.« Sie wartet meine Antwort nicht ab, hakt sich bei mir ein und zieht mich mit.

Ich bin mit ins Kino gegangen. Das war eigentlich echt nett. Benno war an dem Abend nicht dabei. Ich bin jetzt schon neun Tage in jeder Pause mit Vanessa, Lisse, Olga, Dorien, Marike, Nikka, Charlotte und Trix zusammen. Manchmal kommen auch Jungs dazu und quatschen mit uns. Einmal sogar Benno. Kein Wort habe ich da gesagt.

Ich glaube, Benno ist auch so wie ich anders als die meisten. Ein Träumer, glaube ich. Sensibel. Und wenn er im Unterricht dran ist, fällt auf, wie klug er ist. Unwahrscheinlich, dass er mich jemals beachten wird, trotzdem geht er mir nicht aus dem Kopf.

In ein paar Wochen sind Nikkas Eltern weg, dann geben sie und ihr Bruder eine Party. Ich bin auch eingeladen. Und Benno und Marcel kommen ganz sicher, sagt Vanessa.

Ich finde es immer noch seltsam. Aber klasse finde ich's auch.

Eva hat einmal gesagt: »Es fühlt sich so toll an, sein Misstrauen abzulegen, einfach weil das auch geht.« Das verstehe ich jetzt auf einmal. Als ich zu Vanessa gesagt habe, dass ich schon gerne mitwolle zu der Feier, hat sie mich bei den Händen gefasst und mit mir ein Tänzchen aufgeführt, im Gang vor unserem Klassenzimmer. Wie kleine Kinder das machen. (Das war zwar ein bisschen peinlich, aber irgendwie auch lustig.)

Gestern Nachmittag habe ich Eva angerufen. Ihr Anrufbeantworter ging dran. »Eva, ich bin's. Ruf mich mal zurück, ich muss dir was erzählen.« Ich habe mich selten fröhlicher angehört. Sie hat immer noch nichts von sich hören lassen, was ich ein bisschen komisch finde.

EVA

Mittags werde ich unerwartet zum Direktor gerufen. Jef de Troyer ist die Sorte Mann, die immer Schuppen auf dem Revers hat und keine Frau oder Sekretärin, die sie wegmacht. Er leitet sein Gefängnis mit eiserner Hand und glaubt felsenfest an Disziplin als Lösung für alles. Unseren Menschenschlag duldet er in seiner Festung, aber nur ungern. Solange wir nicht für zusätzlichen Ärger sorgen, kommt er uns nicht in die Quere. So verhält es sich.

Sie lassen mich über eine Viertelstunde warten, auf dem mit Leuchtstoffröhren beleuchteten Flur vor seinem Büro. Dann ruft er mich herein. Er sieht enttäuscht drein. »Sie begleiten den Häftling Kabangu, soweit ich weiß.« Ich nicke. Es gibt Neuigkeiten zu Henris vorzeitiger Entlassung, denke ich. Auch wenn ich nicht recht verstehe, wieso der Direktor mich deswegen zu sich ruft. »Sie scheinen sich ziemlich gut mit dem besagten Häftling zu verstehen.« »Henri ist ein Mann mit Potenzial«, sage ich, »einer, der draußen vielleicht wirklich die Kurve kriegen kann. Ich versuche, ihn auf seine Rückkehr in die Gesellschaft vorzubereiten.« Ich wähle meine Worte entsprechend dem Jargon, von dem ich annehme, dass der Direktor ihn von mir hören möchte. Er reagiert nicht sofort, scheint seine Worte abzuwägen, was er gewöhnlich nicht tut. »Ich wurde darauf aufmerksam gemacht, dass Sie besonders vertraut mit diesem Häftling umgehen.« »Wenn man Menschen betreut, kommt es schon einmal zu tieferen Gesprächen. Wenn dem nicht so wäre, würde ich meinen Job nicht gut machen«, sage ich. Der Direktor räuspert sich, hüstelt gekünstelt. »Es beunruhigt mich, dass Sie in dieser Situation Unehrlichkeit vorziehen. Sie wurden gesehen, während Sie mit Häftling Kabangu intim waren.« Ich falle fast vom Stuhl. »Behaupten Sie gerade wirklich, dass ich Sex mit Henri gehabt haben soll? Ich war…« »Die Einzelheiten interessieren mich nicht, aber Ihre Wortwahl finde ich gelinde gesagt interessant, abgesehen davon handelt es sich jedenfalls um unschickliches Verhalten, das wir hier unmöglich tolerieren können, wie Sie sehr wohl wissen. Da es das erste Mal ist, fordere ich Sie auf, Herrn Kabangu an einen anderen Kollegen weiter zu verweisen und sich von ihm fernzuhalten. Und ich darf wohl hoffen, dass wir ein Gespräch wie dieses nie wieder führen müssen. Wenn Ihnen Ihre Anstellung lieb ist, empfehle ich Ihnen mit Nachdruck, einmal in sich zu gehen und sich zu fragen, wo Ihre professionellen Grenzen liegen. Sie stehen ab sofort unter Beobachtung.«

Ich habe nichts mehr gesagt. Habe ihm nicht einmal die Meinung gegeigt. Nicht mal seine Bürotür zugeknallt. Nicht mal auf dem Gang eine Szene gemacht. Weil das nun einmal nicht meine Art ist. Obwohl das die einzig richtige Reaktion gewesen wäre. Wer um Himmels willen hatte das verbreitet?

Ich hatte an diesem Nachmittag noch Termine mit neuen Häftlingen, dachte aber: lieber ein Ende mit Schrecken, erst Henri rufen lassen. Er kam auf Badelatschen hereinspaziert. »Du siehst so gut aus in letzter Zeit.« Ich habe nicht reagiert, kam direkt zur Sache. Er verstand das alles nicht. Ich habe ihm gesagt, er solle sich nichts daraus machen, ihm gesagt, mein Kollege sei wirklich großartig. Er schaute gekränkt drein. Dass es ohnehin nicht mehr für lange sei, dass ich wirklich glaubte, er werde schnell freikommen. Keine Reaktion. Dass das nicht meine Entscheidung sei. Das half genauso wenig. Dass ich mich gerne mit ihm treffen wolle, wenn er erst einmal draußen sei. Mit ihm ein Bierchen trinken gehen, gucken, ob er Hilfe bräuchte, in der frisch gewonnenen Freiheit. Das war zwar nicht, wie man das normalerweise macht, aber so würden wir das machen. Er sah mich immer noch enttäuscht an.

Als ich über die Sprechanlage Bescheid gab, der Häftling dürfe zurück in seine Zelle, bremste mich Henri. Er wollte etwas sagen, fand keine Worte. »Ich auch«, habe ich geantwortet. Dann surrte die schwere Tür. Ich klickte sie auf, Henri ging hinaus und verschwand mit einem Justizvollzugsbeamten. Ich sah ihm hinterher. Als versuchten vierzig Hände mich in verschiedene Richtungen gleichzeitig zu schieben, so fühlte sich das an.

Ich bin dann Schuhe kaufen gegangen. Traumhaft schöne Schuhe. Teure Schuhe. Von Geld, das ich eigentlich nicht habe. Geholfen hat es nicht.

Ich war froh, dass am Abend darauf Freunde zum Essen kamen. Drei Freunde mit ihrer besseren Hälfte, die einander gut kennen. Ich war schon öfter bei ihnen eingeladen gewesen, hatte mich aber noch nicht revanchiert. Jetzt alle gleichzeitig. Schulden begleichen kann auch schön sein. Aber auch stressig. Den ganzen Tag hatte ich in der Küche gestanden. Alles ordentlich vorbereitet, mit guten Zutaten gearbeitet, teuren Wein gekauft. Glücklich will ich die Menschheit machen. Mindestens.

Das sind Leute, bei denen es mich jedes Mal, wenn ich sie sehe, freut, dass es sie gibt. Els und Peter: ein tolles Paar in den Vierzigern, schon fünfzehn Jahre zusammen, und wie die einander immer noch ansehen, das macht doch Hoffnung, dass es auch anders sein kann. Admar und Alain, zwei Superschwuchteln mit gutem Geschmack und einer Menge Humor. Dass sie auch noch eine Meinung zu Schuhen und Lippenstift haben, ist ein Pluspunkt. Und Saskia, geschieden mit zwei kleinen Kindern, mit ihrem neuen Freund: Karl. Ein klassisch schöner Kerl, vielleicht ein bisschen von oben herab, aber Sas ist verrückt nach ihm.

Der Vor- und Nachteil, wenn man selbst zum Essen einlädt, ist, dass man selbst nie ganz Teil des Geschehens ist. Während es bei der Begrüßung ein großes Hallo gibt und meine Gäste die neuesten Neuigkeiten austauschen, mache ich in der Küche die Häppchen fertig. Während sie das Weltgeschehen diskutieren, rühre ich in Töpfen und behalte den Ofen im Auge. Gerade als etwas überkocht, kommt Alain in die Küche. »Na, Darling, was macht dein wildes Leben?« Welches Leben? »Spitzenmäßig«, sage ich und lächele mysteriös, weil sich das immer gut macht. »Und, noch Typen im Visier?« »Immer ein paar, das weißt du ja, aber nichts Konkretes. Ich habe hohe Ansprüche.« Ich lache laut, schneide mir genau dann mit dem großen Messer in den Finger.

Verflucht noch eins. »Oh, Honey, soll ich dir ein Pflaster holen?« »Lass gut sein, ich mach das schon.« »Ja, aber ...« »Nein, nein. Das ist der Vorteil vom Alleineleben, man lernt, alles selbst hinzukriegen. Geh du mal wieder zurück zu den anderen. Ohne dich stirbt jedes Gespräch, das weißt du doch.« Er brummelt liebevoll missbilligend, küsst mich auf die Wange und verschwindet.

Erst beim Hauptgericht kann ich kurz am Abend teilnehmen. Admar und Alain reden von einer Reise, die sie alle zusammen machen wollen. Eine Woche nach Nizza, vor allem viel am Pool liegen, lesen und reden, viel trinken und gut essen, zwischendrin Ausflüge machen, jeder, wie er mag. Alle haben große Lust dazu. Ich habe schon seit Jahren keinen Urlaub mehr gemacht, obwohl ich eigentlich gerne verreise. »Mensch, Eva, du kommst doch auch mit, oder? Wir dachten an Ende August?« Ich mich in einen Badeanzug quetschen und schwitzend an einem Schwimmbecken liegen? Oder noch schlimmer: Ich als Einzige nicht in einem Badeanzug, ständig auf der Flucht vor der Sonne? Als einziger Single in Gesellschaft von lauter Pärchen, die sich dann verpflichtet fühlen, mich abwechselnd zu bespaßen? Ich habe mich schon oft genug wie die Einsame, die auch einmal eingeladen wird, gefühlt. »Ich glaube nicht, dass ich kann, Ende August«, sage ich. »Und wieso nicht? Weil du glaubst, dass du dann gerade eine heiße Lovestory mit deinem Liebsten erlebst, den du bis dahin endlich gefunden zu haben hoffst?« Admar meint das nur lustig, ich weiß. Alain legt die Stirn in Falten und nickt so nach dem Motto: Bring das hier in Ordnung. Er glaubt, ich sähe das nicht. Woraufhin Admar hinterherschiebt: »Ich weiß genau, dass du bis dahin deinen jungen Gott gefunden haben wirst, aber gönn uns auch ein Stück von ihm und nimm ihn mit, Schätzchen.« Nettigkeit macht manche Dinge nur schlimmer. Ich werde es mir noch einmal überlegen, sage ich. Ich räume die Teller ab.

Saskia folgt mir in die Küche. »Alles in Ordnung mit dir?« Wieso fragen Leute, ob alles in Ordnung ist, wenn sie doch sehen, dass das Gegenteil der Fall ist? Und welche Antwort ist dann die richtige? Wenn man sagt: Nein, nichts ist in Ordnung, will das keiner hören. Tristesse ist unsexy. »Zu viele Männer, die ich mir vom Leib halten muss, aber ansonsten alles unter Kontrolle.« Ich höre mich selbst schon wieder lachen. Sas schenkt mir einen aufmunternden Blick. Und ich labere irgendwas. In dieser Küche bitte kein Mitleid. Ich lege mich mit dem Dessert ins Zeug. Ein gewoktes Dreieck aus Blätterteig, gefüllt mit einer Kugel Vanilleeis und darauf geriebene Zitronenschale. Die ersten drei misslingen. Das Öl brennt an, hinterlässt unansehnliche kleine schwarze Flecken. Ich werde nicht genug haben. Ich kratze mich am Po vor lauter Stress. Dann sehe ich Peter die Küche betreten. Er sucht einen Aschenbecher. Ich hoffe bloß, dass er mein Gekratze nicht gesehen hat. Dann mal schnell die Hände waschen, sicher ist sicher. Weshalb auch mein vierter Versuch misslingt. Ich könnte heulen. Dann eben nur Eis? Bitte sehr, ein Superdessert: eine Kugel Vanilleeis ohne alles. Hilfe! Ich habe noch einen Schokokuchen, der war eigentlich zum Kaffee gedacht. Mir bleibt nichts anderes übrig, als ihn auf den Tisch zu stellen und gleichzeitig den Kaffee zu servieren. Was für eine Pleite. Ich schaffe es noch nicht einmal, ein Essen zu geben.

Als das letzte Duo aufgebrochen ist, setze ich mich hin. Ich sehe mich um. Die Bücher im Regal, die CDs im Regal, die DVDs neben dem Fernseher auf dem Boden gestapelt. Kunst ist die beste Gesellschaft, behauptet Casper immer. Ich frage mich, ob er das jetzt immer noch sagen würde.

Ab ins Bett, sage ich laut. Eine halbe Stunde später sitze ich immer noch da.

Drei Wochen später höre ich von meinem Kollegen, dass die Kommission Henris Antrag stattgegeben hat. Nur noch ein Weilchen, dann darf er raus.

Ich weiß, dass der Direktor heute Mittag nicht da ist, also besuche ich ihn kurz in seiner Zelle. Wir verabreden uns in einem Café am anderen Ende der Stadt, das er noch von früher kennt. »Ich freue mich schon«, sagt er. Er sieht gleichzeitig froh und verängstigt aus.

ELSIE UND EVA

Elsie: Danke fürs Babysitten, Eva.

Eva: Gern geschehen. War nett. Jack fand es toll, beim Schach gegen mich zu gewinnen, und Lou war selten so begeistert wie wegen dieser Party, ich habe ihr geholfen, ein Outfit auszusuchen.

Elsie: Eigentlich finde ich sie noch etwas zu jung für eine Party am Abend, konnte es aber nicht übers Herz bringen, Nein zu sagen.

Eva: Das kannst du auch nicht bringen. Es ist nicht so leicht für sie, Freunde zu finden.

Elsie: Ach komm, du kennst Lou doch auch, sie dramatisiert gerne mal. Hat sie noch etwas über mich und Walter gefragt?

Eva: Nein.

Elsie: Für dich auch ein Glas Rotwein? Der schmeckt unglaublich lecker.

Eva: Na, dann eben eins. Wie geht es dir denn mit Walter?

Elsie: Er gibt sein Bestes. Meistens jedenfalls. Und na ja, du weißt ja, wie Walter ist. Er macht weiter wie immer. Ich hab ihn in letzter Zeit nicht so oft gesehen. Vorgestern hatten wir Streit, kurz und heftig. Es lag auch an mir. Ich bin momentan mit den Gedanken woanders und kann deshalb nicht so viel von ihm vertragen. Er glaubt, das sei meine Reaktion auf seine Abwesenheit, behauptet, alles werde besser werden, wenn er erst für die Abteilung für Nephrologie einen zusätzlichen Assistenten bekommt.

Eva: Wie oft hat er das nicht schon versprochen?

Elsie: I know, aber er kümmert sich jetzt anscheinend wirklich darum. Und vergiss nicht: Ich hab ja auch Dreck am Stecken.

Eva: Die Frage ist doch: Warum bist du mit den Gedanken woanders? Hast du dich das überhaupt einmal richtig gefragt? Selbst wenn Walter einen neuen Assistenten annimmt, findet er wieder einen anderen Grund, es selbst zu machen. Er braucht das. Walter ist immer auf der Flucht, und das wird so bleiben.

Elsie: Du warst nie ein großer Fan von Walter, aber du kennst ihn auch nicht so wie ich.

Eva: Er ist ein besonderer Mann, ehrgeizig und klug, das stimmt. In Gesellschaft unterhaltsam. Und zweifellos phantastisch mit seinen Nierenpatienten. Aber er ist meistens nicht wirklich lieb zu dir, er lässt dich nie wirklich an sich heran, er manipuliert dich am laufenden Band. Elsie, das sage ich dir doch nur, weil ich dich liebe, ich würde mir einfach mehr für dich wünschen als das.

Elsie: So was darfst du nicht sagen. Ich bin doch gar nicht der Typ Frau, die einen Mann sucht, mit dem sie Abend für Abend Händchen halten kann, oder?

Eva: Darum geht's doch überhaupt nicht, das weißt du ganz genau. Versteht er dich, auch wenn du mal nicht die richtigen Worte findest? Spürt er, wie du dich fühlst, einfach indem er dich anschaut? Gibt er dir ein gutes Selbstwertgefühl? Kannst du unendlich weitererzählen, wenn du bei ihm bist? Ist er der Mann, der dich verteidigt, wenn das nötig ist, und dir die Ohren langzieht, wenn du das brauchst? Hast du mit ihm – und ich zitiere – ›den großartigsten Sex aller Zeiten‹? Bei alldem, denkst du da an Walter?

Elsie: …

Eva: Nein, du denkst an Casper.

Elsie: Ich denke immer an Casper, das zählt nicht.

Eva: Und wieso um Gottes willen?

Elsie: Wir sind verliebt, wir kennen uns erst ein knappes halbes Jahr, da kommt einem alles immer fantastisch vor. Jedes Paar muss sich mit einer zusammengestrichenen Version deiner Liste abfinden.

Eva: Manche auch nicht. Du machst, was du schon dein Leben lang tust: den Kopf in den Sand stecken. Du willst dein restliches Leben lang kämpfen, um von Walter die Anerkennung zu kriegen, die du von unseren Eltern nie bekommen hast. Bei Walter musst du dich dafür mordsmäßig ins Zeug legen, und das ist auf eine perverse Art wohl das, was du zu brauchen glaubst. Und Walter weiß das nur zu gut und nutzt das aus, und du, du weißt und siehst nichts. Weil du dich nicht richtig hinzuschauen traust. Und ich verstehe das alles nur zu gut. Das Leben ist nicht leicht, jeder Mensch sucht etwas, das ihm Halt gibt. Aber so muss es gar nicht sein. Denk bitte wenigstens gut nach, bevor du so etwas Schönes wie das, was du mit Casper hast, aufgibst. Ist dir klar, wie selten so was ist?

Elsie: Herrgott, Eva, du bist einfach naiv.

Eva: Du hast schon einmal versucht, Casper nicht mehr zu treffen. Das ist misslungen. Das hat dich kaputtgemacht, auch wenn du dir das selbst nicht eingestehen wolltest. Ihr seid zusammen besser als ohne einander.

Elsie: Er liebt Merel, sagt er. Du bist doch diejenige, die hoffnungslos romantisch ist, die weggeht, wenn es dir nicht von A bis Z passt, so wie damals mit Frank. Aber ob das die Lösung ist? Ich bin in diesen Dingen anders als du, das weißt du.

Eva: Ich weiß doch auch nicht, was du tun sollst. Natürlich ist das alles kompliziert. Hauptsache, deine definitive Entscheidung ist eine aufrichtige Wahl, kein feiger Fluchtversuch, weil du dich nicht traust, gründlicher nachzudenken und genauer hinzufühlen. So etwas rächt sich eh später. Verschließ die Augen nicht vor dem, was da ist.

Elsie: Ich weiß noch nicht einmal, was Casper will, und außerdem: Ich bin glücklich mit Walter. Wir führen eine gute Ehe. Und ich kann das Lou und Jack nicht antun.

Eva: Walter ist ein Mann, der dir nicht das gibt, was du brauchst, ein Mann, der dich überfährt. Du bist das inzwischen schon so gewöhnt, hast dir selbst schon so viele Fluchtwege gesucht, deine Arbeit, deine Freunde und jetzt auch noch Casper. Meinst du, es ist purer Zufall, dass du dich so Hals über Kopf in ihn verliebt hast? Und dann so was Intensives erlebst? Glaubst du, das geht: zwei große Lieben in einem einzigen Herzen? Red dir doch so was nicht ein.

Elsie: Natürlich bin ich total verrückt nach Casper, das will ich gar nicht abstreiten. Aber was soll ich denn tun? Vorausgesetzt, Casper würde das wollen, was ich noch nicht einmal weiß. Kürzlich dachte ich noch, als ich auf der Bank war: Es ist, wie hier zu stehen und zu wissen, dass in diesen Schließfächern genug Geld liegt, dass man ein fantastisch neues Leben anfangen könnte. Das Einzige, was ich dazu tun müsste, ist, kurz diese Menschen abknallen.

Eva: Walter ist ein erwachsener Mann, kein Idiot, der ohne dich völlig aufgeschmissen wäre. Und deine Kinder brauchen meiner Ansicht nach eine Mutter, die ganz sie selbst ist, die sich traut, glücklich zu sein, die ihnen zeigen kann, was echte Liebe ist.

Elsie: Verdammt, Eva, wieso redest du mir hier eigentlich ins Gewissen? Du bist gerade einfach gemein zu mir, das bist du doch sonst nicht.

Eva: Ich will überhaupt nicht gemein zu dir sein, im Gegenteil. Ich sage bloß: Du musst dich und deine Gefühle ernster nehmen, mehr in deine eigenen Fähigkeiten vertrauen. Ich sage das als deine Schwester. Weil niemand sonst es dir sagen wird. Weil sich Chancen wie diese im Leben nicht oft ergeben.

Elsie: Dann komme ich jetzt aber auch mal to the point: Was hast du denn bisher aus deinem großartigen, berauschenden Leben gemacht? Und was weißt du eigentlich von Beziehungen? Wie lange bist du schon Single?

Eva: Ich glaube, ich sollte wohl besser gehen.

Elsie: Das halte ich auch für das Beste.

Eva: Na schön, have fun mit Walter, falls du ihn noch zu Gesicht bekommst, irgendwann heute Nacht.

Elsie: Das klappt bestimmt, don't worry.

CASPER

Elsie ist nicht da, und dann vermisse ich ihren Anblick.

Und ich bin zu Hause, und das ist, was ich kenne: Willem in seinem Zimmer, Merel macht gerade irgendwas, ich weiß nicht was. Ich schaue bloß vor mich hin, auf etwas, wo ich immer hingeschaut habe, nur jetzt sehe ich etwas anderes. Weil ich mehr weiß. Weil ich mich traue, die Dinge in Frage zu stellen.

Manchmal kommt es mir so vor, als sei Elsie der Wecker, der mir in meinen Schlummer des Wirklich-noch-nicht-in-die-Welt-Wollens mit einem grässlichen Drecksgeräusch hineinschrillt und mir klarmacht, dass es jetzt wirklich kein Entkommen mehr gibt.

Das fiel mir bei einem Essen mit Freunden vor einer Woche auf. Wir sitzen zu zwölft am Tisch: gutes Essen, klasse Wein. Lauter Leute ohne Geldsorgen, die gerne das Leben genießen. Es entspann sich eine Diskussion darüber, ob wir nicht zu dekadent seien, in dieser Welt, die vor die Hunde geht, weil wir alle immer nur konsumieren, auch wenn wir noch so brav Saisongemüse im Bioladen kaufen. Das war ein interessantes Gespräch, und dann schaltete sich Merel auf einmal ein, mit einer Stimme, die ein paar Töne höher als gewöhnlich lag: »Casper braucht ganz wenig: Farbe, Leinwand, etwas zu essen und zu trinken und Aufmerksamkeit von möglichst vielen Menschen, vorzugsweise schönen Frauen.« Dann schob sie noch ein gackerndes Lachen hinterher, sah mich an, als erwarte sie einen Oneliner, der ihren übertreffen würde. Ich lächelte nur, spürte aber die Blicke der Freunde.

Sie macht das auch, wenn wir alleine sind. Dann merke ich es im Augenrollen, wenn ich etwas erzähle, oder einem etwas mitleidigen Seufzen, wenn ich begeistert bin, oder an kleinen Bemerkungen, die auf subtile Weise Überlegenheit suggerieren. Alles nur Unsicherheit, dachte ich früher, aber es ist eben die Realität, mit der ich immer wieder umgehen muss, denke ich heute.

Oder das eine Mal, als ich diesen Kurator getroffen habe, der mich wegen einer möglichen Großausstellung sprechen wollte, wie Merel da dauernd versucht hat, sich in den Mittelpunkt zu drängen. Als sei sie neidisch auf die Aufmerksamkeit, die ich bekam, als laufe da zwischen uns eine Art Wettbewerb: Wer ist der am meisten beachtete Künstler? Als müsse ich mich dafür entschuldigen, dass es bei mir beruflich gut läuft.

Und dann erzählte Eva mir kürzlich etwas, das mich auch verunsicherte. Sie sagte, dass sie es eigentlich nicht hatte erzählen wollen, aber dass sie es doch tun werde: Einer unserer gemeinsamen Freunde habe erzählt, dass Merel kürzlich gesagt habe, sie sei so gerne im Ausland und dass sie, wenn sie könnte, immer weg wäre und nur wegen Willem zu Hause bliebe, dass sie das meinetwegen nie tun würde. Das war wie ein Tritt in die Magengrube. Ich habe das in dem Augenblick Eva gegenüber weggelacht und gesagt, Merel sei nun mal manchmal etwas schroff, sie meine das aber sicher nicht so, und dass wir beide ja gerne im Ausland seien, dass es schön sei, sich in einer Beziehung frei fühlen zu können. Eva machte einen Strichmund und schwieg. Ich hatte daran hinterher doch noch zu knabbern.

Das Dumme an Gedanken ist, dass man sie nicht ungedacht machen kann.

Eine kastrierende Frau nannte Eva sie von Anfang an, aber ich habe das als Evas ewiges Übertreiben abgetan.

Niemand ist jemals nur eine Sache, dachte ich damals, und das stimmt natürlich. Aber alles, was sie ist, spielt natürlich eine Rolle, das will ich gar nicht leugnen.

Ich habe geschworen, keine Vergleiche anzustellen, weil man Menschen nun mal nicht vergleichen kann, Situationen genauso wenig. Aber wem ist damit geholfen? Ist es besser, aus Angst wegzuschauen? Ich glaube, das möchte ich nicht.
    Früher dachte ich, ich bräuchte das alles nicht, wie ich mir auch einredete, dass meine Laune nicht vom Wetter abhängig sei. Jetzt habe ich erfahren, wie herrlich es ist, die Sonne zu spüren und Elsie, mit all ihrer Wärme, ihrem Einfühlungsvermögen, ihrer Klugheit und ihrer ermutigenden Art, Elsie ist die Sonne.

Diese Gedanken gehen mir gerade durch den Kopf, als Merel mich ruft. Sie hat etwas zu mir gesagt, aber ich habe sie nicht gehört. »Ist es in Ordnung, wenn ich noch ein paar Stündchen ins Atelier gehe?«, fragt Merel. »Klar.« »Der Kühlschrank ist noch ziemlich voll, damit kannst du für Willem und dich etwas machen. Wartet mit dem Essen nicht auf mich.« »Okay.« Merel geht nach oben, um ihrem Sohn noch einen Kuss zu geben, dann höre ich die Tür ins Schloss fallen und kurz darauf Willems Schritte auf der Treppe. Er setzt sich neben mich, kuschelt sich an mich, macht den Fernseher an. Das tut er sonst schon lange nicht mehr – Teenagercoolness. Ich frage mich, ob er wohl etwas merkt.

Nach dem Essen geht er in sein Zimmer, Hausaufgaben machen. Ich lese das Buch, das Elsie mir in der Woche zuvor geschenkt hat, einfach so, weil sie dachte, es sei etwas für mich. Ich finde es klasse. Ich simse ihr, dass es fast genauso schön ist wie sie, dann stehe ich auf, um mir ein Glas Rotwein einzuschenken, da piept mein Handy. Super, sie reagiert direkt. Genau in diesem Moment kommt Willem ins Wohnzimmer hereinspaziert: »Ich darf doch bestimmt kurz mit deinem iPhone telefonieren oder, mein Akku ist alle.« Da hat er mein Handy schon in der Hand und geht wieder die Treppe hoch. Panik: So eine SMS steht in voller Länge auf dem Bildschirm. »Aber gleich wiederbringen, ja, Willem, ich muss auch noch dringend jemanden anrufen.« Vielleicht ist die SMS ja nicht von Elsie, vielleicht ist die SMS ja nicht von Elsie, wie ein Mantra wiederhole ich diesen Satz. Die elf Minuten, die Willem wegbleibt, dauern eine Ewigkeit. Er kommt wieder herunter, gibt mir mein Handy. »Danke. Spielen wir nachher noch eine Runde FIFA auf der

Playstation?« Ich sehe eine SMS von meinem Galeristen. Als würde ich plötzlich flüssig, so fühlt sich Erleichterung dieser Größenordnung an: »Klar, wenn du gut verlieren kannst.« Während ich spiele, denke ich: So geht das nicht länger.

Am Abend kommt sie wieder nach Hause. Sie ist mit Feuereifer mit einem Werk beschäftigt. »Nur noch einen Tag, dann ist es fertig.« Sie redet wie ein Wasserfall über alle möglichen belanglosen Details des Tages. Ich weiß nicht, was stärker ist: die Erleichterung darüber, dass ihr nichts auffällt, oder die Verärgerung darüber, dass sie nichts merkt.

Als sie mich später zu küssen versucht, langsam und aufreizend, sage ich: »Tut mir leid, ich bin heute echt zu müde, ich wollte eigentlich gleich ins Bett gehen, ich hoffe, das ist nicht schlimm?« Sie findet es nicht schlimm, das hatte ich mir schon gedacht.

Ich, der ich nicht mehr rauche, nehme eine Zigarette aus Merels Schachtel. Ich rauche sie im Wohnzimmer zu Ende, was eigentlich nicht erlaubt ist. Und dann noch eine und noch eine.

6

IRGENDWO IST IMMER NACHT

EVA

Irgendwie komisch, ihn so ohne graue Uniform zu sehen. Henri trägt eine dunkelgrüne Hose, einen schwarzen Pullover, ein weißes Hemd, eine Jeansjacke. Auf einmal ist er ein anderer Mann. »Frei«, sage ich zur Begrüßung. »Auf Bewährung«, sagt er. Zugegeben, nicht dasselbe. »Hier draußen riecht es anders als hinter Gittern.« Nur er kann das so wissen wie ich. Er bestellt ein Duvel, ich einen Tee mit frischer Pfefferminze.

Nach dem Wochenende muss er zum ersten Mal zu seiner neuen Arbeit, sagt er, weit unter seinem Niveau. Wie das eben so geht. Er wohnt in einer kleinen Einzimmerwohnung fünfzig Kilometer außerhalb der Stadt, wo seine Kumpel sind, wo die Deals gefixt und das Koks geschnupft wurden, wo das Geld rollte und die Spannung groß war.

Wie es ihm in seiner Wohnung gefällt, erkundige ich mich. »Ziemlich still da.« Er trinkt einen Schluck. »Vielleicht sind in deinem neuen Arbeitsumfeld ja ein paar nette Leute.« »Vielleicht«, sagt er. Er erzählt, wie fremd und fantastisch es sich anfühlt, unendlich lange geradeaus gehen zu können, zumindest beinahe, davon, wie teuer alles geworden ist, und dass er noch immer wartet, an jeder Tür, als würde der Vollzugsbeamte jeden Augenblick kommen, um ihm aufzumachen. Er erzählt von einem Kind, das auf der gegenüberliegenden Straßenseite wohnt, noch ganz klein.

Jeden Tag fährt es mit seinem Dreirad vor- und rückwärts auf der kleinen Terrasse der Miniwohnung hin und her. Es habe nur anderthalb Meter in der Länge und gerade genug Platz für sein Dreirad in der Breite, und trotzdem macht es immer weiter, wieder und wieder.

Wir reden mit vielen Pausen. Nach seinem zweiten Duvel sagt er: »Ich bin vierundvierzig und habe nichts aus meinem Leben gemacht. Nichts.« Er atmet tief ein, ziemlich laut. »Ich habe nur kleine Träume, aber die sind vielleicht schon zu groß für mich.« »Für dich ist nichts zu groß«, sage ich, »du kannst alles, alles, Hauptsache, du glaubst selber daran.« Ich stoße mit ihm an, meine Tasse gegen sein Glas. Ich denke: Ich bin sechsunddreißig, und was habe ich erreicht? Aussprechen tue ich das nicht. »Und wo soll ich das plötzlich hernehmen, so viel Selbstvertrauen? Ich bin nur gut darin, so zu tun als ob. Oder besser: Da war ich gut drin.« Ich wage einen Versuch: »Du musst im Grunde nur einen Schalter in deinem Kopf umlegen. Und ab und zu brauchst du jemanden, der dich bestätigt. So wie ich gerade.« Er sieht mich an: »Wenn die ganze Welt nur so lieb wäre wie du, dann würde alles gut.«

Ich muss noch einkaufen, aber ich frage ihn, ob wir uns in zwei Wochen noch einmal treffen wollen, selber Ort, selbe Zeit. »Ja, gerne«, sagt er und nickt begeistert. Ich verabschiede mich, umarme ihn fest. »Tu es un ange.« Er flüstert fast. »Sorg du jetzt bloß dafür, dass du der Engel bleibst, der du tief drinnen bist.« Ein wenig Triezen kann ja nicht schaden.

Als ich mit einer Tüte voll Gemüse, Obst, Magerjoghurt und magerem Aufschnitt zu Hause ankomme, leere ich erst mal meinen überquellenden Briefkasten. Zwischen den Umschlägen liegt eine Karte von meinem Stromanbieter, dass jemand da gewesen sei, um mir den Strom abzustellen. Verflucht noch mal, wieder vergessen, meine Rechnungen zu bezahlen. Ich bin ja so ein Depp. Alles Praktische ist zu hoch für mich. Das sage ich, während ich in den Aufzug steige. Was für eine dämliche Ausrede.

Keine Lust zu kochen. Ich will etwas essen gehen, beim Thailänder oder Japaner, irgendwas Gesundes. Ich rufe Casper an, er geht nicht dran. Auch besser so, sonst bekomme ich wieder Lust auf Alkohol, und der ist auch nicht erlaubt. Ich futtere ein paar Zwieback mit Hüttenkäse und Philadelphia light. Eine Tomate dazu mit gehackter Petersilie und viel Pfeffer und Salz.

Meine Mutter ruft an, ich habe keine Lust dranzugehen, tue es aber doch. Mein Mund ist noch nicht ganz leer, als ich Hallo sage.
Jeanne: Ah, bist am Essen, höre ich. Gehst du immer mit vollem Mund ans Telefon?
Ich: Mein Telefon klingelt nur viermal, bis der Anrufbeantworter anspringt, und ich weiß, dass du es nicht ausstehen kannst, wenn ich nicht drangehe.
Jeanne: Und was gibt's zu essen?
Ich: Zwieback.
Jeanne: Jaja.
Ich: Doch, wirklich.

Jeanne: Aber ich sage doch: Ja. Ich rufe dich an, um dir mitzuteilen, dass Onkel Karel Krebs hat und bald sterben wird.

Ich: Ach Gott!

Jeanne: Und wer muss sich um alles kümmern, was denkst du? Mit Victor und allem? Ich natürlich. Dein Vater tut, als habe das alles nichts mit ihm zu tun, wie gewöhnlich. Und er trinkt noch mehr als sonst.

Ich: Er hat vor so was Angst.

Jeanne: Ja, verteidige ihn nur wieder, deinen Vater, das machst du ja immer. Ich habe auch Angst, wir alle haben Angst, Sterben ist schließlich kein Spaß. Aber die Welt dreht sich inzwischen weiter. Und ich bin die, die um elf Uhr einen betrunkenen Kerl am Bein hat, der nicht mehr ansprechbar ist. Weißt du, was das für eine Frau heißt?

Ich: Nein, Mama, das weiß ich nicht.

Jeanne: Ah. Das ist ja schön einfach, jemanden verteidigen, mit dem du im Grunde keine Probleme hast. Die muss nämlich immer ich ausbaden. Und das schon seit über fünfundvierzig Jahren. Und beschwer ich mich etwa? Nie. Aber dein Vater. Der kann klagen. Und je mehr Alkohol... Warte kurz, es klingelt an der Tür... Oh, es ist Ben.

Ich: Ah, na dann...

Jeanne: Ja, tschüss, ich muss auflegen.

Onkel Karel steht mir nicht nahe oder so. Meinem Vater schon, auf seine Weise. Das weiß ich. Am liebsten würde ich ihn jetzt anrufen, aber das ist zwecklos, solange meine Mutter in der Nähe ist. Ich lege mein Telefon weg, versuche, ein Buch zu lesen, aber nachdem ich viermal dieselbe Seite vergessen habe, lege ich es wieder weg. Dann eben zappen. Kurz bei einem Sender hängenbleiben, in dem sie einer hundertsechzig Kilo schweren Frau folgen, die versucht abzunehmen. Hechelnd steht sie auf einem Laufband in einem Jogginganzug wie ein Zelt, widerlich anzusehen, finde ich. Sie flucht laut über den Trainer, der seinerseits ruft: »Ja, ich will schon ein bisschen guten Willen von dir sehen, komm schon. Du bist doch keine, die aufgibt, oder? Oder etwa doch?« Dann den Fernseher lieber aus.

Im Zimmer ist es dunkel geworden, ich schalte kein Licht an. Der Nachbar unter mir übt Klavier. Gymnopédie Nr. 1 von Satie. Er spielt das Stück noch langsamer, als es eh schon ist. Immer wieder von vorne. Als klemme die Repeat-Taste. Als versuche er, sich selbst zu trösten. Ich schaue aus dem Fenster, sehe den Baum im Garten der Nachbarn, ein schwarzer Schatten vor einem dunklen Himmel. Der steht da wahrscheinlich noch Hunderte von Jahren. Da klingelt das Telefon: Saskia, sie lacht mir vom Display aus zu, das Foto ist anderthalb Jahre alt, da war sie noch verheiratet. Ich gehe nicht dran. Denke an alles, was vorbei ist. Für den Moment oder für immer.

Und dann, mit einem Mal, als habe mein Verstand den Ausschalter gedrückt, schlüpfe ich in Schuhe und Jacke, nehme meinen Schlüsselbund und verlasse die Wohnung. Ich lege einen Schritt zu. »Bestimmt ist schon zu«, denke ich. Als ich fast angekommen bin, sehe ich: Da brennt noch Licht. »Eine große Portion Fritten mit Mayonnaise und Schmorfleischsoße und einen Spieß. Oder nein, lieber zwei.« Für einen Moment hoffe ich noch, dass die Frau an der Fritteuse sagen wird, sie habe eigentlich gerade schließen wollen, aber sie teilt mir nur sachlich mit: »Das macht dann neun Euro zwanzig.« Sie wirkt noch trauriger als sonst. Im Laufschritt eile ich nach Hause.

Sobald ich am Tisch sitze, all meine Sünden um mich herum ausgebreitet, esse ich gierig. Ich lasse einen ordentlichen Rülpser, stehe auf, nehme einen der Spieße, schmeiße ihn in den Müll. Zwei war nun wirklich übertrieben. In nicht einmal zehn Minuten habe ich den ganzen Kram verputzt. Dann doch noch mal zum Abfalleimer. Der Spieß liegt obenauf, auf so einem Kartonschälchen. Ich zögere einen Moment, dann hole ich ihn wieder heraus, beiße viermal ab, pfeffere ihn dann wieder in den Mülleimer und drücke ihn tief in den Kaffeesatz hinein. Ich nehme ein Motilium. Zergeht auf der Zunge.

Von meinem Bett aus schicke ich eine SMS an Sas: »War heute Abend aus. Schickst du mir bitte mal die Nummer von deinem Therapeuten? Jemanden dafür bezahlen, damit er sich dein Gequengel anhört, scheint mir auf einmal so herrlich.« Am anderen Morgen finde ich eine SMS von ihr: »Ich habe angerufen, weil ich mit dir essen gehen wollte, dann lade ich Gerd auch ein, einen Kollegen, einen sehr netten, wirklich jemand für dich, glaub ich.« Ich seufze. Darunter steht die Nummer von Kathleen Van de Velde. Ich rufe sofort an. Manchmal bin ich mutig. »Ist es dringend?«, fragt sie. Ihre Stimme gefällt mir schon einmal nicht so gut. »Ähm... weiß ich nicht.« »Würde Ihnen Donnerstag in drei Wochen um sieben Uhr abends passen?« Ich nicke. »Hallo?«

Sie klingt, als habe sie eine Wäscheklammer auf der Nase. »Hallo, sind Sie noch dran?« Nicken kann sie nicht hören, was bin ich doch für ein Idiot. »Ähm, ja, sieben Uhr. Danke sehr.« Wir tauschen noch ein paar praktische Informationen aus, das war's dann. »Eva, sechsunddreißig, reif für die Therapeutencouch. Läuft.« Das sage ich laut, während ich in die Dusche steige.

Ich wasche mein Haar so fanatisch, dass Schaum in meine Augen kommt. Ich sehe nichts, taste nach dem Duschkopf, kriege ihn endlich zu fassen und lasse ihn sofort wieder fallen. Das Ding spritzt alles nass. Ich bücke mich, um es aufzuheben, richte mich wieder auf und stoße mir den Kopf am Hahn. Superfest. Blut mischt sich mit dem Schaum, das sticht zum Verrücktwerden. Fluchend spüle ich alles aus, trockne mich ab. Das hellblaue Handtuch färbt sich dunkellila. Ich ziehe mich an und rufe ein Taxi, das mich in die Notaufnahme fahren soll.

»Shit«, sagt der Fahrer, der schon um die Sitze seines Mercedes fürchtet. »In die Uniklinik, bitte.« Mit einem Affenzahn rast er durch die Stadt. Er sagt kein Wort, bis er den Betrag nennen muss, den ich ihm schulde.

Hinter dem Schalter sitzt eine Krankenschwester, die aussieht, als würde sie lieber eine Bloody Mary an einem Strand in Malibu trinken, sich aber mit den Dingen abgefunden hat, weil das Leben nun einmal kein Zuckerschlecken ist. Sie ranzt mich ein wenig an: »Worum geht es?« Ich bin Schlittschuh gelaufen und habe mir ein Bein gebrochen. Herrgott, sie kann doch sehen, dass ich ein Loch im

Kopf habe. Das vollgeblutete Handtuch scheint mir ein Indiz dafür. Das denke ich, sage es aber nicht. »Ich fürchte, ich muss am Kopf genäht werden.« Sie schickt mich ins Wartezimmer. Ziemlich geräumig, überall orange Stühle, zu je vier auf einer langen, breiten Stange befestigt. Mein Schädel dröhnt. Ich sehe eine alte Frau mit alten Augen, sie war früher sicher einmal bildschön, das sieht man. Ich kann nicht beurteilen, ob sie Schmerzen hat, sie sieht jedenfalls fröhlich dabei aus. Leben von der Erinnerung ist auch Leben. Daneben ein kleiner Junge auf dem Schoß seiner Mama. Er sieht ihr leider ähnlich. Er weint leise und quengelig. Die Mutter wiegt ihr Kind so energisch, dass ich mich frage, ob es nicht durch das Wiegen kommt.

Warten dauert immer lange, denke ich.

Der Arzt teilt mir mit, dass ich drei Stiche brauchen werde. Ich lächle breit, als habe er gerade gesagt, ich hätte etwas gewonnen. Freundlich sein ist wichtig. Er kneift mir in die Schulter. Ein Unbekannter kneift mir in die Schulter. Ich bekomme eine Gänsehaut, fast laufe ich rot an, was ich selbst total albern finde. »Das wird jetzt kurz wehtun«, sagt er leise. »Okay«, sage ich. Ich habe Lust zu brüllen, so laut, dass sogar die verärgerte Krankenschwester aus ihrem Koma aufwachen würde. Ich lasse es bleiben. Natürlich tue ich das nicht. Ich bin immer lieb. Das ist meine wichtigste Eigenschaft.

LOU

Vanessa hat mein Haar gemacht und mich geschminkt. Lisse und Olga finden es spitze. Ich habe das Gefühl, dass ich aussehe wie die Barbies, mit denen ich nie spielen wollte, lache Vanessa aber dankbar an. »Ich finde deinen Rock megaschön.« Lisse lispelt ein wenig, was schade ist für jemanden, der Lisse heißt. »Wo hast du den denn gekauft?« »Bei Replay.« Das Geschäft, in dem mein Band mit Vanessa geschmiedet wurde. Sie zuckt nicht mal mit der Wimper.

Wir nehmen unsere Fahrräder und brechen Richtung Nikka auf. Die Mädels quatschen über die Typen, an die sie sich heute Abend ranmachen wollen. »Na, Lou, mit wem hast du denn schon geschnäbelt?« (»Geschnäbelt«, das hört sich wie etwas an, das kein Mensch je ausprobieren will.) »Mit Pierre und Nicolas, letzten Sommer im Urlaub.« Hoffentlich laufe ich nicht rot an. »Und? Hübsche Jungs?« Glaubwürdig bleiben: »Pierre, der Größere von beiden, absolut, Nicolas war süß, hatte aber keinen Stil oder so. Ich dachte, daran kann man immer noch arbeiten.« Dazu lache ich, wie sie das immer tun. Das klappt gut, merke ich, sie kichern mit.

Als wir da sind, macht Nikkas Bruder auf. »Ich bin Luca.« Ich sehe, wie er Vanessa anschaut, ganz klar seine erhoffte Beute des Abends. Sie tut, als merke sie nichts. Sie ist die Queen, anscheinend auch für einen vier Jahre älteren Jungen. »Für uns alle einen Breezer.« Ich habe noch nie Alkohol getrunken. Außer ab und zu mal ein Schlückchen Wein zum Probieren. Ich darf mich jetzt nicht anstellen, denke ich. Es schmeckt eigentlich ganz lecker.

Es ist schon ziemlich viel los. Jeder unterhält sich mit irgendwem. Gedämpftes Licht, laute Musik. Zu laut für mich. Ich würde am liebsten weglaufen. Ich würde am liebsten bleiben. Ich bleibe.

Nikka und ihr Bruder haben alle Möbel beiseitegeschoben, damit in der Mitte getanzt werden kann. Ich sehe mich um, viele Leute, die ich nicht kenne, viele Jungs in Lucas Alter. Und dann, plötzlich, in der Zimmerecke, sehe ich Benno, der sich mit Marcel unterhält, auch ein Junge aus unserer Klasse. Seine vollen Lippen stehen ihm so gut. Er trägt eine schwarze Jeans und ein knallblaues Hemd, eine meiner beiden Lieblingsfarben. Vanessa sieht meinen Blick. »Tonight's gonna be a good night«, singt sie. Und lacht neckisch. Benno hat mir noch nie auch nur das Gefühl gegeben, mich schon einmal bemerkt zu haben oder so.

»Komm schon, du musst schon dranbleiben, Lou! Trink gleich mal die halbe Flasche, dann haste die Hände frei für eine neue.« Ich tue, was mir gesagt wird. Vanessa stellt sich zu uns: »Hier, für alle.« Sie verteilt die Pillchen in der Runde. Alle zusammen, hopp! Ich traue mich nicht, das zu nehmen. Vanessa spürt das anscheinend: »Komm schon, Lou, du auch, damit wirst du dich spitze fühlen.« Sie sieht mich unverwandt an. »Vielleicht später.« Alle anderen machen mit. Ich fühle mich wie ein Spielverderber. »Los, wir gehen tanzen!« Da rauscht sie schon auf die Tanzfläche, der Rest hinterher. Sie wackeln mit dem Hintern und swingen mit dem Körper, die eine etwas eleganter als die andere. Vanessa, die Einzige mit Brüsten, die diese Bezeichnung verdienen, setzt sie gekonnt ein. Sofort ist sie von Jungs umringt.

Ich setze mich an die Wand. Lisse setzt sich neben mich. Sie ist wunderschön, ich verstehe nicht, wieso sie nicht bei den anderen mitmacht.

Und auf einmal passiert das Unwahrscheinliche. Marcel kommt auf uns zu, mit Benno im Schlepptau. »Ihr noch einen Breezer oder was anderes?« Wir brauchen beide nichts, sie setzen sich uns gegenüber. Lisse quatscht gleich drauflos, einfach so, als sei's nichts Besonderes. Ich schweige und starre Benno an. So ein makelloses Gesicht hat er, keinen einzigen Pickel oder so! Schöne blonde Haare, ziemlich lang und wild, blaue Augen. Viel zu schön für mich, finde ich, und dann schaut er auf einmal zurück. Ich erschrecke, mein ganzer Körper zuckt zusammen. Darüber muss er lachen. »Dich hatte ich hier nicht erwartet.« Was will er damit sagen? Bin ich etwa zu langweilig, um hier zu sein? »Vanessa hat mich gebeten mitzukommen«, versuche ich noch irgendwie zu punkten. »Was für eine nette Überraschung«, sagt er. Er rückt auf, sitzt jetzt neben mir. »Du siehst hübsch aus heute.« Wenn ich hier und heute sterben muss, bitte sehr.

Wir fangen an, uns zu unterhalten. Benno spielt Theater, damit kenne ich mich aus, natürlich, wegen meiner Mutter. (Das erwähne ich aber nicht.) Und er schreibt Gedichte. Gibt es was Tolleres als Jungs, die Gedichte schreiben? Mir wird warm, ich ziehe meinen Pulli aus. Stundenlang bleibt er neben mir sitzen.

Als er Getränke holen geht, stehe ich auf, weil ich schon seit Ewigkeiten aufs Klo muss. Doch als ich zurückkomme, ist Benno nirgends zu sehen. Marcel ist inzwischen mit Lisse tanzen gegangen. Er wird bestimmt gleich wiederkommen. Zehn Minuten später sehe ich ihn immer noch nicht. Ob ich ihn suchen soll, oder ist das übertrieben? Kurz noch abwarten, das halte ich für das Beste. Als würden sich bei mir sämtliche Eingeweide zusammenziehen, so fühlt es sich an. Die Minuten kriechen dahin. Dann halte ich's nicht mehr aus. Ich mache die Runde durch die verschiedenen Räume. Überall lehnen, sitzen oder liegen Leute. Manche schlabbern sich gegenseitig ab, als seien sie allein im Zimmer, andere sind sturzbetrunken. Und diese dröhnende Musik hört nicht auf zu stampfen. Ich sehe, wie Dorien und Olga richtig abgehen. Ein großer Kerl lässt mich nicht weiter, legt seinen Arm um meine Hüfte: »Hey, willste ein Geschenk von mir? Ich brauche nur ein paar Minuten, um's dir zu geben.« Er drückt seinen Schritt gegen meinen Bauch. »Du Schwein«, sage ich. Ich mache mich los und suche weiter. Ich finde Benno nirgends. Schaue draußen nach, wo die Getränke stehen, wieder nichts. Er wird doch nicht einfach heimgegangen sein? Ich gehe die Treppe rauf, dort sind deutlich weniger Leute, ich sehe drei Pärchen rummachen. Und dann setzt mein Herz aus: Benno, da steht er und küsst Vanessa! Ich will nicht hinschauen, tu's aber doch. Ich sehe Zungen und Hände. Ich drehe mich um, gehe leise die Treppe runter, suche meine Jacke in dem gigantischen Haufen und renne hinaus. Während ich meinen Fahrradschlüssel suche, fange ich an zu heulen. Rotz läuft mir übers Kinn, ich habe kein Taschentuch. Ich reiße ein Blatt von einem

Strauch, um das Schlimmste wegzuwischen. Ich befürchte, mich übergeben zu müssen.

Es ist ein Uhr nachts oder so. Wenn ich jetzt nach Hause gehe, gibt es garantiert ein Donnerwetter. Ich radele zu Eva. Das dauert fast eine Dreiviertelstunde. Bei ihr brennt kein Licht mehr, aber sie wird mir schon verzeihen. Ich drücke auf die Klingel, dreimal kurz nacheinander. Damit sie weiß, dass es dringend ist. Keine Reaktion. Ich versuche es noch einmal, aber nichts passiert. Vielleicht ist sie ja aus. Ich rufe sie an. Ihr Handy ist aus. Mist. Mein Rucksack liegt noch bei Vanessa. Wie soll ich das morgen zu Hause erklären? Was für eine Megakacke!

Eine Sache, für die ich mir selbst die Daumen drücke: dass Eva ganz bald nach Hause kommt.

Vielleicht sollte ich schon ein wenig zu schlafen versuchen, hier im Eingang. Nichts ist anstrengender als unglücklich sein. (Es kann immer schlimmer kommen: Das Ganze hätte auch im Winter passieren können.)

Mit geschlossenen Augen frage ich mich, ob manche Taten nicht nach Rache schreien. Vielleicht ja doch.

Ich weiß nicht, wie spät es ist, als Eva mich mit erschrockenem Gesicht aufweckt. Ich heule sofort los. Eva hilft mir auf, stellt keine Fragen, legt mir den Arm um die Schulter und sagt nur: »Komm nur mal mit rauf, meine Süße, alles wird gut.« Eva weiß immer, was ich brauche.

JOS

Jeanne war gerade zu ihrem Töpferkurs gegangen, als es klingelte. Ich mag es nicht, wenn es klingelt und ich alleine zu Hause bin. Das kann Gott weiß wer sein, der mir den Tag vermiesen will. Aber alle können sehen, dass ich zu Hause bin, mein Auto steht vor der Tür. Also mache ich auf. Wer steht vor mir: Karel. Schade, dass...

»Komm rein. Möchtest du was trinken?« »Hast du Kaffee?« »Gerade frischen aufgebrüht.« »Ich dachte, ich mache mal einen Spaziergang, noch einmal an unserem Elternhaus vorbei. Tust du das manchmal?« »Eigentlich nicht. Ich weiß noch gut, wie furchtbar klein es war.« »Das war doch eine schöne Zeit, wir alle unter einem Dach. Ich erinnere mich, dass wir viel Spaß hatten.« »Und Hunger, nicht wahr, Karel? Wir mussten was aushalten.« »Ja, das stimmt.« Dabei schaut er betroffen. Ich bin mir meines Patzers bewusst: Das Stichwort »aushalten« schreit ja geradezu nach Geschichten, die ich gar nicht hören will. »Du bist immer so stark gewesen.« Wenn man die Antwort auf das unvermeidliche Wie-geht-es-dir selbst schon gibt, kann man vielleicht Schlimmeres verhindern. »Ich versuche, für Imelda und Victor und Mieke stark zu bleiben, aber manchmal hab ich solche Angst, das kommt in Schüben. Wenn ich nachts im Bett liege, zum Beispiel, traue ich mich nicht, die Augen zuzumachen. Und manchmal, wenn ich aufwache, beschleicht mich Panik, dann bekomme ich buchstäblich kein Wort heraus. Das lässt sich wohl kaum jemandem erklären, der nicht weiß, dass er bald sterben wird.« »Einen Keks zum Kaffee, Karel? Jeanne hat köstliche Spekulatius gekauft.« Karel nimmt sich drei, redet aber einfach weiter, darüber, was die Ärzte alles gesagt haben, darüber, wie er abbauen wird, davon, dass er das eine Schränkchen für seinen Nachbarn wahrscheinlich nicht mehr fertig bekommen wird. Mir wird alles bis ins Detail berichtet. Karel verhält sich wie eine Katze, die reiben sich auch immer ausgerechnet an denen, die Katzen eigentlich nicht mögen.

Ich schweige die meiste Zeit, antworte mit nichtssagenden Phrasen. Dabei liegt mir auf der Zunge, was ich schon ein ganzes Erwachsenenleben sagen muss, sagen will, nicht zu sagen wage. Tausende Male habe ich den kleinen Monolog geübt, nach den besten Sätzen gesucht. Sie sitzen in meinem Kopf wie ein Gedicht, das man seit der Kindheit auswendig kann. Einmal auf den Knopf gedrückt, und ich spucke sie direkt aus. Aber ich drücke nirgends drauf. Und dann sagt Karel: »Na gut, ich sollte langsam mal wieder zurückgehen, sonst macht sich Imelda noch Sorgen. Das geht zurzeit ganz schnell bei ihr.« »Imelda sollte man besser nicht beunruhigen.« Ich stehe auf, reiche ihm seine Jacke. »Wenn du die Spekulatius gerne mit nach Hause nehmen möchtest, Karel... wir haben noch mehr.« Im Bestechen war ich schon immer gut. »Sie haben gut geschmeckt, aber nein danke. Ich wollte mich übrigens auch noch bei dir für deine finanzielle Unterstützung bedanken. Schließlich war es unser Victor, der einfach so auf die Straße gerannt ist, nichts, niemand hätte den Unfall vermeiden können. Dass du trotzdem all die Jahre darauf bestanden hast, uns zu helfen, ich kann dir gar nicht sagen, wie sehr mich das berührt. Imelda ebenso. Und jetzt auch noch dein Versprechen, das auch in Zukunft zu tun ...« Er sieht weg. Ich öffne die Tür. »Das war das Mindeste, was ich tun konnte. Und jetzt geh nur wieder nach Hause, bevor Imelda noch durchdreht. Halt die Ohren steif.«

Ich sehe ihm vom Fenster aus hinterher. Er geht langsam, den Kopf ein wenig nach vorne gebeugt. Hundertzehn Jahre alt. Ich nehme den Aschenbecher vom Wohnzimmertisch und schleudere ihn zu Boden. Er kommt auf dem Teppich mit einem albernen dumpfen Geräusch auf. Er war leer, also gibt es noch nicht einmal etwas aufzuräumen. Ich kann noch nicht mal das große Drama.

Als ich die Kartoffeln für das Essen nachher schäle, sehe ich, wie sich im Garten zwei Kater umkreisen. Sie fauchen, machen einen Buckel, richten ihre Schwänze auf. Ob ich eingreifen soll? Schließlich sind es nicht meine Tiere. Da klingelt es wieder. »Lasst mich doch in Ruhe«, sage ich verärgert, weil mich eh niemand hören kann. Jeannes rosa Schürze fachmännisch umgebunden, gehe ich zur Haustür. Es ist Eva. »Hallo, mein Schatz, komm rein. Nimm dir einen Stuhl, ich bin gerade dabei, Essen zu machen.«

Soll ich mich von mir aus für das letzte Mal entschuldigen? Vielleicht kommt es nicht einmal zur Sprache, Eva ist nicht nachtragend, das weiß ich. Vielleicht findet sie es ja sogar peinlich, wenn ich etwas sage, schließlich hat sie geweint und wird da vermutlich lieber nicht dran erinnert.

Ich rede ohne Unterlass. Über den Auflauf, den ich machen werde, über dieses Programm auf diesem Sender, den ich so schlecht finde, sogar über Karel. Das würde ich normalerweise nie tun, aber das ist mir einfach so herausgerutscht. Wahrscheinlich, weil man, während man dem einen Thema ausweicht, gerne mal vergisst, dass es da noch ein anderes kleines Tabu im Kopf gibt. Natürlich geht sie genau darauf ein. Als wittere sie, dass dahinter eine Geschichte steckt. »Wie lange hat er denn jetzt noch?« »Höchstens ein halbes Jahr, sagen die Ärzte. Aber es kann auch kürzer sein.« »Und was wird dann aus Victor? Es ist doch vor allem Onkel Karel, der alles organisiert.« Ich nuschle irgendwas, meckere über die Qualität des Lauchs, die doch zu wünschen übriglässt. Sie lässt sich nicht so ohne Weiteres in die Irre führen. »Du tust immer so komisch, wenn es um Victor geht.« Da auf einmal. Vielleicht, weil ich gerade so mein Bestes habe tun müssen, um nichts zu sagen. Oder weil Eva es in einem so besorgten Ton fragt. Oder weil ich inzwischen schon fünf Schnäpse intus habe. Ich weiß es nicht, aber ich erzähle sie ihr. Die ganze Wahrheit. Einfach so.

Ein einziger Satz, den ich jahrzehntelang für mich behalten habe. Ein Satz, der mich seit damals gequält hat, bis heute: »Ich war damals sturzbetrunken, als ich Victor angefahren habe.«

Eva stammelt: »Wie? Was meinst du?« Ich erzähle es sachlich, auf wundersame Weise ruhig. »Es war noch nicht einmal Mittag damals, und ich war sternhagelvoll. Niemand hat was gemerkt, weil ich durch den Aufprall sofort wieder nüchtern war. Pures Adrenalin. Außerdem achteten alle nur auf Victor.« Eva hört nur zu. »Mein Alkoholproblem ist keine Folge eines dummen Unfalls. Mein Alkoholproblem ist die Ursache eines Unfalls, der garantiert hätte verhindert werden können.« »Das weißt du doch gar nicht. Ein Kind, das einfach so auf die Straße läuft, das hättest du wahrscheinlich auch stocknüchtern umgefahren.« »Nix da. Ich habe nicht auf die Straße geachtet, mit der rechten Hand habe ich im Fußraum vom Beifahrersitz nach einem Flachmann herumgetastet, der aus meiner Jackentasche gefallen war. Erst als ich den Schlag gehört habe, bin ich wieder hochgekommen. Ich fuhr viel zu weit links auf der Straße.«

Wir starren beide vor uns hin, die Stille wiegt schwer. Dann sagt sie: »Und all die Jahre schleppst du diesen Kummer alleine mit dir rum.« Ich zerbreche. Wie es ein Tulpenstängel tun würde oder ungekochte Spaghetti oder ein Essstäbchen vom Chinesen. So einfach. Zwei Tränen rinnen über meine Wangen. Mehr nicht. Eva sagt etwas Beruhigendes. Aber ich ahne die Abweisung, die sie nicht ausspricht. Ich sehe sie in ihren Augen. Jedenfalls denke ich das. Befürchte ich das.

»Geh jetzt lieber schnell wieder nach Hause, bevor Jeanne zurückkommt. Ich will nicht, dass sie es weiß. Sie würde mir das nie verzeihen. Sie würde es mir ein Leben lang unter die Nase reiben. Sie würde es in der Verwandtschaft herumerzählen.« Eva zieht ihre Jacke an, umarmt mich.

»Ich glaube, ich sollte es Karel erzählen, bevor er stirbt. Was meinst du?« Eva runzelt die Stirn: »Wieso solltest du das tun? Damit würdest du höchstens dir selbst helfen. Und es geht jetzt nicht um dich, oder? Sondern um Onkel Karel.«

Ich antworte nicht, lasse sie hinaus und gehe zurück in die Küche.

Ich hatte geglaubt, es würde mich auf die eine oder andere Weise erleichtern. Das tut es aber nicht. Das Gewicht, das auf meinen Brustkorb drückt, scheint nur noch zugenommen zu haben. Vielleicht habe ich die einzige Tochter, die mir noch in die Augen schaut, jetzt auch noch von mir entfremdet. Das würde ich wirklich...

Als Jeanne zwanzig Minuten später hereinkommt, brüllt sie schon vom Flur aus: »Das riecht aber gut.« »Das ist der Kartoffelauflauf mit Porree und Hackfleisch, dein Lieblingsessen«, rufe ich zurück. »Du hast doch wohl nicht wieder zu viel Salz reingetan wie beim letzten Mal?«
Sie setzt sich an den Tisch, isst hastig, nimmt noch ein zweites Mal. Jetzt fühle ich mich ein wenig besser. Nach dem letzten Bissen sagt sie: »Ich gehe noch kurz bei Karel und Imelda vorbei und schlage vor, du gehst mit.« »Aber Karel ist vorhin...« »Ts, ts, ts, immer deine ewigen Ausreden, ich habe uns schon bei Imelda angekündigt. Sie erwartet uns in circa einer Stunde, ich geh da nicht alleine hin.«

Kurz dauert nie lange.

CASPER UND ELSIE

Casper: Komm mal her zu mir, mit deinen herrlichen Armen, damit ich mich da hineinwickeln kann. Ja, so, zwischen deinen Brüsten, da will ich liegen. Nichts Besseres, als nach fantastischem Sex zwischen deinen nackten Brüsten zu liegen.

Elsie: Weil du es bist. Doch lieb von mir.

Casper: Glaubst du, es ist besser, etwas Schönes zu verlieren, als es nie gehabt zu haben? Den Satz habe ich irgendwo mal gelesen und mich das gefragt.

Elsie: Ich weiß nicht. Ich verlier nicht gerne.

Casper: Ich auch nicht. Ich will dich nicht verlieren, da bin ich mir ganz sicher.

Elsie: Aber du verlierst mich doch gar nicht, merkst du nicht, wie fest ich dich halte. Mein Tierchen.

Casper: Weißt du, dass wir morgen Nacht schon zehn Monate zusammen sind, unseren kläglichen Versuch, damit aufzuhören, nicht mitgerechnet?

Elsie: Ist das wirklich schon so lange?

Casper: Ja.

Elsie: Inzwischen küsse ich Ihren Kopf ein wenig. Wenn Sie gestatten.

Casper: Einer meiner Freunde hatte gut zwei Jahre eine Geliebte neben seiner Ehe. Er konnte sich nicht für sie entscheiden, sagte er, und dann bekam er einen Herzinfarkt, einen schweren. Danach dachte er: Das Leben findet jetzt statt, ich muss mich nicht für oder gegen eine Frau entscheiden, sondern für mich.

Elsie: Und sind die beiden jetzt zusammen?

Casper: Seit vier Jahren. Tolles Paar.

Elsie: Ich denke gerade, dass ich mich gerne noch einmal ordentlich nehmen lassen will. Kennst du dafür zufällig einen Freiwilligen?

Casper: Ich habe mich noch nie so sehr geliebt gefühlt wie bei dir.

Elsie: Oohh.

Casper: Lach du nur.

Elsie: Nein, nein, ich finde es unglaublich lieb, wenn du so was sagst.

Casper: Du verstehst mich besser als ich mich selbst, glaube ich manchmal, und du sagst Dinge, die mich weiterbringen, und dir gefalle ich mit all meinem Bullshit und meinen nervigen und guten Seiten. Ich kann nicht erklären, wie sich das anfühlt.

Elsie: Du hast einfach irre viele gute Seiten. So schwer ist das gar nicht.

Casper: Du auch, aber deine Spinnerei finde ich fast genauso schön, ich kenne dich einfach auch schon so gut.

Elsie: Da hast du recht. Du und ich, das ist wie ein paar Schuhe, der eine gehört zum anderen, wenn wir zusammen sind.

Casper: Und selbst wenn wir das körperlich nicht sind. Finde ich auch. Denkst du nicht manchmal, wir müssten da doch was draus machen?

Elsie: Ja. Aber dann wird mir auch sofort wieder klar, dass das eigentlich nicht geht.

Casper: Und wieso?

Elsie: Weil manche Dinge zu kompliziert sind. Weil ich Angst habe, dass ich, wenn ich an meinem Leben herummurkse, in lauter Einzelteile zerfalle. Ich habe auch schon mit Eva darüber geredet. Sie sieht das anders, und vielleicht hat sie ja auch recht damit. Aber ich weiß einfach nicht, ob ich diese Sorte Frau bin. Vielleicht muss ich auch erst einen Infarkt bekommen.

Casper: Was für eine Sorte Frau? Etwa die, die das Glück erkennt, wenn es vor ihr steht?

Elsie: Ich habe kein Problem: Ich bin glücklich verheiratet. Und davon mal abgesehen weißt du doch selbst, was so eine Entscheidung mit sich bringt. Macht dir das denn gar keine Angst?

Casper: Ich finde Liebe wichtiger als Angst. Und wenn du tatsächlich so glücklich verheiratet bist, wieso hast du dich auf das hier dann eingelassen, warum gehst du so völlig darin auf, warum musstest du feststellen, dass du auch nicht ohne mich sein kannst?

Elsie: Keinen Schimmer. Du bist mutiger als ich.

Casper: Lass uns zusammen mutig sein, zusammen ist immer besser, erst recht, wenn wir es sind.

Elsie: Du bist wunderbarer als ich. Ich wünschte, alles wäre einfacher. Dass wir uns früher begegnet wären.

Casper: Geht mir genauso, aber so ist es nun mal nicht. Da bleibt dann nur die Frage: Welches Leben wollen wir führen, in den vielen Jahren, die uns im Prinzip noch bleiben? Ich für meinen Teil möchte das Bestmögliche herausholen. Wir können uns dabei gegenseitig helfen. Ich kann dir helfen. Ist das einfach genug?

Elsie: Komm her, damit ich dich aufessen kann.
Casper: Das wäre natürlich auch eine Lösung.
Elsie: Casper, ich verspreche dir: Ich werde darüber nachdenken.
Casper: Ja?
Elsie: Ja, vielleicht, ich weiß nicht. Ich werd's versuchen. Du findest für alles immer die richtigen Worte. Warum bist du eigentlich so klug?
Casper: Um dich erobern zu können, natürlich, warum sonst?
Elsie: Fang dann schon mal hier an, an meinem Bauch. Der will sich vielleicht von dir erobern lassen. Und wer weiß, vielleicht ja auch meine Brüste.
Casper: Und deine Muschi? Die etwa auch?
Elsie: Du kannst es ja mal probieren. Du darfst das.

EVA

Ein prächtiges Herrenhaus. Ich höre Gepolter im Treppenhaus. Die massive Tür schwingt auf. »Guten Abend.« Sie sieht älter aus, als ich sie von ihrer Stimme her eingeschätzt hätte. Ein zerfurchtes Gesicht. Da hat das Leben scheußlich gewütet, denke ich. Sie klingt in Wirklichkeit weniger nasal. »Könnten Sie bitte noch einen Moment waren? Ich bin gleich bei Ihnen.«

Das Wartezimmer ist ein kleiner, vollgestopfter Raum. Sie sammelt Schildkröten in sämtlichen Formen und Farben, oder sie hat Verwandte und Freunde, die glauben, sie möge Schildkröten. Da steht auch ein Bild von zwei identischen Kindern. Menschen, die keine Menschen sind, wie die Toten. Verstummt, heimatlos, verloren stehen sie da mit geschlossenen Augen. Das macht mich ganz unruhig, weil ich einerseits hinsehen will, andererseits nicht. Vermutlich soll das irgendeinen therapeutischen Zweck haben, überlege ich und schaue weg. Auf dem Beistelltisch liegen Zeitschriften. Ich nehme eine, blättere sie durch, erfahre, wer von den Promis eben nicht mit wem treibt, obwohl die Titel über den Artikeln etwas anderes suggerieren. Wie langweilig.

Jetzt sitze ich hier schon eine halbe Stunde, und noch immer keine Therapeutin in Sicht. Ich kaue mir einen Nagel ab, werfe ihn achtlos neben mir auf den Boden. Vierzig

Minuten, wo bleibt sie nur? Während ich das gerade denke, kommt sie und ruft mich.

Der Raum oben ist weniger vollgestellt. Viele Erdtöne, bequeme Sofas. Das ist sicher Absicht. An der Wand hängt ein einzelnes hässliches Gemälde: die Hinteransicht einer Frau in einer wehrlosen Haltung, schlecht gemalt. Vielleicht kommt das ja von einem Patienten. Dann wäre es immerhin noch sympathisch.

»Womit kann ich Ihnen helfen?«, fragt sie mit möglichst neutralem Gesicht. »Sie gehen optimistischerweise davon aus, dass mir noch zu helfen ist, das ist schon mal ein guter Anfang.« Das sollte ein Scherz sein. Sie schaut genauso ernst wie vorher. »Ich weiß nicht genau, was ich darauf antworten soll.« Sie reagiert nicht. Dann gebe ich eine Turbozusammenfassung meines Lebens. Eva for Dummies. Mit einem Schuss Humor. Je mehr ich erzähle, umso mehr frage ich mich, was sie um Himmels willen für mich tun können soll. Und dann sagt sie schlicht und einfach: »Ja, das muss alles nicht einfach für Sie gewesen sein.« So ein popliger Satz, und ich fange an zu heulen wie ein kleines Kind. Scheißklischee: Tränen beim Therapeuten, und das bei der ersten Sitzung. Auf dem Couchtisch zwischen uns steht eine silberne Dose mit Kleenex. Ich bin ihr dankbar dafür, dass sie sie mir nicht rüberschiebt.

Als die Stunde vorbei ist, nimmt sie ihren Kalender zur Hand: »Ich würde vorschlagen, dass Sie alle zwei Wochen zu mir kommen, was meinen Sie?« Ich kann nicht mehr gut nachdenken, sage einfach Ja, das scheint mir noch am einfachsten.

Während ich zum Fahrradständer gehe, versuche ich, Elsie zurückzurufen. Sie hat vorhin versucht, mich zu erreichen. Sie geht nicht dran.

Der Abend ist eigentlich ganz schön. Die tief stehende Sonne strahlt die Häuserfronten an. Ich sehe eine Frau, die laut schluchzend den Gehweg entlangläuft. Eiliger Schritt. Verschmierte Mascara. Den Blick nach innen gekehrt.

Irgendwo ist immer Nacht.

7

DIE SCHÖNHEIT LAG SCHON IMMER IM VERSUCH

LOU

»Ich schwör's, Lou, ich habe einen Filmriss. Lisse hat mir am Tag nach der Party erzählt, ich hätte anscheinend alles Mögliche mit Benno angestellt. Aber ich kann mich an gar nichts erinnern. Ich war absolut jenseits von Gut und Böse. Ist ja auch logisch. Eine Pille und keine Ahnung wie viele Breezers. Bitte, bitte nicht böse sein. Benno weiß garantiert auch nichts mehr. Und falls doch, werde ich ihm klipp und klar sagen, dass ich kein bisschen interessiert bin. Ehrenwort.« Sie stellt meinen Rucksack behutsam vor meinen Füßen ab. Ich sage nichts. »Lou?«

Ich bin noch nie so widerwillig in die Schule gegangen wie heute. Und das will was heißen. Benno unter die Augen treten. Vanessa unter die Augen treten. Und den ganzen anderen Mädels.

Mit dieser Reaktion hatte ich aber nicht gerechnet. War Vanessa ehrlich? War dies der zigste manipulative Trick von einem Charakterschwein? Woher sollte ich das denn wissen? Alle schauten mich an. Ich blieb stumm. (Das kam selbstbewusster rüber, als ich mich fühlte, ganz sicher.)

»Komm, Lou, bitte. Sag mir, wie ich das wiedergutmachen kann.« Sie zieht die Augenbrauen hoch, spitzt ihre Lippen ein wenig. »Ich bin so froh, dass wir Freundinnen geworden sind, im Ernst, ich find's total schlimm, was da passiert ist.« Und da merke ich, wie es passiert, bei diesem letzten Satz. Tränen im Anmarsch. Ich versuche, an etwas anderes zu denken (Mülltonnen, ein Schwimmbad im Winter, eine zusammengefaltete Zeitung), aber ich werde es nicht verhindern können. Ich nehme meinen Ranzen und den Rucksack und renne zu meinem Fahrrad. Vanessa ruft mir hinterher, Lisse versucht, mich einzuholen. »Lass mich.« Da bin ich schon zum Schultor hinausgefahren, bevor der Unterricht überhaupt angefangen hat.

Ich kann einfach heimgehen, da ist niemand. Ich schließe die Haustür auf, betrete das Haus, immer ein bisschen komisch, allein in so einem einsamen Haus. Ich stecke mir ein Schokobonbon in den Mund, lege mich in Kleidern aufs Bett und starre zum Dachfenster hinaus in den Himmel über mir. Der hat viele verschiedene Blau- und Grautöne. Die Sonne scheint, als sei alles wie immer.

Vier Dinge, die ich nicht glaube: 1. Dass man von Spinat stark wird (früher, als ich vier war, zum Beispiel, habe ich das schon geglaubt), 2. Dass Michael Jackson keine Nase mehr hatte, als er starb (was für ein ekliger Gedanke), 3. Dass es wahr ist, wenn Mama behauptet, alles sei in Ordnung, 4. Dass Vanessa wirklich gar nichts mehr von dem Küssen weiß. Küssen mit solchen Lippen wie Bennos, das kann, glaube ich, niemand vergessen. Drei Sachen weiß ich sicher: 1. Dass ich Justin Bieber immer für einen Idioten halten werde mit seiner lächerlichen Frisur, 2. Dass Eva mich liebt, auch wenn ich mal etwas Beschissenes mache oder was Schlechtes oder was Dummes, 3. Dass ich Stress kriege, wenn ich schwänze (auch wenn ich nicht anders konnte).

Am Abend sind Mama und ich zusammen im Wohnzimmer. Die Schule hat nicht bei ihr angerufen, sie weiß anscheinend nicht Bescheid. Jack schläft schon, Papa ist weg. Sie liest gerade Zeitung, doch plötzlich blickt sie auf, als spüre sie, dass ich zu ihr hinüberschaue. »Alles in Ordnung?«, fragt sie und sieht mich dabei so liebevoll an, dass ich ganz kurz denke: Ich erzähle ihr alles. Bis ins kleinste Detail. Aber dann sage ich doch nur: »Klar.« Weil ich glaube, ihr damit einen Gefallen zu tun. Weil sie es eh schon schwer hat. Dann liest sie weiter.

Am folgenden Tag weiß ich immer noch nicht, wie ich Vanessa entgegentreten soll. Weil ich immer noch nicht weiß, was ich von der Sache halten soll. Obwohl ich mehr Richtung Gemeinheit von ihrer Seite tendiere als zu Unschuld. Während mir diese Gedanken durch den Kopf rasen, tritt der stellvertretende Schulleiter auf einmal auf mich zu und holt mich aus der Reihe. Seine Brille balanciert weit vorne auf seiner Nasenspitze, leicht schief, als könne sie jeden Moment herunterfallen. »Fräulein Bergmans, bitte folgen Sie mir.« Keine weitere Erklärung. Panik. Vor wenigen Leuten habe ich mehr Angst als vor diesem stellvertretenden Schulleiter. Ein ekelhaft kleines Männchen, das bestimmt keinen zum Liebhaben hat.

In seinem engen Büro beginnt er mich auszuhorchen, und noch bevor er so richtig losgelegt hat, habe ich es von selbst schon gebeichtet. »Ich habe gestern geschwänzt.« Er sagt zunächst einmal gar nichts. Wie soll ich das nur meinen Eltern erklären? Sie werden so wütend sein, so furchtbar wütend. Und ich finde nichts schlimmer, als wenn jemand wütend auf mich ist. Er räuspert sich: »Die Schule zu schwänzen ist eine ernste Angelegenheit, aber Lügen und Betrügen...« Er beendet seinen Satz nicht, als könne jedes anständige Mädchen sich denken, was dann kommt. Eindringlich sieht er mich an. Als ob er versucht, den Rekord im Froschaugen-Machen zu brechen, so weit reißt er die Augen jetzt auf. »Sie erzählen mir jetzt die ganze Wahrheit, sonst wird das ernste Folgen für Sie haben. Und seien Sie sich sicher, die Wahrheit kommt doch immer ans Licht.« Ich kaue auf meinen Fingernägeln. »Nun, ich warte«, sagt er. Er sitzt abartig still da und starrt mich nur an.

Ich bin total durch den Wind, supernervös, habe Angst vor einer Strafe, vor meinen Eltern, vor ihm. Und ich verstehe nicht einmal richtig, warum, aber ich erzähle die ganze Geschichte. Von den einsamen Monaten in der Schule, von dem Klamottenladen und was ich da gesehen habe, von Vanessa, die auf einmal superlieb zu mir war, darüber, wie schief das alles auf der Party gegangen war (ich tat so, als sei es eine Geburtstagsfeier mit Kuchenessen gewesen. Auch Ehrlichkeit hat ihre Grenzen), darüber, dass ich nicht mehr wusste, was ich denken sollte. Sogar der stellvertretende Schulleiter, ein von Geburt an misstrauischer Mann, hatte das nicht kommen sehen. Das sehe ich ihm an.

Wegen dieses offenherzigen Bekenntnisses bekomme ich bloß eine Arbeitsstrafe: einen Nachmittag im Altersheim auf der anderen Straßenseite helfen, ein neues Versuchsprojekt der Schule. Er wird meine Eltern nicht herbestellen, ich sei alt und intelligent genug, ihnen selbst zu erklären, weshalb ich diese Strafe bekommen habe, findet er. Dann darf ich gehen.

Im Flur denke ich darüber nach, was ich getan habe. Ich kann kaum schlucken. Auch nicht gut atmen. Ich muss mich auf die Treppe setzen. Was wird jetzt passieren? Ich will nicht zurück in meine Klasse, habe keine Lust auf fragende Blicke. Ich will verschwinden, mich in Luft auflösen, sterben, wenn's sein muss. Dann gongt es. Die erste Unterrichtsstunde ist rum. Jetzt haben wir Niederländisch. Das finde ich sonst klasse, Frau Parmentier nennen sie das hässliche Leenchen, weil sie nicht gerade eine Schönheit ist und Leen mit Vornamen heißt, aber ich find sie nett und lustig. Ich rede mir selbst Mut zu, richtig gut funktioniert das nicht. (Wie soll man sich auch mit einem beunruhigten Kopf selbst beruhigen können?)

Während ich da sitze, kommt natürlich das hässliche Leenchen an mir vorbei. Manchmal mischt sich das Schicksal auch wirklich in alles ein. »Lou, Kind, was tust du hier, komm nur mit, ich muss sowieso zu euch.« Ich antworte nicht, widersetze mich nicht, gehe mit ihr die Treppe runter. Ich versuche, nicht mehr zu denken. Als ich das Klassenzimmer betrete, sehe ich als Erstes Vanessa, und da geschieht es. Als ob mein Körper gar nicht zu mir gehört, schaue ich zu. Ich übergebe mich ins Waschbecken in der Ecke des Klassenzimmers. Und ein bisschen daneben.

Der Schulassistent schickt mich nach Hause. Inzwischen bin ich mir sicher: Es geht anscheinend immer noch eine Stufe tiefer als das, was man für die unterste Stufe gehalten hat.

EVA

Es war Sonntag und sehr still.

Ich schaute zum Fenster hinaus. Das kleine Kind der Nachbarn von gegenüber goss mit einer Riesengießkanne die Pflanzen auf der Terrasse. Es verlor dabei fast das Gleichgewicht, schien sich aber königlich zu amüsieren. Die Frau, die vorbeijoggte, wirkte unbesiegbar. Ein alter Mann wartete mit unendlicher Geduld, bis sein kleiner Hund einen Pfosten zu Ende beschnüffelt hatte, als sei Frieden etwas, das es zu wahren gilt. Ein kleiner Junge hinten auf dem Fahrrad seines Vaters sang lauthals ein Lied in einer Sprache, die ganz entfernt Ähnlichkeit mit Englisch hatte. Die Schönheit lag schon immer im Versuch.

Das Leben spielt sich woanders ab, dachte ich. Vielleicht sollte ich durch meine Stadt spazieren oder jemanden anrufen, einfach so, oder einen Apfelkuchen backen und ihn Elsie bringen oder den Zug ans Meer nehmen und dort auf das Wasser sehen. Ich wollte zwar, aber mein Körper, der wollte nicht mitmachen.

Und dann kam der Freitag. Ich habe mich mit Henri im selben Café wie letztes Mal verabredet. Ich bin wirklich gespannt, wie es ihm jetzt geht. Ich komme zehn Minuten zu früh, suche mir einen der Tische in Türnähe aus, damit er nicht lange suchen muss. Ich bestelle wieder Pfefferminztee, hier machen sie frischen, mein Stückchen Schokolade gebe ich dem Kind am Tisch hinter mir. Es lacht, bis seine Mutter streng dazwischenkommt: »Sag Danke schön«, woraufhin der Kleine mit halbvollem Mund heftig den Kopf schüttelt. »Ist schon okay«, versuche ich sie zu beschwichtigen. »Nichts da«, sagt sie. »Er soll höflich sein. Das weißt du ganz genau, Jules!« Jules schaut bedröppelt, erwägt Gehorsamkeit, während er die Beute hinunterschluckt, aber sagt nichts. Mir tut mein kleines Geschenk schon leid, inzwischen schaut das Kerlchen böse zu mir rüber, als sei ich schuld an dem ganzen Aufstand. »Jules, sofort! Sag es jetzt.« Er fängt an zu weinen. »Wenn das so ist, geben wir eben die restliche Schokolade zurück und gehen wieder nach Hause. Mama geht nur mit einem braven Kind ins Café.« Ich versuche, ihn beruhigend anzulächeln, aber er würdigt mich keines Blickes. Das Leben ist in jedem Alter schwer.

Viertel nach sechs inzwischen, er ist eine Viertelstunde zu spät. Kongolesen haben es nicht so mit Pünktlichkeit, sagt man. Ich nehme eine Zeitung zur Hand, die ein anderer Gast liegen gelassen hat. Er wird sicher bald kommen.

Um sieben Uhr: immer noch kein Henri zu sehen. Ich überlege mir Ausreden an seiner statt. Eigentlich weiß ich es besser. Befürchte Schlimmeres.

Ich weiß nicht, was ich tun soll. Es fühlt sich an, wie an einem heißen Sommertag hinter einem Bus zu stehen und dann genau die zusätzliche Hitze der Abgase und des Motors wie eine Wolke abzukriegen, das ist das kleine bisschen, das dir den Rest gibt.

Am darauffolgenden Montag gehe ich nach der Arbeit zu seiner Wohnung. Die Adresse habe ich rausgesucht. Offenbar wohnt er über einem Nachtkiosk. Die Fassade aus einem unbestimmt gelben Stein, unterhalb der Fenster diese blaugrünen Kacheln und die kleinsten Balkone, die die Welt je gesehen hat. Die einzige Klingel ist unbeschriftet, da drücke ich drauf. Einmal. Ein paar Sekunden später noch einmal. Dann summt die Tür, ich gehe nach oben. 2b müsste es sein. Weil ich keine Klingel sehe, klopfe ich. Ich höre nichts, klopfe noch einmal, laut, mein Ring tickt gegen das Kunstholz, das ist lauter. Plötzlich schwingt die Tür auf. In der Öffnung steht eine Frau. Eine bleiche Figur mit verschmiertem Make-up, die Rastazöpfe auf dem Kopf verknotet. »What the fuck do you want?« »Ähäm, I'm looking for Henri.« »Fuck Henri!« So laut, wie sie ruft, könnten die Nachtkioskkunden es auch hören, wenn es Nacht wäre. Ihre Augen sind stumpf. »Does he live here?« »And fuck you too!« »Do you maybe know when Henri will be back?« »I know nothing, and why do you think I would tell you?«, brüllt sie und schmeißt die Tür wieder zu. In den paar Minuten hat sie dreimal an ihrer Nase gerieben. Henri hat aufgegeben. Jetzt schon. Ich zersplittere.

Vielleicht, wenn es darauf ankommt, kann keiner für einen anderen was tun.

Ich habe keine Lust, an diesem Abend alleine zu sein. Zuerst rufe ich Elsie an, die geht nicht dran. Dann Casper, auch nicht. Dann will ich mal hoffen, dass das bedeutet, dass die beiden zusammen sind. Das wäre schon mal etwas. Ich versuche es bei fünf Freunden. Drei von ihnen reagieren nicht, der eine hat keinen Babysitter, der andere keine Lust, aus dem Haus zu gehen. Dann rufe ich meinen Bruder an, den sehe ich nicht so oft, aber man weiß ja nie. Er sei im Ausland, simst er. Zu guter Letzt rufe ich sogar eine Kollegin an, mit der ich mich ab und zu verabrede. Sie klingt verwundert, als ich sie frage, ob sie keine Lust habe, heute Abend etwas essen oder trinken zu gehen. Sie und ihr Mann machten es sich auf der Couch gemütlich, sagt sie. Ich lege auf, denke: dann ich halt auch. Echt gemütlich.

Ich lege Musik auf, schenke mir ein Glas Rotwein ein. Ich stelle die Musik wieder ab. Ich nehme den Gedichtband, den ich irgendwann einmal von Roel bekommen habe, und lese dasselbe Gedicht dreimal. Dabei denke ich an Henri. Und an meinen Vater mit seiner Geschichte von Onkel Karel und Victor. Er glaubt, ich sei wütend auf ihn, das habe ich an seinem Blick gemerkt. Aber ich bin nicht gut im Wütendsein. Erst recht nicht auf ihn. Keine Ahnung, wieso das so ist.

Als ich es mit einem anderen Gedicht versuche, ruft meine Mutter an.

Jeanne: Ich dachte mir, ich habe schon wieder so lange nichts von meiner Tochter gehört, dann rufe ich eben selbst mal wieder an.
Ich: Ich hatte viel zu tun. Wie geht es dir?
Jeanne: Ich habe ganz schlimm Hämorrhoiden. Schrecklich unangenehm. Tut wahnsinnig weh, wenn man ein großes Geschäft machen muss. Als wär's eine Geburt.

Und das Klopapier voll Blut. Beim ersten Mal hab ich mich zu Tode erschrocken. Ich hab sofort an Krebs gedacht. Dein Vater wusste aber, was es ist. Er sagte: Du musst mehr Ballaststoffe essen und dich mehr bewegen. Als sei es meine eigene Schuld. Du kennst ja deinen Vater, das Mitgefühl in Person, und das, obwohl er selber kein Held im Gemüseessen und Sichbewegen ist. Aber der hat keine Hämorrhoiden. Die Welt ist ungerecht. Und wie das juckt, du weißt schon, da am After. Mann, ich kann dir sagen, unangenehm ist das! Manchmal stehe ich zum Beispiel mitten in einem Laden und kann auf einmal nicht anders, als mich zu kratzen. So peinlich! Irgendwann muss ich damit doch mal zum Arzt gehen, aber rein aus Jux und Tollerei macht man das ja nicht gerade. Und ja, die ganze Geschichte mit Karel schlaucht mich auch ganz schön. Du kennst ja deinen Vater, der rührt keinen Finger, und so landet alles schön bei mir. Und Imelda, das weißt du selber, die ist so einfach gestrickt, die hat doch keine Ahnung, wie sie ihrem Mann eine Stütze sein kann. Die heult die ganze Zeit nur herum. Karel muss sie trösten statt andersherum. Einmal habe ich vorsichtig gesagt: Imelda, du musst dich doch mal zusammenreißen, Karel braucht dich jetzt, du musst stark sein. Aber es ist, als höre sie das nicht. Wie die das schaffen will, allein mit Victor, da bin ich mal gespannt. Alle Geschwister wollen helfen, sagen sie jetzt, aber wer wohnt von der ganzen Familie am nächsten? Ganz genau, wir. Und an wem von uns beiden wird es also hängenbleiben? Genau, an mir.
Ich: Die Familie ist groß, da wird bestimmt viel Hilfe kommen.

Jeanne: Sicher, in den ersten drei Wochen, danach hört das auf. Du musst mir doch nicht erzählen, wie die Leute sind. Schau dich selbst an. Hast selber nie Zeit für was, stimmt's, bist mit dir selbst und mit deiner Arbeit beschäftigt. Versteh mich nicht falsch: Ich verstehe das. Das ist so bei jungen Leuten. Aber es ist schon eine Tatsache.

Ich: Nur gut, dass Imelda und Karel dich haben.

Jeanne: Man tut, was man kann, nicht wahr? Was anderes bleibt einem ja auch nicht übrig. Und du? Hast du denn schon einen neuen Freund in Aussicht?

Ich: Nein, Mama. Nichts Interessantes.

Jeanne: Die jungen Leute von heute sind zu wählerisch, wenn du mich fragst. Früher nahmen wir, wen wir kriegen konnten. So ging das damals.

Ich: Und, hat dich das glücklich gemacht?

Jeanne: Wie ich höre, suchst du jetzt im Internet. Elsie hat mir das erzählt. Das ist nun vielleicht auch nicht der richtige Ort, um einen guten Jungen zu finden.

Ich: Das versuchen heutzutage viele Leute.

Jeanne: Wenn ich dir einen guten Rat geben darf, und das sage ich, weil ich dich lieb habe, das weißt du, Eva, mach vielleicht doch mal eine Diät. Ein paar Kilo runter, das würde schon einen Unterschied machen.

Ich: Das tue ich. Ich habe schon sieben Kilo abgenommen.

Jeanne: Oh, das ist mir beim letzten Mal, als ich dich gesehen habe, gar nicht aufgefallen. In welchem Zeitraum?

Ich: Fünf Monate.

Jeanne: Ah. Ich habe im Schnitt ein Kilo pro Woche abgenommen, wenn ich früher eine Diät gemacht habe. Aber sieben ist gut, natürlich. Weiter so. Also, ich muss mal wieder.

Ich: Tschüss, Mama. Ich ...

Da war sie schon weg.

Das ist der Moment, in dem ich beschließe, meinen Geburtstag, der bald ansteht, diesmal nicht zu feiern. Dieses Mal nicht.

ELSIE

Tobias und Tijs hatten Geburtstag, die Zwillinge von Walters Schwester. Eine absolute Topfrau finde ich. Spitzenanwältin, Spitzenmutter, Spitzenbeziehung mit ihrem Mike. Scharfsinnig, warmherzig, unglaublich witzig. Und sie weiß, wie man Feiern organisiert. Walter ist nicht so ein Partymensch, aber selbst er amüsiert sich meist bestens bei Anneleen.

Sie hat sich mal wieder selbst übertroffen. Eine Hüpfburg im Garten für die Kinder, ein Partyzelt, drinnen und draußen runde Stehtische verteilt, überall herrlich aussehende Häppchen und Wein und Sekt in Designkühlern. Noch bevor wir richtig drinnen sind, haben wir schon ein Glas in der Hand. Jack, der große Held seiner jüngeren Cousins, wird direkt vereinnahmt. Er genießt es total, auf einmal der Große zu sein.

Lou ist in letzter Zeit auffallend still. Das ist das Alter, hoffe ich zumindest. Früher gab es da so eine Vertrautheit zwischen Lou und mir. In letzter Zeit fühlt es sich an, als seien wir uns nicht mehr so nahe, ich weiß nicht, wieso. Manchmal fürchte ich, dass sie spürt, dass ich mit mir hadere, dass ich, wie Eva sagt, nicht ehrlich zu mir selbst bin. Nachdem sie eine Weile unentschlossen herumgestanden hat, geht sie mit ihrer älteren Cousine mit, die beiden verstehen sich eigentlich ganz gut. Und ich, ich habe Lust auf Party. Kleiner Tapetenwechsel. Ich schenke mir noch Sekt nach.

Am späten Nachmittag passiert es dann. Ich unterhalte mich gerade mit zwei von Anneleens Freundinnen. Walter unterhält sich nicht weit von uns mit seiner älteren Schwester. Ich weiß nicht, worum es geht, aber sie lachen laut. Da auf einmal: kreischende Kinder: »Jack ist volle Kanne runtergeknallt!« Wir hechten alle zur Hüpfburg. Ich sehe ihn da liegen. Sein Arm liegt in einer komischen Haltung. »Er war auf den Rand geklettert und ist dann auf der falschen Seite runtergefallen«, sagt Lou, die gesehen hat, wie es passiert ist. Jack, weiß wie ein Albinokaninchen, atmet flach und weint geräuschlos. Panik überkommt mich. »Wie ist er gefallen? Auf den Kopf?«, fragt Walter. »Nein«, sagt Lou, »mehr auf die Schulter.« »Wo tut's denn weh, Jack?« Walter prüft seine Pupillen, handelt eine kleine Checkliste ab, befühlt Arme, Beine, seinen ganzen kleinen Körper. »Sein Schlüsselbein ist gebrochen«, sagt Walter. »Das sieht man, hier, genau unter dem Halsansatz, auf der rechten Seite.« Jack hat inzwischen angefangen zu wimmern. »Komm, Jack, wir fahren in mein Krankenhaus, alles wird gut, Papa ist bei dir.«

Im Auto telefoniert er kurz mit einem Kollegen. »Sie erwarten uns schon.« Ich sitze mit Jack auf dem Rücksitz. »They'll have to put him to sleep to get the bone back in place«, sagt Walter auf Englisch, um seinen Sohn nicht zu beunruhigen. »Papa, ich will aber nicht schlafen«, weint Jack. »Du musst ja gar nicht ins Bett, Schatz, wir werden dich im Krankenhaus wieder heile machen. Sei noch ein wenig tapfer, wir sind gleich da.«

Ein Kind, das Schmerzen hat, da kann ich nie hinsehen. Ich wiege meinen Sohn, als sei er wieder ein Baby, er lässt es geschehen. »Warum nimmt eine Blondine immer ein Stück Brot mit auf die Toilette?«, fragt Walter Jack. »Weiß ich nicht«, sagt er. »Damit sie die WC-Ente füttern kann!« Da muss er trotz der Tränen doch kurz auflachen.

Walter fährt direkt in die Notaufnahme, winkt eine Krankenschwester herbei, sagt, er habe vereinbart, dass Doktor Van Hemelrijck hier sein werde. Dies ist seine Welt, hier weiß er, wie der Hase läuft. In null Komma nichts liegt unser Sohn in einem Bett und wird in den OP geschoben. Der Arzt versucht, ihn und uns zu beruhigen, aber mein kleiner Junge schaut erschrocken. »Wir werden dir gleich eine Maske aufsetzen, und du wirst sehen, wie schnell du eingeschlafen bist, und wenn du wieder wach wirst, ist alles in Ordnung«, sagt Walter. Seine Kollegen lassen ihn mit in den OP. Ich muss draußen warten.

Ich finde Krankenhäuser furchtbar. Auch weil ich mich dann an das eine Mal erinnere, als ich mit meinem Vater hier war. Er war sternhagelvoll irgendwo dagegengeknallt. Meine Mutter hatte uns aufgeweckt. »Ruf den Krankenwagen«, sagte ich. »Ja, damit die Nachbarn was zum Tratschen haben ... Den Teufel werd ich tun.« Sie hat ihm ins Gesicht geschlagen, bis er mehr oder weniger wieder zu sich kam, dann haben wir ihn zu zweit ins Auto geschleift. Ich musste mit, Eva war erst sechs oder so. Warum, weiß ich bis heute nicht. Angeblich, damit sie den Wagen parken und den Papierkram regeln konnte, während ich bei ihm blieb. Am Krankenhaus angekommen, musste ich nach einem Rollstuhl fragen. Meine Mutter wartete mit röhrendem Motor.

Wir haben ihn ins Auto gehievt, und so habe ich ihn in die Notaufnahme geschoben. Ich musste ihn an der rechten Schulter festhalten, sonst wäre er vornübergekippt. »Er hat viel zu viel gesoffen.« So habe ich mich ausgedrückt. Ich erinnere mich an die Blicke der Ärzte und Krankenschwestern. »Keine Angst, wir kriegen ihn schon wieder hin.« Aber ich hatte keine Angst, ich machte mir keine Sorgen. Das Einzige, was ich verspürte, war Scham all diesen Leuten gegenüber, die mich so mit ihm sahen. Das weiß ich noch.

Walter ist ziemlich schnell wieder zurück. »Er ist sofort eingeschlafen.« Er legt mir eine Hand auf die Schulter. »Hinterher wird es ein bisschen nervig für Jack, ein gebrochenes Schlüsselbein kann man nicht eingipsen. Er bekommt nur einen Stützverband. In ein paar Wochen ist alles vergessen.« Walter, immer der Mann, der die Dinge unter Kontrolle hat, beruhigt sich damit auch selbst, das höre ich ihm an. »Käffchen? Dann gehe ich unten beim Automaten einen holen, der von da schmeckt besser.« »Prima.« »Wir können in der Schwesternküche warten, haben sie gesagt, geh nur schon vor, ich komme gleich nach.« Er streichelt kurz meine Wange. Das hat er schon ewig nicht mehr gemacht.

Und da sitze ich nun, zwischen viel weißem Kunststoff, mit Damen in hässlichen weißen Outfits, die sich alle in Freundlichkeit gegenüber einer Arztfrau zu übertrumpfen versuchen. Ich hoffe inständig, dass sie meine Fahne nicht riechen. Ich nehme ein Minzbonbon aus einer Rolle, die jemand auf dem Tisch liegen gelassen hat. Während ich das Ding in den Mund stecke, denke ich: Walter ist eigentlich ein prima Vater. Als er mit zwei Bechern Kaffee wiederkommt, küsst er mich auf den Kopf.

Am Abend sitzen wir alle im Wohnzimmer beisammen. Jack mit dem Verband um die Schultern, Kissen im Rücken und seine Beine auf denen seines Vaters. Ich neben Walter, er hat seine Hand auf mein Knie gelegt. Wir sehen uns den Film an, den Jack ausgesucht hat, die Kinder haben Chips bekommen. »Lou darf auch welche, obwohl ich die Schmerzen habe«, hat Jack gesagt, ein wenig melodramatisch. Ich sehe mir einfach den Film an, lache über blöde Witze, weil meine Kinder lachen. Walter gibt alberne Kommentare von sich, zu Jacks großem Vergnügen. Sicherheit liegt in dem, was schon immer da war.

JOS

Karel ist gestorben. Plötzlich. Ich wusste es erst seit zweieinhalb Monaten, dass er krank war, und jetzt liegt er schon irgendwo in einem Gefrierschrank.

Er aß gerade mit Imelda und Victor einen Pfannkuchen in einem Bistro in der Nähe. Alles schien in Ordnung. Er erzählte Victor etwas und fand auf einmal die Worte nicht mehr, sein rechter Mundwinkel verzog sich, und er rutschte fast vom Stuhl. In weniger als zwei Stunden war er tot. Mieke kam anscheinend gerade noch rechtzeitig, aber sprechen ging da schon nicht mehr. Was er dachte oder nicht mehr denken konnte, weiß kein Mensch. Ein Infarkt, vielleicht eine Folge der Chemo, die er bekam, aber das konnten sie nicht mit Sicherheit sagen. »Man kann ja noch von Glück reden, dass er wenigstens nicht hat leiden müssen. Wer will schon miterleben, wie er selbst abbaut?« Das sage ich zu Mieke am Telefon. Sie schweigt. Recht hat sie. Schweigen ist die beste Reaktion auf dumme Äußerungen.

Jeanne ist direkt hingefahren. Trauerbriefe schreiben, Essen machen, Trost spenden. Sie fand, ich sollte mitgehen, aber ich habe mich dieses eine Mal doch strikt geweigert. Komischerweise hat sie nicht darauf bestanden.

Ein seltsames Gefühl, wenn Brüder anfangen zu sterben. Nicht bloß weil man dann weiß, dass man langsam selbst an die Reihe kommen könnte, sondern auch weil so was einfach nicht okay ist. Du bist geboren, oder sie sind geboren, und von da an gehörten sie wie selbstverständlich zu deinem Leben. Als gäbe es eigentlich keine Welt ohne sie.

Ich liege ausgestreckt auf dem Sofa, die Schnapsflasche steht neben mir auf dem Couchtisch, aber ich trinke nicht. Ich schaue nach draußen. Auf die Schaukel im Garten der Nachbarn, für die deren Kinder schon seit Jahren zu groß sind. Auf den kaputten Fußball neben dem Schuppen, den hat Jack dort irgendwann mal vergessen. Auf die hohen Tannen auf dem brachliegenden Grundstück weit hinter unserem Haus. Sie zeigen mit ihren Spitzen gen Himmel. Richtung Karel, denke ich unwillkürlich. Bis mir dämmert, dass sie ihn in die Erde stecken werden. Dann sehe ich Würmer und Maden und feuchte Erde und …

Das Telefon klingelt. Eva. Sie ruft mich zurück. Ich erzähle ihr, was passiert ist, sie fängt spontan an zu weinen. Damit hatte ich nicht gerechnet. So gut hat sie Karel nun auch wieder nicht gekannt. Bei einer so großen Familie läuft das anders. Ich weine nicht mit. Sie müsse los, sagt sie, sie hat einen Termin in dem Scheißgefängnis, so formuliert sie das. Und das, obwohl sie sonst immer so optimistisch über den Haufen Krimineller, mit denen sie ihre Tage verbringt, redet. Ich tue einfach so, als merke ich es nicht: »Viel Spaß, mein Kind!« »Viel Kraft, Papa. Ich rufe dich später nochmal an.«

Ich war mir noch nicht sicher gewesen, ob ich es Karel erzählen wollte. Karel war zu schnell für mich. Wenn man lange genug wartet, muss man sich nicht entscheiden.

Vielleicht sollte ich mir ein Hobby zulegen. Es heißt ja, dass es für manche Dinge nie zu spät ist. Dann sehe ich die Katze von zwei Häusern weiter in unserem Garten herumlaufen. Schwarz ist sie, mit einem weißen Fleck unter dem Kinn. Jeanne, allergisch gegen Katzen, wie sie behauptet, einfach grundsätzlich gegen Tiere, wenn man mich fragt, scheucht das Tier immer weg, indem sie ein lautes Zischgeräusch macht. Ich finde das nicht so nett von ihr. Meine Freiheit ist mir ziemlich wichtig, und ich bilde mir ein, dass so ein Tier auch gerne geht und steht, wo es will. »Die Mistviecher kacken dir in den Garten, und bevor man sich versieht, hat man sie im Haus, und was dann?«, sagt Jeanne, die Probleme immer schon sieht, bevor sie auftreten. Während ich das alles denke, stelle ich fest, dass sich so was wie ein Lächeln auf meine Lippen geschlichen hat. Fast unmerklich und unverhofft, wie die Sonne an einem grauen Tag auf einmal sanft hervorlugen kann. Und kurz wünschte ich, dass sie jetzt hier wäre, meine Jeanne, um die Katze anzuzischen oder um endlose Theorien von sich zu geben, während ich eh nicht zuhöre.

Menschen, die da sind, sind immer noch besser als Menschen, die nicht da sind.

CASPER

Ich bin in meinem Atelier. Ich kann mich einfach nicht zum Malen durchringen, ich schaue auf meine Schuhe, an die mit allem Möglichen vollgehängten Wände, auf das Bild, das auf der Staffelei steht, auf den Pinsel in meiner Hand. Vielleicht ist es ja fertig? Ich bin mir nicht sicher, lege Tom Waits auf, trete näher heran und bringe einen Pinselstrich an, einem Impuls folgend, ich nehme wieder Abstand. Manchmal entsteht aus einem Pinselstrich ein Zufallstreffer, manchmal macht so ein Strich alles restlos kaputt. Vorgestern Abend habe ich eine halbvolle Packung Zigaretten mitgehen lassen, die jemand in der Kneipe liegen gelassen hatte. Ich zünde mir eine an. Durch den Rauch sieht das Werk anders aus, nicht besser.

Dann klingelt es an der Tür: Elsie, hoffe ich, es ist Eva. Sie hat Augenringe in grauen, grünen und lilablauen Schattierungen und eine ziemlich tiefe Falte für eine Frau von gerade mal siebenunddreißig. »Ich habe deine SMS gelesen und dachte: Nach der Arbeit schau ich mal bei ihm vorbei, aber falls ich ungelegen komme...« »Quatsch. Ich bin froh, dass du da bist«, sage ich. »Ich habe dir übrigens noch keinen Geburtstagskuss geben können. Elsie hat mir erzählt, du wolltest dieses Jahr nicht feiern?« »Ich hatte keine Lust. Ich werde zu alt. Rauchst du seit neuestem?« »Nur, wenn ich muss.« Das ist witziger gemeint, als es sich anhört. »Hast du Elsie schon gesehen?« »Nein, ich habe sie heute noch nicht einmal gehört.« Ich bemühe mich, mich möglichst neutral anzuhören. »Vielleicht kann sie ja zu Hause nicht weg.« Darauf reagiere ich nicht, das ist immer am klügsten, wenn einen Leute zu beruhigen versuchen. Es ist dieser Alles-wird-gut-Ton, der einen eigentlich noch mehr beunruhigt, weil er beweist, dass die anderen tatsächlich von einem Problem ausgehen.

Ich erzähle Eva die ganze Geschichte: dass ich bei Tisch saß und Merel in der offenen Küche ein Glas Wein einschenkte, dass ich gesagt hatte, ich fühle mich nicht so gut und sie dann antwortete: »In Willems Schule sind ein paar krank, vielleicht hat's dich ja auch erwischt«, dass sie den Korken wieder in den Flaschenhals drückte, die Bananenschale wegwarf, die Willem auf der Arbeitsplatte liegen gelassen hatte, dass sie den Stapel Briefe durchging, die Zeitung nahm und sich in den Sitzsack gesetzt hat.

»Ich tu mich momentan schwer mit uns«, habe ich gesagt. Sie ließ die Zeitung sinken und sah mich an, als habe sie mich nicht richtig verstanden, da habe ich es wiederholt, aber mit viel mehr Sätzen. Ich habe alles gesagt, was ich die ganze Zeit über nicht gesagt hatte, außer dem von Elsie, das habe ich weggelassen, ich wollte über Merel und mich reden.

Sie hörte angespannt zu, sagte schließlich mit ungläubigem Blick, dass sie das verstehe, sie sich ebenfalls Fragen stelle, dass sie selber wisse, was sie falsch gemacht habe, und dass sie sehe, was verbesserungsfähig sei, dass jedes Paar so seine Höhen und Tiefen habe, dass sie bereit sei, zu einem

Paartherapeuten zu gehen, falls ich das wolle – das habe John und Rika auch so gut geholfen –, aber dass sie sich jedenfalls sicher sei, dass wir es gemeinsam schaffen würden, weil wir einander viel zu sehr liebten. Dabei klang sie sanfter als sonst.

Ich erzähle auch, dass sie ruhig blieb, die Selbstbeherrschung nicht verlor. Ich sage, dass eine traurige Frau, die versucht, nicht zu weinen, einen immer mehr mitnimmt als eine, die ihren Tränen einfach freien Lauf lässt. Ich sage, dass ich nicht weiß, ob ihr nach Weinen zumute war oder ob ich mir das vielleicht nur erhofft hatte.

Eva sieht aus, als ob sie alles Mögliche darauf antworten wolle, es sich aber lieber verkneift. Und Tom Waits singt: »There was no tomorrows. We'd packed away our sorrows. And we saved them for a rainy day.«

»Ich hatte mit allen möglichen Reaktionen gerechnet, aber nicht mit dieser«, sage ich. »Merel ist eine intelligente Frau« ist alles, was Eva sagt, und dann, nach einer langen Pause: »Aber was empfindest du?« »Ich kann nicht malen«, sage ich. Eva schaut, als wisse sie, was das bedeutet. »Ich weiß auch nicht, was ich von Elsie erwarten darf, meinst du, sie wagt den Sprung?« Eva sagt, sie habe ihre Schwester noch nie so viele für sie untypische Dinge tun sehen wie im vergangenen Jahr und dass das Gefühl bei ihr also ganz tief sitze und sich Elsie dessen anscheinend immer mehr bewusst werde, sie aber auch Angst habe und unsicher sei, und dass Walter ihre Knöpfe besser zu bespielen weiß, als ihr klar sei. Dass sie hoffe, ihre Schwester werde sich irgendwann eingestehen, dass ich das Ticket zu einem besseren

Leben bin, als sie es je mit Walter würde führen können. Dass Eva sich schon so lange Fragen stelle, was die Beziehung der beiden angehe. Das ist natürlich keine Antwort. »Alkohol?«, frage ich stattdessen. Eva nickt dankbar.

Obwohl es noch nicht Abend ist, fangen wir an uns zu besaufen. Eva trinkt mit einer Hingabe, die ich von ihr nicht gewohnt bin. Ob ich ein schlechter Mensch sei, frage ich viele Gläser später. »Weil du jemanden gefunden hast, den du wirklich liebst?«, antwortet Eva. Und ob es das eigentlich überhaupt gibt: für immer? Als ich das sage, habe ich schon ordentlich was intus. Dass es jedenfalls so etwas gibt, wie den Rest deines Lebens bedauern, dass man Chancen nicht genutzt hat, sagt Eva. Und dass Abschied nehmen so schwer sei, das lalle ich auch noch. Dass wir alle Abschied nehmen müssen, antwortet Eva, dass die Kunst darin bestehe, gut zu wählen wie, wann und in meinem Fall: von wem.

Wir ergehen uns noch ein wenig in tieferen Gedanken, klingen dabei immer mehr wie Kalendersprüche, bekommen dabei sogar einen Lachanfall nach dem anderen. Sie liegt mehr, als dass sie sitzt, dort auf meinem dunklen Sofa, ihr Gesicht ist rot angelaufen, vom Trinken und vom Lachen, denke ich mir. »Weißt du, dass du eigentlich ein hübsches Gesicht hast, Eva?« »Das sagen sie immer über zu hässliche Menschen.« Jetzt prustet sie. »Oder noch schlimmer: Du hast schöne Augen oder schönes Haar.«

Als Eva weg ist, fühlt es sich schon irre spät an, dabei ist es draußen noch nicht einmal dunkel. Ich schalte das Hauptlicht an, stelle mich wieder vor meine Staffelei, nehme einen breiten Pinsel und weiße Farbe und male über das ganze Bild hinweg, von oben nach unten, von links nach rechts. Unterdessen denke ich: Vielleicht finde ich es morgen früh ja doch wieder okay. Ich bin erstaunt, wie wenig mir das ausmacht.

ELSIE

Die Nacht war frisch und dunkel. Die Kinder schliefen. Walter würde bald nach Hause kommen, wusste ich. Ich habe mich ins Auto gesetzt, die Musik auf Lautstärke 24 gedreht, bin auf die Autobahn gefahren und habe Gas gegeben. Bis ich hundertachtzig fuhr. Und dann: neun Sekunden lang die Augen geschlossen. Ich habe mitgezählt. Eins, zwei, drei, vier, fünf, sechs, sieben, acht, neun. Dann wieder Augen auf. Es war immer noch Nacht.

8

ES WIRD EIN KURZER SOMMER

EVA

Mittwochabend. Acht Uhr. Termin bei der Therapeutin. Ich bin pünktlich. Obwohl ich eigentlich nicht genau weiß, wieso ich jedes Mal pünktlich komme, wo sich ihre Termine doch immer ziemlich nach hinten verschieben. Inzwischen nehme ich immer ein Buch mit. Oft lese ich kaum darin. Seltsam, wie ich mich in letzter Zeit immer schlechter konzentrieren kann. Und das, obwohl ich immer so eine Leseratte gewesen bin.

Nach ganzen zwanzig Minuten darf ich hereinkommen. Das ist meine achte Sitzung. Wie es mir geht, fragt sie. Dabei blickt sie ein wenig besorgt drein. Als wisse sie, welches unbändige Leid gleich kommt, und habe schon einmal den passenden Gesichtsausdruck aufgesetzt.

Kathleen Van de Velde ist eine liebe Frau. Sie hört gut zu, gibt mir das Gefühl, dass sie mich gerne mag. Aber ob ich meinen Körper wirklich lieben lerne, wenn ich ihn jeden Abend vor dem Schlafengehen mit einer gut riechenden Bodylotion eincreme?

Heute möchte sie noch einmal über meine Familie reden. Dass da nicht immer Friede-Freude-Eierkuchen war, weiß sie schon. Und dass ich wenig konkrete Erinnerungen habe, die meisten Geschichten habe ich von anderen erzählt bekommen.

Ich sollte Fotos von mir mitbringen, hatte sie gesagt, jeweils eins aus jeder Lebensphase. Ob ich sie in chronologischer Reihenfolge auf den Boden legen wolle, bittet sie mich. »Bis ich zwei war, war ich noch ziemlich süß«, sage ich. »Danach ging es steil bergab.« Ich lache. Sie nicht.

Sie betrachtet die Aufnahmen sehr genau. Ich sehe sie denken, aber sagen tut sie nichts. »Eigenartig«, sagt sie so leise, als rede sie mit sich selbst. »Was ist eigenartig?« »Bis zu Ihrem elften Lebensjahr haben Sie langes Haar und Kleider getragen, aber dann bei Ihrer Firmung: eine Kurzhaarfrisur und einen Hosenanzug. Wie kam das?« Ich habe keine Ahnung. Kann mich nicht erinnern, ob dieser Look meine eigene Entscheidung war oder nicht. Sie stellt weitere Fragen, doch ich muss ihr die Antwort schuldig bleiben. »Warum ist das wichtig?« »Mein Bauchgefühl als Therapeutin sagt mir, dass um dieses Alter herum etwas geschehen ist oder eine Veränderung stattgefunden hat. Können Sie sich vorstellen, was das gewesen sein könnte?« Sie hört nicht auf, mir Fragen zu stellen. Ich zerbreche mir den Kopf, komme auf nichts. »Es gibt einen Grund dafür, weshalb Sie Ihr Gedächtnis seit Jahren im Stich lässt, so viel ist klar. Je größer das Trauma, umso heftiger die Verdrängung.« Ich weiß nicht, was ich davon halten soll. Dieses ganze Nichtwissen irritiert mich auf einmal mehr denn je. Als gehöre mein Leben nicht mehr mir. Zum Fürchten ist das.

Ich berichte noch ein wenig von Vorkommnissen, an die ich mich schon noch erinnere. Ab und zu notiert sie sich etwas, lehnt sich dann wieder zurück. Mit einem Mal, ich will gerade von einem Streit meiner Schwester mit meinen Eltern erzählen, lange her, sehe ich, wie ihre Augen zufallen. Langsam. Ein paar Mal nacheinander. Sie kämpft dagegen an, das merkt man. Aber auf einmal sackt ihr Kopf mit ganzer Wucht nach vorne. Kinn auf den Brustkorb oder wenigstens fast. Nur für eine Sekunde, und hops, Kopf wieder gerade. Danach stellt sie eine Frage, die sogar zum Thema passt. Hätte ich nicht zufällig in ihre Richtung geschaut, ich hätte wahrscheinlich gar nichts mitbekommen.

Therapeuten sind schließlich auch nur Menschen, denke ich. Ich nehme ihr das nicht übel. Beim Bezahlen sagt sie: »Es wäre vielleicht eine gute Idee, wenn Sie ab jetzt einmal die Woche kommen.« Dabei schaut sie komplizenhaft. »Okay«, sage ich und mache einen neuen Termin aus.

Ich gehe nach draußen, bleibe kurz stehen, in der Nacht, die kalt ist für diese Jahreszeit, dann entscheide ich, einfach so, ganz plötzlich: Ich höre damit auf. Ich schreibe eine kurze Notiz auf die Rückseite eines Kassenbons, den ich in meiner Handtasche finde: dass ich meine künftigen Termine absagen möchte und ihr für alles danke. Dann stecke ich ihn in ihren Briefkasten.

Als ich davonradele, fühlt sich alles fremd an, verfremdet. Der neblige Abend. Der so vertraute Heimweg. Die Tauben auf dem Laternenpfahl. Ich trete fest in die Pedale. Bis mir das Atmen im Hals wehtut.

JOS

Meine Abneigung gegen Beerdigungen ist fast genauso groß wie meine Abneigung gegen Krankenhäuser. Wenn es nach mir ginge, bliebe ich zu Hause. Es hilft meinem Bruder ja nichts, wenn ich da bin. Entweder gibt es ein Leben nach dem Tod, aber dann würde er ja auch spüren, wenn ich vom Sofa aus an ihn denke, oder, und darauf verwette ich mein letztes Hemd, man legt uns in die Grube, und das war's, und dann ist ohnehin alles scheißegal. Jeanne rollt nur mit den Augen, wenn ich das sage. Als Gegenargument kaum zu übertreffen.

Ich habe den Anzug an, den ich auch auf Bens Hochzeit getragen habe. Er ist dunkelgrau und hat viel Geld gekostet damals, also ist das mein Anzug für Begräbnisse. Kinder, die heiraten, Brüder, die sterben, das läuft anscheinend alles auf denselben Unsinn hinaus. Der Hosenknopf ist schon einmal versetzt worden, geht aber immer noch nicht richtig zu. Und das Jackett sitzt an Armen und Schultern etwas zu eng. Ich fühle mich wie eine Wurst in der Pelle. Aber das stört hier keinen. Ich weiß eigentlich nicht, ob je einer an mich …

Als wir ankommen, sehe ich gleich Eva und Elsie. Elsie hat die Kinder zu Hause gelassen: »Wieso sollten die Kleinen bei so was dabei sein müssen? Sie haben Onkel Karel, wenn es hochkommt, zweimal im Leben gesehen.« Das verstehe ich vollkommen. Ich sehe Jeanne kaum merklich den Kopf schütteln, was sie immer dann tut, wenn sie versucht, ihren Ärger zu verbergen. »Dass der Tod zum Leben dazugehört, ist doch eine wichtige Lektion. Außerdem dürfen die Leute hier ruhig sehen, was für hübsche, kluge Enkelkinder wir haben.« Womit das Verbergen des Ärgers misslingt, wie meistens. Elsie antwortet nicht einmal. Das hat sie wohl schon vor Jahren aufgegeben. Sie erkundigt sich, ob Ben kommt. »Der ist noch bis übermorgen in Kanada.« Jeanne sagt das mit Triumph in der Stimme. »Ben hat übrigens erzählt, dass er, wenn er wieder hier ist, seinen neuen Mercedes abholen darf. Eine S-Klasse.« Sie hat wahrscheinlich keine Ahnung, wovon sie da redet, strahlt aber vor Stolz, so wie sie immer vor Stolz strahlt, wenn sie von Ben redet. Auch darauf reagieren die Mädchen kaum. »Lasst uns einen Sitzplatz suchen, sonst müssen wir nachher noch stehen«, sagt Elsie und geht voran. Ich würde am liebsten irgendwo am Rand sitzen, unauffällig, aber Elsie geht zielstrebig zur zweiten Reihe, genau hinter Imelda, Mieke und Victor. Da ist noch Platz neben meinem Bruder Bob und seiner Frau.

Zum Glück wird es kein kreatives Begräbnis. Es gibt keine persönlichen Texte, und es lesen keine Kinder vor. Man hat es hier nicht auf die großen Emotionen angelegt, die ja schließlich auch keinen was angehen. Mal abgesehen von der Musikwahl. Imelda hat »Niemals geht man so ganz« von Tommy Engel als erstes Stück ausgesucht, weil Victor das angeblich so gerne hört. Als könne das irgendwer wissen. Das Lied schallt durch die Kirche. »Ich verspreche dir, bin zurück bei dir, wenn der Wind von Süden weht.« »Kann mir kaum vorstellen, dass Karel hier gleich reingeweht kommt«, flüstere ich Eva zu. Sie sieht mich ermahnend an und runzelt dabei die Stirn, wie sie es schon als Dreijährige getan hat.

Ich bemühe mich die ganze Zeit, nicht zum Sarg hinüberzuschauen. Zu wissen, dass Karel da drin liegt oder das, was mal Karel gewesen ist, gibt mir ein ungutes Gefühl. Auch das große Foto von ihm versuche ich nicht anzusehen. Und keinen Blick auf Imelda, Mieke oder Victor oder wer sonst noch hier weint. Das ist ungefähr wie zu versuchen, mir keinen Schnaps einzuschenken, während die Flasche neben mir steht.

Der Sarg ist aus hellem Holz mit vergoldeten Griffen und einem schlichten Kreuz auf dem Deckel. Das Foto ist mindestens fünf Jahre alt. Karel war doch schon stark gealtert, fällt mir jetzt erst auf. Er verzieht seine Mundwinkel auf diesem Foto zu einem Lächeln, aber wirklich lächeln tut er nicht. Vielleicht hatte er ja gerade zu Victor hingeschaut, als es blitzte. So schaute er ihn nämlich oft an. Imelda weint die ganze Zeit mit leisen Schluchzern, Mieke in Schüben. Und Victor schlackert unkontrolliert mit seinen Gliedmaßen. Victor ist immer Victor.

Ich hätte doch besser noch ein drittes oder viertes Glas trinken sollen, bevor ich hier hineinging. Der Pfarrer, ein Mann, der als einfacher Bürger sicher Sekretär des Heimatkundevereins ist und im Ausland einen Brustbeutel trägt, lässt sich beim Sprechen Zeit. Er redet über Karel, als hätten sie sich jeden Tag in trauter Zweisamkeit einen hinter die

Binde gegossen. Und sich dabei gegenseitig das Herz ausgeschüttet und auf die Schulter geklopft. Kaum zum Aushalten. Ich gebe mir Mühe, nicht hinzuhören.

Als sie endlich den Sarg hinaustragen, bin ich fast erleichtert. Aber das Schlimmste muss natürlich noch kommen: der Familie am Ausgang kondolieren und dann der Leichenschmaus. Zähe Brötchen mit Käse und Schinken, dünner Kaffee. Was Alkoholisches wird es sicher nicht geben, Imelda muss aufs Geld achten. Ich kann nur hoffen, dass wir nicht mit Herman, meinem Schwager, am Tisch sitzen müssen, einem Mann, der den behandlungsresistentesten Schlafgestörten innerhalb einer Viertelstunde in den Schlaf labert, wenn man mich fragt.

Elsie ergreift wie üblich die Initiative. Elsie war immer schon das Kind, das ich am wenigsten verstanden habe. Sie fuhr ihren eigenen Kurs, als habe sie mit unserer Familie wenig bis nichts zu tun. Sie geht kurzerhand auf Imelda zu, flüstert etwas, umarmt Mieke, schüttelt Bob die Hand, der sich dazugestellt hat, damit die beiden Frauen dort nicht so einsam stehen. Bob ist und bleibt ein guter Mensch. Ich nehme die Hände der beiden Damen in meine. Das soll bedeuten: Ihr wisst schon, was ich denke und empfinde. Sie nicken zur Bestätigung. Während sie ganz gewiss keine Ahnung haben, was ich denke oder empfinde.

Wir sitzen mit Leuten am Tisch, die wir nicht kennen, Verwandtschaft von Imelda. Gut so. Um die brauchen wir uns wenigstens nicht kümmern. Ich tippe auf den Stuhl neben mir und winke Eva herbei. Sie setzt sich sofort dazu. Elsie nimmt ihrer Schwester gegenüber Platz, Jeanne unterhält sich noch hier und dort.

Elsie redet wie meistens kaum mit mir. Sie erzählt Eva von Lou. Dass sie sich doch ein wenig komisch verhält. Manchmal schnippisch ist, vor allem ihr gegenüber. Und so still. Ob Eva nicht mal mit ihr reden wolle. Was sie den Kindern heutzutage doch alles antun, die haben ja keine ruhige Minute mehr, da ist es nur normal, wenn sie Probleme haben. Ich höre weg. Denke an den Schnaps, auf den ich sicher noch stundenlang warte. Vielleicht gibt es später wenigstens Bier.

Als sie mit den Brötchen von Tisch zu Tisch gehen, setzt sich Jeanne zu uns. Sie wirft den gerade gehörten Tratsch in die Runde, ohne sich im Geringsten daran zu stören, dass Unbekannte neben ihr sitzen. Die würdigt sie keines Blickes. Und das meint sie noch nicht einmal böse, wie ich weiß. Eva ist ungewöhnlich still. Ich frage lieber mal nicht nach. Sie zupft ein wenig an einem Brötchen herum, isst es aber nicht wirklich auf.

Als meine Schwester Marie zu uns an den Tisch kommt, sehe ich Tränen in ihren Augen. »Kurz eine rauchen.« Ich schnappe mir mein Jackett. Sichtbarer Kummer, es gibt keinen besseren Anlass, um sich aus dem Staub zu machen.

Auf dem Parkplatz des trostlosen Hofes habe ich Aussicht auf eine Weide. Es steht ein einziges Pferd darauf. Ziemlich groß für ein Pferd. Es ist dunkelbraun mit weißen Beinen, einem weißen Schweif und einem unförmigen weißen Flecken, der sich über den Hals zieht. An der Stelle wird die

Mähne ebenso weiß wie der Fleck. Sieht seltsam aus. Als habe jemand eine Flasche Bleichmittel darüber ausgegossen. Das Pferd grast weder, noch läuft es herum. Es steht einfach da, wie so ein Leuchtturm oder ein Denkmal auf einem gigantischen Platz, nur eben inmitten dieses ganzen Grases. Wie ich hier stehe, mit meiner Zigarette, inmitten der vielen Autos. Mir ist, als ob ...

Da steuert Eva auf mich zu. »Ich gehe jetzt. Ich habe noch eine Verabredung.« Sie gibt mir einen flüchtigen Kuss auf die Wange, ist mit den Gedanken schon woanders. Sie fragt nicht wie sonst, wie es mir geht. »Du siehst müde aus«, sage ich. »Ich habe ein langes Leben hinter mir«, antwortet sie und lächelt. »Viel Vergnügen, Kind!« »Danke.« Und dann geht sie zu ihrem Fahrrad, schließt es auf und radelt davon. Sie dreht sich nicht mehr um.

Ich gehe wieder hinein, wo ich zu meiner Freude bemerke, dass es hier anscheinend doch was Alkoholisches zu trinken gibt. Ich gehe an die Bar, bestelle einen Schnaps. »Lass die Flasche ruhig ein Weilchen hier stehen.« Ich zwinkere dem Barmann zu und schiebe ihm zwanzig Euro hin. Ich kippe vier Gläser hintereinander, gehe mit dem fünften wieder an unseren Tisch, wo mich keiner vermisst hat. Elsie unterhält sich mit einem Cousin, den sie kaum kennt. Imelda plaudert mit Marie und Jeanne. Sie lachen über irgendetwas. Ein echtes Begräbnis eben.

Ich leere mein Glas, bestelle noch einen. Jetzt wird es allmählich wieder etwas leichter in meinem Kopf. Der Körper entspannt sich zunehmend. Ich seufze wohlig.

Nach einem weiteren Schnaps fange ich eine Unterhaltung mit Imeldas Verwandtschaft an, die neben uns sitzt. Danach auch mit Bob und Marie, sogar mit Herman. Wenn ich einmal in Fahrt komme. Dann und wann hebe ich einen Finger als Zeichen für den Ober, der sofort reagiert. Jeanne schaut jedes Mal missbilligend, wenn sie es bemerkt, aber dann sehe ich einfach weg. Es gibt für alles eine Lösung.

Der Leichenschmaus neigt sich dem Ende entgegen, die meisten Gäste sind schon gegangen. Ich suche Jeanne, kann sie aber nirgends finden. Vielleicht ist sie ja zum Klo, überlege ich, luge kurz in die Damentoilette. Und wer steht da? Imelda. Sie wäscht sich die Hände. Sieht völlig erschöpft aus. Ihre dunklen Augen liegen noch tiefer in den Höhlen als sonst. Ich gehe auf sie zu, lege ihr den Arm um die Schulter und sage: »Imelda, ich möchte das noch einmal wiederholen. Das mit dem Geld, da darfst du auch weiterhin drauf zählen, was. Jos scheut keine Mühe. Jos hilft, wo er nur kann.« »Ja, ich weiß, das ist lieb von dir. Du bist ein Engel. Unser Karel hat das auch immer gesagt: ›Der Jos ist ein Engel.‹«

Ich schaue diese Frau an. Ich habe sie noch nie sympathisch gefunden, weil sie auch einfach nicht sonderlich sympathisch ist. »Ach Imelda, ich bin alles andere als ein Engel. Ich bin ein versoffener Mistkerl, dem alles am Arsch vorbeigeht. Ein Feigling, der deinen Sohn nicht ansehen kann, Imelda. Der dich nie wirklich sympathisch gefunden hat. Der seinen Bruder, seinen geliebten Bruder, der jetzt mausetot ist, davon überzeugen wollte, dich doch um Gottes willen nicht zu heiraten, Imelda. Es ist…« Dass ich sie regelrecht anbrülle, merke ich erst, als Bob und Marie hereinschneien: »Lass gut sein, Jos, du bist angeschlagen, du hast viel zu viel getrunken, du weißt nicht, was du sagst, wir bringen dich zum Auto.«

Was anschließend passiert ist, weiß ich überhaupt nicht mehr. Hinterher habe ich mir von Jeanne bestimmt fünfundvierzigmal anhören müssen, dass ich im Auto sofort eingeschlafen sei, nachdem ich sie wieder einmal mit meiner Szene auf dem Klo blamiert hätte. »Was hattest du überhaupt auf der Damentoilette zu suchen? Das wüsste ich schon mal gerne«, sagt Jeanne lauter als nötig. Ich antworte nicht.

Imelda habe ich seitdem weder gesehen noch gehört. Jeanne hat schon viermal versucht, sie anzurufen, aber Imelda ruft nie zurück. Ich habe ihr Blumen bringen lassen. Dreißig rote Rosen von Spitzenqualität. Die bekommt sogar Jeanne nicht von mir, nicht mal zum Muttertag.

Es ist Dienstag. Früher war das ein unangenehmer Tag: Die Woche hat angefangen, ist aber längst noch nicht zu Ende. Jetzt macht das keinen Unterschied mehr. Ein Tag ist wie der andere. Man muss nichts mehr, und alles Mögliche geht nicht mehr.

Ich gehe raus in den Garten. Eine kühle Brise weht. Wolken ziehen vorbei. Es wird ein kurzer Sommer.

ELSIE

Mittagszeit. Die Kinder und ich haben gerade Butterbrote gegessen. Jack übt draußen auf seinem Waveboard. Er muss ständig abspringen, lässt aber zu meinem Erstaunen nicht locker. Hat einen eisernen Willen, wie sein Vater. Lou sitzt drinnen mit einem Buch. »Warum setzt du dich nicht raus zum Lesen, das Wetter ist so schön?« »Neihein, da ist es zu warm und zu grell.« Sie fächert sich mit ihrem T-Shirt Luft zu. »Wo ist Papa eigentlich?« Ich ertappe mich dabei, dass ich das selbst nicht genau weiß. »Im Krankenhaus«, sage ich, weil ich das nicht zugeben möchte.

Ich schlüpfe in eine Jeans und in die Turnschuhe voller Farbspritzer, die ich anhatte, als ich Eva mal beim Anstreichen geholfen habe, und fange an, Kleiderschränke, Schubladen im Badezimmer, Kartons voller Spielsachen und Kisten in der Garage auszumisten. Ich greife mir ein paar Mülltüten, werfe weg, sortiere, falte zusammen, stapele, stopfe Sachen in Kartons. Stundenlang ackere ich in einem Höllentempo vor mich hin. Die Kinder sehen sich die Sache an, ohne etwas dazu zu sagen. Einmal kommt Lou zu mir, um zu fragen, ob ich nicht etwas trinken wolle. Die Süße.

»Ich gehe unter die Dusche und fange dann an zu kochen.« »Ich habe keinen Hunger«, sagt Lou. »Ich mache Nudeln mit Paprika und Mascarpone und Hackfleisch, die findest

du doch so lecker. Der Hunger wird schon noch kommen.«
»Ich möchte kein Fleisch essen.« »Wie du meinst.« Ich seufze. Lou hört das. »Du hast doch kein Problem damit, Mama, dass ich das Fleisch wieder rauspicke. Außerdem hör mal auf zu stressen, es ist Samstag.«

Als das Essen fast fertig ist, höre ich Walters Auto in die Einfahrt einbiegen. Er kommt herein, küsst mich flüchtig, ungefähr an meinem linken Ohr, streicht Lou über den Kopf und geht zu Jack in den Garten. »Essen ist fertig«, rufe ich und muss an meine Mutter denken, die das jeden Mittag durchs ganze Haus brüllte, auch wenn wir in der Nähe waren. Diese familiäre Szene schnürt mir für einen Moment die Luft ab.

Bei Tisch erzählt Walter von seiner neuesten Nierenpatientin, einem achtjährigen Mädchen. Jack stellt ein paar besorgte Fragen und kommt aus dem Stirnrunzeln gar nicht mehr raus. Mir fällt das auf. Ich schaue kurz zu Walter, der redet einfach weiter. »Unsere Kinder dürfen ruhig wissen, dass in der Welt nicht alles eitel Sonnenschein ist«, sagt er. Jack verliert schneller das Interesse an dem Thema als sein Vater, spielt mit seinem Essen, nimmt kaum einen Bissen und fragt dann, ob er fernsehen dürfe. Ich nicke. »Sollte der Junge nicht etwas mehr essen? Und hat er heute nicht schon zu lange vor irgendeinem Bildschirm gehangen?« »Er hat den ganzen Mittag Waveboardfahren geübt«, sagt Lou, die immer für alle Partei ergreift. Sie nimmt sorgfältig jedes Hackbällchen von ihrem Teller, isst ihn anschließend aber ganz leer. Dann verschwindet sie in ihr Zimmer. Ich fange an abzuräumen, während Walter zwei Teller in die Spülmaschine stellt und sich dann mit der Zeitung auf die Toilette verzieht.

Während ich Spaghettireste aus dem Ausguss fische, kann ich auf einmal nicht mehr an mich halten. Einen ganzen Tag lang habe ich versucht, nicht daran zu denken, mir keine Fragen zu stellen. Aber jetzt platze ich beinahe. Ich knalle das schmierige Zeug in den Müll, sprinte nach oben, sage Lou, ich hätte fast vergessen, dass ich heute Abend Dienst im Theater habe. Dann renne ich wieder nach unten, gebe Jack einen Kuss mit derselben Mitteilung und bitte ihn, das seinem Vater auszurichten. »Okay«, sagt er schnell, denn er möchte nicht noch mehr Sekunden seines Lieblingsprogramms verpassen. Ich schnappe mir meinen Autoschlüssel und bin weg.

Als ich im Auto sitze, rufe ich Casper an. Geh ran, please. Es klingelt einmal, zweimal, dreimal. Mist, er wird nicht da sein. Ich fahre zu schnell über eine Bremsschwelle und knalle fast mit dem Kopf gegen die Decke. Da geht er dran. »Wo bist du?« »In meinem Atelier, alles in Ordnung?« »Ich will dich sehen, darf ich vorbeikommen?« »Klar.« Er klingt besorgt. Ich stinke zwar nach Schweiß und gebratenem Hackfleisch, werfe mich aber trotzdem sofort in seine Arme, als er die Tür aufmacht. »Bitte schlaf mit mir, jetzt sofort!« Wir treiben es wie Tiere zur Paarungszeit.

»Was war denn das jetzt?«, fragt Casper, als wir wieder zu Atem kommen. »Ich will nicht mehr zurück«, sage ich. »Ich will hier bei dir übernachten. Aber zuerst möchte ich ein Glas Wein, ein großes.« Casper holt die Flasche, schenkt ein, schlüpft wieder zu mir ins Bett. Er sagt kein Wort, hält mich umso fester.

Wir leeren zusammen fast zwei Flaschen, reden über wichtige Dinge und über alberne. Irgendwann schlafen wir ein. Ich mit den Brüsten an seinem Rücken, meine Arme um seine Hüfte. Um halb fünf morgens schrecke ich aus dem Schlaf. Ich sehe die Uhr, schieße aus dem Bett.

Casper übernachtet öfter in seinem Atelier, wenn er im Flow ist. Bei mir wird's auch schon einmal spät, aber nie so spät, jedenfalls nie ohne zu simsen. Ich dusche nicht, ziehe mich einfach an. Erst dann stelle ich mein Telefon wieder an: zwölf verpasste Anrufe von Walter. Ich schlucke.

Als ich gerade loswill, hält Casper mich zurück. Er legt eine Hand auf meine Hüfte, die andere auf meinen Kopf. »Alles wird gut«, sagt er. »Immer.« »Du hast wohl zu viele Hollywoodfilme gesehen, oder?« Ich versuche zu lächeln. Er riecht meine Angst. »Es kann auch eine ausgeuferte Party gewesen sein und ein leerer Akku, das kannst du ganz alleine entscheiden... Ruf mich an, sobald du kannst, ja?« Er küsst mich innig.

Einmal im Auto stelle ich fest, dass ich noch nicht wieder nüchtern bin. Ich kurbele das Fenster herunter. Versuche, tief ein- und auszuatmen. Ich lüge mich hier schon raus. Es geht zu schnell. Ist zu gefährlich. Zu viel.

Als ich ankomme, brennt in Walters Arbeitszimmer Licht. Noch bevor ich ausgestiegen bin, fliegt die Haustür auf. »Wo hast du in Gottes Namen gesteckt, verdammt, ich habe Todesängste ausgestanden.« »Und ich bin todunglücklich«, höre ich mich selbst sagen. »Ich beklage mich nie, aber ich will nicht mehr. Und ich liebe dich auch noch, aber für mich ist es vorbei, das mit uns, fürchte ich. Ich will das alles nicht mehr, ich will dir nicht wehtun, aber ich kann nicht mehr.« Ich beginne zu weinen. »Du hast getrunken«, sagt Walter nur. »Geh mal ins Bett, ich werde morgen schon mit den Kindern aufstehen, dann kannst du deinen Rausch ausschlafen. Ich mache noch fertig, woran ich gerade gearbeitet habe, dann komme ich auch nach oben.« Es ist kalt im Bett. Walter bleibt unten.

Gegen Mittag werde ich wach. Kopfschmerzen. Es ist still im Haus. Stille hat sich selten so beängstigend angehört. Langsam kommt der Film von der Nacht zuvor wieder. Ich merke, dass ich mich übergeben muss. Ich renne zum Klo, zu spät. Kotze auf der Klobrille, dem Boden, der Waage neben dem Klo. Ich wische alles auf, mit Brechreiz im Hals, dusche, gehe nach unten. Auf dem Tisch liegt ein Zettel in Jacks Schrift: Mama, wir sind Fahrradfahren. Hoffentlich bist du nicht mehr krank. Ich versuche, Eva zu erreichen. Sie geht nicht dran. Ich schicke ihr eine SMS: »Ruf mich bitte schnell an. Ein Notfall.« Als ich nach einer halben Stunde immer noch nichts von ihr gehört habe, versuche ich es bei einer Freundin. »Komm vorbei«, sagt Esther, als sie meine Stimme hört. »Die Kinder sind dieses Wochenende bei meinem Ex, und Thomas sitzt auf seinem Rennrad. Ich bin allein zu Hause.«

Außer Eva wusste niemand irgendwas. Aber dort, an Esthers Tisch, erzähle ich meine ganze Geschichte.

Esther hat bisher noch nichts gesagt, nur zugehört. Sie schenkt noch Kaffee nach. »Was soll ich jetzt tun?« Ich weiß selber nicht, ob das eine rhetorische Frage ist. »Du bist zu einer deiner Freundinnen gekommen, die selbst geschieden ist, nachdem sie sich verliebt hatte, und die jetzt glücklich mit ihrem neuen Mann zusammenlebt. Wenn du mich fragst, ist das schon mal ein Hinweis auf das, was du wollen könntest.« Sie sieht mich an: »Ich erinnere mich: die ganze herrliche Anfangsphase, mit dann und wann einem kleinen Tiefpunkt, dieses furchtbare Nichtwissen, das Hin und Her, die Angst, die Unsicherheit, das ist am schlimmsten. Wenn du das durchgestanden hast, wird es für kurze Zeit richtig heftig, und danach wird alles besser. So war's jedenfalls für mich. Die Angst liegt vor der Entscheidung.« »Aber ich mache mir Sorgen um die Kinder. Die haben da ja nicht darum gebeten.« »Für mich waren meine Kinder gerade der Grund, mich für ein anderes Leben zu entscheiden«, sagt Esther. »Mein Psychologe hat mir das klargemacht, dass ich, ohne es zu wollen oder auch nur zu merken, alles an sie weitergegeben habe. Meine ganzen Ängste, die ständigen Kämpfe, immer die Liebste und Fröhlichste zu sein, die Vorstellung von Liebe als einer Abmachung, an der es nichts zu rütteln gibt. Dabei profitieren sie auch davon, wenn ich mich für das Glück entscheide. Denn dann gebe ich ihnen Dinge mit, die ihnen dabei helfen, später zufriedene Menschen zu werden.« So was in der Art hat Eva auch gesagt, meine ich mich zu erinnern. Ich rühre in meiner Tasse, in der es nichts zu rühren gibt.

Wenn es nur Winter wäre, denke ich unwillkürlich. Ich weiß auch nicht, warum.

EVA

Ich bin bei Saskia zu Besuch. Sie hat mich einfach nicht mit ihrem Kollegen in Ruhe gelassen: Gert. Er ist schon fast zwei Jahre Single und auf der Suche. »Auch auf der Suche«, so hatte sie sich ausgedrückt. Er hatte von mir gehört und ein Foto von mir und Sas auf einer Feier gesehen und wollte mich anscheinend gerne treffen. Ihre Begeisterung war jedenfalls schon mal rührend. Viermal hatte sie mich deswegen schon angerufen. Bis ich Ja sagte, allein schon, um ihr einen Gefallen zu tun.

Wir treffen uns zum Aperitif bei ihr und gehen später zu viert etwas essen. »Und dann nehme ich an, werden wir auf einmal furchtbar müde«, hatte sie vorab gesagt und mir verschwörerisch zugezwinkert. Saskia ist lieb.

Ich sitze auf dem Sofa, einen Pastis in der Hand, als Gert hereinkommt. Seine blonden Haare stehen irgendwie wüst in alle Richtungen, er trägt eine hippe, schwere schwarze Brille, ein dunkles Hemd und eine Jeans. Im Profil ragt sein Bauch ungefähr fünf Zentimeter weiter vor als seine Nase, was weiter nicht schlimm ist. Er setzt sich auf einen Stuhl zu meiner Linken und bittet um einen Martini. Saskia bringt ihm das Getränk und sagt dann zu Karl: »Du, hilf mir doch mal mit den Häppchen, ja?«

Gert zieht mehrmals hintereinander seine Hose gerade.

Spürbare Stille. »Saskia hat mir schon viel von dir erzählt«, sage ich und finde mich selbst peinlich, weil ich mit so einem Klischee den Anfang mache. »Sie sagt, du seist ein netter Kollege.«

Ein kleines Kompliment, das kommt immer gut an. »Finde ich auch von ihr.« Er schaut sein Glas an. »Was genau machst denn bei dieser Firma?« »Ich bin Logistikmanager.« »Hört sich wichtig an«, sage ich. »Eigentlich ja, ein bisschen.« Er lacht dazu, geht nicht weiter darauf ein. »Ich selbst habe nie in einem privatwirtschaftlichen Unternehmen gearbeitet«, sage ich versuchshalber, »was gefällt dir denn daran?« »Es ist immer wieder eine Challenge, jeden Tag eine neue Chance, dich zu beweisen. Ich brauche den Stress und das Adrenalin.« Wieder grinst er. Dann kommt Saskia mit einem Teller Bruschetta zurück.

Das Gespräch zwischen uns vieren läuft wie von selbst. Wenn es für Sozialkompetenz Diplome gäbe, hätte Saskia sie alle.

Eine Stunde später brechen wir ins Restaurant auf. Saskia geht mit Karl ein Stück hinter uns. Es stellt sich heraus, dass Gert Amateurschauspieler ist. Ich sehe mich im Geiste schon viermal pro Jahr Komödien von Alan Ayckbourn oder so was in der Art schauen. »Interessant«, sage ich. »Und welche Rollen hast du bisher so gespielt?«

Gert hat das Restaurant ausgesucht, ein gemütlich-lauter Italiener. Der Besitzer begrüßt uns, als gingen wir dort jeden Tag essen. Bei den Damen lässt er seinen Charme spielen, den Herren gegenüber gibt er sich abweisend. »Hier ist es spitze«, sagt Gert und bietet mir galant einen Stuhl an. Dann setzt er sich, zählt alle Gerichte auf, die er hier schon gegessen hat und lecker fand. Ich nicke interessiert und wähle eine Vor- und eine Hauptspeise von seiner kleinen Liste. Zufrieden lächelt er in meine Richtung.

Während der Vorspeise zählt er seine sämtlichen beruflichen Erfolge auf. Dabei lässt er mich nicht aus den Augen, wie um zu prüfen, was mir am meisten imponiert. Später am Abend versucht Sas, das Gespräch auf mich zu lenken. Sie beweihräuchert meine Arbeit im Gefängnis. Woraufhin sich Gert erkundigt, ob ich es auch mit Mördern zu tun hätte. Und ob ich dann keine Angst hätte, wenn ich mit solchen Kerlen arbeiten müsse. Und ob sein Eindruck richtig sei, dass Kriminelle doch eigentlich in einer Art Luxushotel untergebracht seien. Saskia lächelt versöhnlich, fängt an, über Bücher zu reden. »Ihr seid beide richtige Leseratten«, sagt sie, als habe sich herausgestellt, dass wir beide identische Wundmale an derselben Stelle haben. Gert ist entzückt, dass wir die Liebe zu ein paar Schriftstellern teilen, und fängt an, Karl, einem absoluten Nichtleser, alle möglichen Plots aus den Büchern dieser Autoren zu erzählen. Die hat er sich offenbar bis ins kleinste Detail gemerkt. Sein Gesicht leuchtet auf, wenn ich etwas hinzufüge oder eine Frage stelle.

Als der Ober uns fragt, ob wir noch ein Dessert wünschen, sagt Saskia: »Ich bin auf einmal schrecklich müde, Schatz. Komm, wir gehen. Aber ihr müsst unbedingt noch zum Nachtisch bleiben, der ist hier einfach köstlich.« Karl nickt bestätigend und steht sofort auf, wie ihm vorab eingebläut worden ist. Er geht an die Theke, um ihren Teil der Rechnung zu bezahlen, kommt wieder an den Tisch, um uns zum Abschied zu küssen, und verschwindet dann in die Garderobe, wo ihre Jacken hängen. Saskia betont, was für ein wundervoller Abend es doch gewesen sei und dass er ja noch jung sei. Sie lacht über ihren eigenen albernen Scherz und eilt Karl hinterher.

Da sitzen wir nun, Gert und ich. »Ich nehme das Tiramisu«, sagt er. Ich bin froh, dass er nicht wieder mit einer Liste kommt. »Für mich keinen Nachtisch«, sage ich. Ich esse im Beisein von anderen nie Nachtisch, das erwähne ich aber nicht. »Dann sollen sie zwei Löffel zum Tiramisu bringen, du musst es wenigstens probieren.« Gert ist nett.

Wir sind die Vorletzten, die das Restaurant verlassen. Er will die Rechnung bezahlen, besteht darauf, als ich ihn davon abhalten will. Er hilft mir in die Jacke. Nichts verkehrt an Gert, denke ich. »Ich muss in die Richtung, und du?« Er schaut mich eindringlich an, als habe er dafür einen Kurs belegt. »Ich in die andere.« »Soll ich dich dann ein Stückchen begleiten?« »Wirklich nett von dir, aber das ist nicht nötig. Ich habe mal Karate gemacht. Mich vergewaltigt keiner.« Er schaut etwas verwirrt, fragt sich jetzt sicher, ob ich tatsächlich früher Karate gemacht habe. Dann fasst er mich bei den Schultern, kommt langsam mit seinem Gesicht näher, küsst mich. Erst Lippen auf Lippen, dann mutiger mit der Zunge. Küssen kann er eigentlich, finde ich. Vielleicht war das ja der einsamste Kuss ever, denke ich. »Darf ich dich anrufen?« »Natürlich«, sage ich, »das wäre schön.«

Ich gehe nach Hause, an der Gracht entlang. Das Wasser fließt schnell, als sei es in Eile. Ich hab's nicht eilig. Ich werde nirgends mehr erwartet.

LOU

Papa hat mal gesagt, Schuldgefühle seien sinnlos. Weil sie niemandem etwas bringen. Aber eine Sache verschwindet ja nicht einfach, bloß weil sie keinen Sinn macht.

Ich habe versucht, mich krank zu stellen, aber Mama ließ sich nicht erweichen. Das Thermometer sollte den Beweis erbringen, und währenddessen blieb sie neben mir stehen.

Zu Hause herrscht komische Stimmung. Mamas Blick ist leer. Und Papa ist noch nervöser als sonst. Früher haben sie sich auch schon regelmäßig gestritten, jetzt aber noch mehr. Und oft, wenn sie gerade miteinander reden, hören sie direkt damit auf, wenn sie Jack oder mich reinkommen hören. Ich fänd's schöner, wenn sie mit mir reden würden. Eltern haben davor anscheinend Angst, meine wohl besonders. Aber ich frage nichts. Ich hab selbst schon genug Probleme.

Zwei Tage nach meinem Gespräch mit dem stellvertretenden Schulleiter ist noch immer nichts passiert. Lisse wollte wissen, wieso er mich zu sich gerufen hatte, ich habe gesagt, ich hätte eine Strafarbeit für mein Schwänzen bekommen, was ja auch stimmte. Sie sah mich einigermaßen mitleidig an: »Vanessa hat dir, glaube ich, Benno nicht absichtlich weggeschnappt, aber ich versteh schon, dass du wütend bist.« Ich habe einen Kloß im Hals. Niemand darf so freundlich zu mir sein.

Im Unterricht kann ich mich überhaupt nicht konzentrieren. Beim geringsten Geräusch fürchte ich, dass die Tür aufgeht und jemand meldet, dass die Polizei unten auf Vanessa wartet. Und dass sie dann ins Jugendgefängnis muss. Sofort. Ohne sich von ihrer Familie zu verabschieden. Oder der Direktor kommt herein, um ihr zu sagen, dass sie ihre Sachen zusammenpacken soll, weil sie von der Schule fliegt, weil unsere Schule keine Diebe duldet. Während ich an solche Sachen denke, lächelt Vanessa mich ab und zu an. Das sieht echt gemeint aus.

Und dann, kurz vor Ende der letzten Unterrichtsstunde, klopft der Schulassistent an die Tür und bittet Vanessa, nach dem Unterricht zu ihm zu kommen. »Und wieso?« Auf den Mund gefallen war sie noch nie. »Ich warte im Flur auf Sie.« Vanessa hört nicht mehr auf das, was der Lehrer sagt, stopft ihre Bücher wütend in ihre Tasche. Ich tue, als würde ich etwas in meinen Kalender eintragen. Als es klingelt, räume ich im Schneckentempo meinen Tisch auf. Gleich kriege ich bestimmt Herzrhythmusstörungen wie die Religionslehrerin oder einen Panikanfall wie die Leute in amerikanischen Filmen oder spontanen Durchfall wie Papa, wenn er Pommes gegessen hat. Es ist die Hölle.

Sobald ich zu Hause bin, rufe ich Eva an. Sie geht dran, ist aber unterwegs zu einem Termin, sagt sie. Sie klingt irgendwie distanziert, für Evas Verhältnisse. »Nicht so wichtig, ich ruf dich später nochmal an.« »Sicher?«, fragt Eva. »Sicher«, sage ich und lege auf.

In der Nacht habe ich höchstens ein bis zwei Stunden geschlafen. Hunderte Szenarien bin ich im Kopf durchgegangen. In einem hat Vanessa mir das Gesicht zerkratzt. In einem anderen hat mich die ganze Clique mitten auf dem Pausenhof beschimpft. In noch einem anderen wurde ich auf tragische Weise von einem viel zu schnell fahrenden Auto erfasst, wodurch ich zwar starb, aber alle mir alles vergaben.

Ich bin wahrscheinlich das feigste Mädchen, das es je gegeben hat. Mit diesem Gedanken betrete ich das Klassenzimmer. Vanessa sitzt nicht an ihrem Platz. Ich schnappe auf, dass sie mit ihren Eltern gestern bei der Schülerbegleitung gewesen ist. Es herrscht eine Aufregung im Raum wie kurz vor einer Schulfeier. Alle fühlen sich wichtig und spielen sich entsprechend auf.

In der nächsten Pause sagt Jonas, ein seltsamer Junge mit roten Haaren: »Ich weiß, was Vanessas Problem ist.« Die Gruppe verstummt und schaut ihn an. Das ist ihm noch nie passiert, unruhig rutscht er auf seinem Stuhl hin und her. »Vanessa ist eine Kleptomanin. Das ist jemand, der stehlen muss, weil ihm das einen Kick gibt. Meine Mama arbeitet bei der Schülerbegleitung, sie war gestern bei dem Gespräch mit Vanessa und ihren Eltern dabei. Vanessa hat es selber zugegeben und geweint.« Ich hätte erwartet, dass so eine Geschichte vor allem Respekt einflößen würde, dass Vanessas Beliebtheit nur noch zunehmen würde, aber zu meinem Erstaunen sagt Lisse spontan: »Das find ich jetzt echt widerlich. Ich hab von ihr noch einen Pulli bekommen, einen lilafarbenen mit Glitzer drauf, den wird sie dann ja wohl auch gestohlen haben. Sie hat uns alle belogen.« In der Klasse entsteht ein derartiger Tumult, dass der Mathelehrer, der hereinkommt, die Klasse kaum in den Griff kriegt. Ich verstehe nicht so ganz, was gerade passiert. Die beiden sind doch beste Freundinnen, oder?

In der Mittagspause steht Vanessa wieder bei den anderen. Ich sehe von fern, wie sie und Lisse miteinander streiten. Der Rest gruppiert sich um die beiden herum. Ich halte mich fern. Irgendwann geht Lisse weg, ein Großteil der Mädchen geht ihr hinterher. Dorien und Nikka bleiben bei Vanessa stehen.

Vanessa muss sich darüber im Klaren sein, dass ich sie verpetzt habe, das geht nicht anders. Ich wünschte, ich wäre ein Maulwurf, der sich wegen ausnahmsweise verfrüht einsetzenden Winterschlafs in sein Loch verkrümelt, oder so was.

Abends zu Hause gehe ich nach unten, nachdem ich meine Hausaufgaben gemacht habe, und höre Eva mit gedämpfter Stimme mit Mama reden. Zum Umkehren ist es jetzt zu spät, sie haben mich sicher gehört. »Hey Spätzchen, weshalb hattest du mich denn gestern angerufen?« »Ach, nichts. Ist nicht mehr wichtig.« Eva schaut einfach nur. Eine Stunde später fragt sie, ob sie auf meinem Computer meine letzten Fotos einmal sehen dürfe. Als wir in meinem Zimmer sind, sagt sie: »Komm, mein Häschen, nun erzähl doch mal.« Zuerst traue ich mich nicht. Was wäre, wenn Eva mich dann auch für das schlechteste Mädchen der Welt hält? Das würde ich nicht ertragen. »Raus mit der Sprache, du kannst mir alles erzählen, das weißt du doch, oder?« Ich fange an zu flennen. In letzter Zeit benehme ich mich wirklich wie ein kleines Kind.

Ich erzähle es dann doch. Eva reagiert superklasse. Sie sagt, dass das von Vanessa auch wirklich nicht okay war, dass ich ihr vielleicht sogar in gewisser Weise geholfen habe, bevor sie von der Polizei erwischt wird, zum Beispiel, oder bevor sie richtige Probleme bekommt. Eva kann toll trösten. Auch wenn ich ihr nicht glaube. Sie muss schwören, meinen Eltern nichts davon zu erzählen.

Zwei Tage später steht Vanessa alleine auf dem Pausenhof. Alleine rumstehen ist das Schlimmste, was es gibt, wie ich weiß. (Außer natürlich, dass sie einfach so Tiere töten oder eine Hungersnot oder solche großen Dinge.) Auch wenn du so tust, als sei es nicht so schlimm, eigentlich weißt du: Das ist es eben schon.

Lisse kommt auf mich zu, um zu fragen, ob ich nicht zu ihnen kommen wolle. »Du hattest den besseren Riecher dafür, wie sie wirklich ist.« Das sagt Nikka. Die Überläuferin. Die haben immer die größte Klappe. In dieser Clique scheint keiner zu wissen, dass ich diejenige bin, die dem stellvertretenden Schulleiter die Sache erzählt hat. »Mach schon, Lou, komm zu uns.« Lisse schaut lieb, hakt mich unter, ich gehe mit.

Dieses Gefühl. Ich kann das gar nicht beschreiben. Als ob ich von innen faul bin und bloß ich riechen kann, wie das stinkt. Das geht bestimmt nie wieder weg.

Die Tage vergehen. Vanessa redet einfach nicht mit mir. Sie tut auch nichts. In keinem einzigen meiner hundert Szenarien kam das vor. Ich glaube, ich finde das noch schlimmer als alle anderen Varianten. Sie sucht die Gesellschaft der Jungs. Die finden natürlich immer noch, dass sie die größten und deshalb schönsten Brüste hat. Ich finde das sympathisch von der Welt, dass sie zu dosieren weiß. Die Jungs machen wett, was ihr die Mädchen genommen haben. Oder was sie sich selbst genommen hat, könnte man natürlich auch sagen.

Ich habe mir vorgenommen, zu ihr hinzugehen, mich aber nicht getraut. Ich habe versucht, einen Brief zu schreiben, aber alle Entwürfe landeten zerrissen im Mülleimer.

Also habe ich es einfach akzeptiert: Ich bin schlecht, wie der Mensch manchen Philosophen zufolge schlecht ist. (Das habe ich auch zu Eva gesagt. Sie findet, dass das nicht stimmt. Sie sagt, die Leute im Gefängnis zum Beispiel seien auch nicht schlecht, von einigen Ausnahmen abgesehen, auch wenn sie manchmal scheußliche Dinge getan haben. Wieso sollte so ein Prachtmädchen wie ich dann ein schlechter Mensch sein? So hat sie sich ausgedrückt. Aber ich weiß, dass das nicht stimmt.)

»Ich will die Schule wechseln.« Ich sage es abends bei Tisch, als Papa mal wieder zu Hause ist. Sie schauen mich an, als hätte ich gesagt, ich wolle unseren Nachbarn Fons heiraten (der ist mindestens siebzig). »Du wolltest doch auf diese Schule, du hast gute Noten, wieso solltest du jetzt irgendwo anders wieder ganz von vorne anfangen?« Papa guckt irritiert. Mama fragt neutral: »Also warum dann, meine Kleine?« Ich hasse es, wenn sie »meine Kleine« sagt. Ich stehe vom Tisch auf und laufe weg. »Frag doch Eva!«

Etwa eine Stunde später kommen Papa und Mama in mein Zimmer. Zu meinem Erstaunen sind sie nicht wütend auf mich. Dass Eva ihnen alles erzählt habe, sagen sie, und dass ich mir nicht so viele Sorgen machen solle. Dass sie keine Ahnung gehabt hätten, was los sei, und dass sie von Eva gehört hätten, dass ich sie angefleht hätte, ihnen nichts davon zu erzählen, ich aber doch wissen solle, dass ich immer zu ihnen kommen könne. (Ich habe nicht gesagt, dass sie nie zuhören, mir nicht und sich gegenseitig auch nicht. Ich habe auch nicht gesagt, dass regelmäßig streiten und zwischendurch nett zueinander sein noch etwas anderes ist als wirklich zu lieben, meiner Ansicht nach.)

Schließlich wurde entschieden: Ich darf die Schule wechseln. Wir werden noch sehen, welche. »Und dann Schwamm drüber und neu anfangen«, sagt Papa, als sei damit die ganze Sache abgehakt. (Schwamm drüber, das hört sich komisch an. Als hätte jeder eine Kreidetafel um den Hals, auf der alle Fehler notiert sind, und man bräuchte nur einen Schwamm, um alles zu vergessen. Wisch und weg!)

Mama und Papa sind jetzt wirklich nett zu mir, aber man kann eh nie wissen, was einer wirklich denkt. Vielleicht haben sie ja Albträume wegen mir, ihrem missratenen Problemkind. Oder vielleicht reden sie ja mit ihren Freunden darüber, die schon gute Töchter in die Welt gesetzt haben, dass sie wirklich Glück gehabt hätten oder so.

»Du musst jetzt noch ein wenig durchhalten«, meint Papa. »Das Schuljahr ist fast vorbei.« »Leben heißt immer durchhalten«, sage ich. Ich sehe, wie Papa erschrickt. »Meine kleine Drama-Queen«, sagt Mama. Und Papa lacht. Wie Papa eben immer lacht.

CASPER

Ich hänge in der Warteschleife, und das mag ich nicht.

Zu Hause fühlt sich alles so komisch an, als sei alles, was dort steht oder hängt, auf einmal um einen Zentimeter verschoben. Merel kaut wieder Fingernägel. Willem ist noch weniger zu Hause, als es Jungs in der Pubertät eh schon sind. Ich weiß nicht, ob eins mit dem anderen zu tun hat.

Gestern hatte Merel einen Tisch für zwei in dem angesagten Restaurant ergattert, in dem alle essen wollen, aber niemand es schafft zu reservieren. Sie hatte eine neue Bluse gekauft, ihr Haar hochgesteckt. Der Ober brachte ein Häppchen zum Aperitif. »Köstlich, nicht wahr«, sagte sie so stolz, als hätte sie es selbst zubereitet. »Absolut«, antwortete ich mit vollem Mund.
    Ich habe sie nach ihrem neuen Werk gefragt, den Kontakten mit Hamburg wegen der Gruppenausstellung, nach ihrem Gespräch mit ihrem Ex über Willem. »Wieso bist du so weit weg?«, fragte sie auf einmal. Ich wusste nicht, was ich darauf antworten sollte, und habe noch Wein nachbestellt.

Manchmal ist mir, als hätte ich schon Abschied genommen, ab und zu befürchte ich, den Fehler meines Lebens zu begehen. Wenn Willem mittwochnachmittags zum Beispiel auch für mich ein Sandwich mitgebracht hat oder wenn

Merel bedrückt die Spülmaschine füllt oder wenn ich mir das Foto unserer ersten gemeinsamen Reise ansehe, das in der Ecke hängt, über dem Foto von Willem als Baby: ich, die Hände in den Taschen, den Blick aufs Wasser, sie, hinter mir, den Kopf an meine Schulter gelehnt, die Hände in denselben Taschen, wilder Blick, genau in die Kamera. Schön sah sie da aus, so glücklich, wie Menschen sein können, die noch keinen großen Kummer erlitten haben.

Heute Mittag klingelt es an meinem Atelier. Ich gehe zum Gitter an der Straßenseite, da steht Merel. Ich lasse sie herein, erkundige mich, ob alles okay sei, sie reagiert nicht, geht mir voraus, und als ich auch drinnen bin, fängt sie an, mich abartig heftig zu küssen. Ich will etwas sagen, aber sie rauscht genauso schnell davon, wie sie hereingekommen ist. Eine halbe Minute später bekomme ich eine SMS von ihr: »Entschuldige. Hass mich bitte nicht.«

Und Elsie, wenn ich sie sehe, geht alles besser, direkt, immer, selbst wenn wir schwierige Gespräche führen, und das tun wir in letzter Zeit regelmäßig. Sie hat ja so viel Angst: Angst weiterzudenken, loszulassen, wehzutun, sich falsch zu entscheiden. Das finde ich einerseits schwierig, andererseits schön an ihr. Sie redet viel mit Walter seit dem einen Mal, als sie weggelaufen war. Er reagiert unterkühlt, sagt, dass sie midlife-mäßig verwirrt sei, dass das schon vorübergehen werde, dass sie ohnehin nicht ohne ihn sein könne, dass sie das selbst im Grunde sehr genau wisse und sie das außerdem den Kindern nicht antun könne. Über mich spricht sie nicht mit Walter.

Ich weiß nicht, was ich jetzt am besten tun soll, entscheide mich also für verständnisvoll und male ihr ein Bild. Sie musste die Augen schließen und durfte sie erst, als sie davor stand, öffnen. Sie hat es lange angeschaut, und mich dann so innig umarmt, als wolle sie in mich hineinkriechen.

Wenn andere über dein Leben entscheiden, fühlt sich das so unwirklich an. Bei Elsie geht das ja noch, aber mein Schicksal liegt auch in den Händen eines Ehemanns, dem ich noch nie begegnet bin. Ich war nicht gerne Kind, weil andere dann über einen entscheiden: wann es Zeit ist, ins Bett zu gehen, wann man in die Wanne soll, wie viel man naschen darf, was man zu essen bekommt oder ob man sich mit Freunden treffen darf oder nicht. Ich habe immer versucht, solche Dinge zu umgehen: indem ich mit einer Taschenlampe nach der Schlafenszeit unter der Decke las, indem ich mich absichtlich extradreckig machte, wenn ich Lust auf ein Bad hatte, indem ich Süßigkeiten aus dem Schrank klaute, wenn gerade keiner in der Nähe war, indem ich eine Zermürbungsschlacht anfing, wenn meine Mutter Rosenkohl gekocht hatte. Ich durfte nicht vom Tisch aufstehen, bis ich ihn aufgegessen hatte, also blieb ich sitzen, notfalls bis in alle Ewigkeiten. Egal, wie wütend meine Eltern auch werden mochten und mit welchen schlimmen Dingen sie mir drohten, irgendwann fanden sie immer, dass es Zeit wäre ins Bett zu gehen. Lasst mich nur machen, dachte ich damals, und jetzt stehe ich hier.

Das Leben ist seltsam, das habe ich schon immer gefunden, doch jetzt finde ich es seltsamer denn je.

9

ALS OB HEULEN GEGEN IRGENDWAS HELFEN WÜRDE

EVA

Ich bin heute nicht zur Arbeit gegangen. Habe mich krankgemeldet. Ich habe mich auf eine Bank an einer belebten Straße gesetzt. Das Gewusel fühlen, das wollte ich. Eine alte Frau kommt langsam auf die Bank zu. »Darf ich mich setzen?«, fragt sie, während sie Platz nimmt. Ihre Hände ruhen auf ihrem Spazierstock. Die Finger krumm vom Rheuma.

»Ich bin so alleine«, das sagt sie. Einfach so. Ohne Einleitung. Ich weiß nicht, wie ich reagieren soll. Ich lächele, aber sie blickt starr zu Boden. »Ich hatte einen Hund, Marcel, nach dem Mann vom Zeitungsladen benannt, der hatte auch so einen Kopf. Das war mein kleiner Kamerad. Das hört sich jetzt vielleicht albern an, aber die Liebe, die so ein Tier geben kann, das ist einfach unglaublich. Ich habe ihn im Sommer einschläfern lassen. Magenkrebs, das arme Tier hielt es vor Schmerzen kaum noch aus. Nehmen Sie sich doch einen neuen Hund, sagt Marcel vom Zeitungsladen, aber das kann ich doch nicht machen? Ich gehe auf die achtzig zu. Wer wird sich um ihn kümmern, wenn ich sterbe?« »Eins Ihrer Kinder vielleicht?«, rate ich. »Ich habe keine Kinder, bin nie verheiratet gewesen. Nicht dass ich nicht gewollt hätte, aber mich wollte anscheinend keiner. Ja, alle meine Schwestern, eine nach der anderen fanden einen Freund und ging aus dem Haus. Sogar Annie, und bei der hatten meine Eltern immer gefürchtet, dass sie nie unter die

Haube käme. Und auf einmal war ich dreißig, und alle guten Männer waren vergeben. Ob das einfach nur Pech war, oder habe ich etwas falsch gemacht? Keine Ahnung. Obwohl ich nicht mal unattraktiv war, früher. Schönes langes blondes Haar und volle Lippen.« Sie sieht einem Hund nach, der vorbeiläuft. »Ich finde es furchtbar, wenn Leute ihren Tieren Kleider anziehen.« Sie seufzt laut. Dann sagt sie: »Du hast auch schöne Lippen.« Eine Weile sagt keine von uns etwas. »Einsamkeit höhlt einen aus, von innen her.«

Und dann, wie aus dem Nichts. »Bist du denn glücklich?« Sie sieht mir in die Augen. »Ich versuch's, glaub ich.« »Versuchen ist gut«, sagt sie. »Erst recht, wenn man jung ist.« »Ja«, sage ich. Sie legt ihre Hand auf mein Knie. Dafür muss sie sich ziemlich strecken. Sie kneift kurz hinein. Dann stemmt sie sich mit dem Stock hoch. »Das wird schon bei dir«, sagt sie. »Das sehe ich.« Ich versuche, mir etwas Nettes einfallen zu lassen: »Ich glaube…« Meine Stimme versagt, ich muss schlucken, kapiere selbst nicht, warum. »Im Ernst, das wird schon bei dir, da bin ich mir sicher.« Dann lächelt sie, zum ersten Mal. »Wiedersehen, Kind.« Sie dreht sich um und spaziert davon, unendlich langsam.

JOS

Es war der 2. Oktober, Jeannes Geburtstag. Fünfundsechzig wurde sie, eine runde Zahl. Sie liebt ja Aufmerksamkeit und Trubel, also musste das entsprechend gefeiert werden, fand sie. Sie hatte einen schweineteuren Koch engagiert, obwohl ich immer noch meinen von früher hätte fragen können, zu einem Freundschaftspreis. Dann eben nicht. »Es ist meine Feier, nicht deine«, sagte sie, die immer das Bedürfnis hatte, in einem möglichen Streit vorn zu sein. »Und er ist wenigstens ein wirklich guter Koch.« Ich habe so getan, als könne ich nicht zwischen den Zeilen lesen. »Kein Problem, Papa wird's schon bezahlen.« Nun tat sie ihrerseits so, als hätte sie nichts gehört. Und so kabbelt eine Ehe dahin.

Ben mit seiner Frau Machteld und seinem Sohn Tristan, einem putzigen Zweijährigen, sind die Ersten. Als ich die Tür aufmache, streckt Tristan mir die Arme entgegen. Keine Ahnung, womit ich das verdient habe, er sieht uns wirklich nicht oft. Jeanne guckt enttäuscht. »Opa muss sich erst mal setzen«, sage ich. »Du bist nämlich viel zu schwer.« »So ein komischer Opa, komm du nur zu deiner Oma. Die wird dich schon auf den Arm nehmen.« Der Kleine kräht, ich bin ihm dankbar.

Kurz darauf kommt Eva an. Sie hat ein Geschenk dabei, eine große Kiste in glänzend blauem Einpackpapier mit einer Silberschleife drum herum. »Das ist von uns allen, deswegen schlage ich vor, wir warten mit dem Öffnen, bis wir vollzählig sind.« Jeannes Augen funkeln mit dem Papier um die Wette. Jeanne liebt große Geschenke. Ich frage mich, in welchem Schrank wir das noch unterkriegen werden. Schließlich kommt auch Elsie an. Eine halbe Stunde später als die anderen. Pünktlichkeit war noch nie ihre Stärke. Ein Glück, dass sie fürs Theater arbeitet. In der Branche kommt es auf eine Viertelstunde früher oder später nicht an, nehm ich mal an. Sie hat Jack und Lou mitgebracht, Walter ist nicht dabei. »Er musste ins Krankenhaus.« Jack will etwas dazu sagen, hält sich aber zurück, als sein Blick den seiner Mutter kreuzt. »Ach wie schade«, sagt Jeanne. »Ben hat auch viel zu tun, aber er richtet es wenigstens ein, dass er am Geburtstag seiner Mutter da ist, nicht wahr?« Ben lächelt unbeholfen. »Wenn Walter nicht zur Arbeit geht, gibt es möglicherweise Tote, aber wenn du deinen Geburtstag wichtiger findest als Menschenleben, rufe ich ihn gerne für dich an.« Jeanne tut, als habe sie das nicht gehört, und kitzelt Tristan, der vor Vergnügen quietscht. »Darf ich ihn mal nehmen?«, fragt Lou. »Natürlich, Kind. Aber erst kriegt deine Oma einen Geburtstagskuss.« »Wollen wir im Garten mit dem Ball spielen, Tristan?« »Nein, draußen ist es viel zu kalt«, ruft Machteld. Sie verzieht den Mund, als sie merkt, dass Ben etwas anderes sagen will. Doch auch er hält lieber den Mund.

Jeder sucht sich einen Platz, der Koch geht mit Löffelhäppchen herum: »Tatar von Jakobsmuscheln und Lachs.« Ich habe diese rohen Sachen nie so gemocht, aber den Kindern schmeckt es, sagen sie. »Ja«, schnattert Jeanne, »euer Vater hielt es für übertrieben, aber ich hatte keine Lust, alles selbst vorzubereiten. Ich wollte den Tag einfach genießen können.« Ich kann dieses Wort nicht ausstehen. »Du wirst ja nur einmal fünfundsechzig«, bestätigt Ben, in einem Ton, als sage er etwas, das wir nicht alle schon wissen.

Der Aperitif dauert ewig. Fünf Häppchen serviert der gute Koch. Fünf. Jedes nur einen Fingerhut groß. Dabei möchte ich einfach nur an den Tisch.

Wir essen, trinken guten Wein dazu. Zwischen Vor- und Hauptspeise liest Jack ein Gedicht vor, das Lou geschrieben hat. Extra für Oma. Applaus. Zwischendurch gehen alle Augen auf Tristan, der mit größter Begeisterung wirklich alles fröhlich wegfuttert, auch das Oktopus-Carpaccio und den Rochen in pikanter Senfsoße und die Herzmuscheln. »Das kulinarische Interesse hat er von seinem Großvater«, sage ich. Da lacht der kleine Kerl, weil er weiß, dass ihn alle ansehen. »Und er ist ein Showman, das hat er von seiner Oma«, sagt Jeanne rasch.

Dann wird es Zeit für den Nachtisch. Der Chefkoch fordert uns auf, uns selbst von einem Dessertbüfett zu bedienen. Wir können aus fünf verschiedenen Dingen wählen. Er hat sich ganz schön ins Zeug gelegt. Ich bitte um Kaffee, der Rest bedient sich. Während Eva vorschlägt, sich mit Lou ein Stück Schokoladentorte zu teilen, sagt Jeanne: »Fühl dich bitte nicht verpflichtet, einen Nachtisch zu nehmen, Eva. Außerdem gibt es auch ein Maracujasüppchen mit Joghurt, das ist ganz leicht, das habe ich extra für dich bestellt.« Lou schaut Eva an, Eva sagt nichts, nimmt sich neben dem halben Stück Torte auch ein wenig von dem Süppchen mit dem Joghurt und setzt sich wieder an den Tisch.

Als wir alle Platz genommen haben, sehe ich, dass Elsie sich anschickt, etwas zu sagen: »Was fällt dir eigentlich ein, Mama?« Jeanne schaut wie vom Schlag getroffen. Diesen Blick hat sie ein ganzes Leben lang geübt. »Wie bitte?« »Was du da gerade zu Eva gesagt hast.« »Ich will doch nur helfen«, sagt Jeanne entrüstet. »Du hast doch selbst gesagt, dass du hoffst, dass sie im neuen Jahr endlich mal wieder einen Freund findet.« »Das habe ich absolut nicht so gesagt, und das weißt du genau.« »Ist nicht schlimm«, sagt Eva. »Außerdem feiern wir doch heute«, sage ich vorsichtig. Ausbrüche an einem Tag wie diesem kann doch niemand wollen.

Lou sagt zu Jack und Tristan: »Lasst uns nach oben gehen und ein bisschen fernsehen, okay?« Die Jungs gehen hinter ihr her. Ich denke an den Koch, stehe auf und mache die Küchentür zu.

»Das ist sehr wohl schlimm, Eva. Du gibst dir von uns allen die meiste Mühe mit ihnen, und was kriegst du dafür? Seitenhiebe. Das ist nicht okay.« »Niemand verteilt hier Seitenhiebe«, sage ich. »Jedenfalls nicht mit Absicht.« »Und du solltest langsam mal damit aufhören zu tun, als sei alles in Ordnung. Hier ist jede Menge nicht in Ordnung. Schon seit wir uns erinnern können. Und alle hier am Tisch wissen das, aber alle schweigen, beschwichtigen oder tun einfach so, als wäre nichts.«

Jetzt mischt sich Ben ein: »Ach Elsie, Mama meint es doch nur gut. Und Eva weiß das auch, nicht wahr, Eva?« Ben sieht zu Eva hinüber, als erwarte er Zustimmung, die allerdings ausbleibt. »Und das mit einem Freund, das wird sich bald ändern, da habe ich gar keine Zweifel. Du bist schließlich nett und klug. Das Äußere ist ja nicht alles.« Eva starrt ihre Serviette an. »Herrgott, Ben!«, sagt Elsie. »Wissen sie eigentlich, dass du in Therapie bist, Eva, und was die Therapeutin vermutet? Wissen sie hier eigentlich, dass du dich an kaum etwas aus deiner Kindheit erinnerst, weil die so verflucht schmerzhaft war, dass dein Gehirn von selbst den Erinnerungsmodus ausgeschaltet hat?« »Eva konnte sich noch nie gut was merken. Das war in der Schule auch schon ein Problem. Du hattest immer Einsen und Eva eher Dreien«, sagt Jeanne. »Eva hat einen Uniabschluss, Mama. Wer studieren kann, hat mit seinem Gedächtnis kein Problem. Hör um Himmels willen ein einziges Mal auf, um den heißen Brei herumzulabern.«

In dem Moment bricht Jeanne in Tränen aus: »Na prima, ich mache anscheinend immer alles falsch. Sogar an meinem Geburtstag!«, schluchzt sie. »Ich bin anscheinend eine schlechte Mutter.« Sie schnäuzt sich umständlich, sucht die Blicke der anderen. Jetzt müsste dem jemand widersprechen, spüre ich. Ben sagt nichts, streicht Jeanne aber über den Rücken. Ich bin froh, dass ich ganz am anderen Ende des Tisches sitze.

»Und mit diesem ständigen Rumgeheule, diesem endlosen Sich-in-Selbstmitleid-Suhlen, damit machst du's dir ganz schön einfach.« »Darf ich jetzt noch nicht einmal mehr weinen, wann es mir passt? Ich bin schließlich auch nur ein Mensch!« Ich sehe, dass Jeanne immer hilfesuchender zu mir herüberschaut. Mir ist klar, dass ich jetzt unbedingt etwas sagen muss, aber mir fällt einfach nichts ein. »Weißt du was?«, ruft Elsie. »Ich werd dir mal einen Grund zum Heulen geben: Ich werde mich wahrscheinlich scheiden lassen. Bitte sehr, jetzt ist es raus. Jetzt kannst du an mir herummeckern statt an meiner Schwester.« Jeanne sagt nicht sofort etwas, heult jetzt nur noch lauter, mit tiefen Schluchzern. »Eine geschiedene Tochter in der Familie, wie soll ich das nur den Leuten erklären?« Ben macht ein besorgtes Gesicht: »Wirklich, Elsie?« »Es ist noch nichts entschieden, aber Walter und ich reden nun schon seit Wochen und streiten uns, und es sieht ganz danach aus, ja. Walter ist ein guter Mensch, aber ich befürchte so langsam, dass ich mir damals den Falschen ausgesucht habe. Was wusste ich schon von der Liebe, als ich Walter begegnet bin? Zu Hause hatte ich jedenfalls kein Vorbild! Ich brauchte vor allem einen Mann, der mich aus alldem hier herausholt.« »Elsie, jetzt übertreibst du aber!«, widersetze ich mich vorsichtig, weil mich Jeanne so langsam mit Blicken durchbohrt. »Deine Mutter und ich...« »Übertreiben? Ich hab mich noch zurückgehalten.« Jeanne schluchzt und stottert: »Klar, gib uns nur ruhig die Schuld für dein Versagen oder besser: mir. An allem ist ja immer die Mutter schuld. Auch, dass Eva dick ist und dass dein Vater säuft und dass Ben es weiter gebracht hat als ihr beide zusammen. Habe ich noch was vergessen?«

Da fängt auch Eva an zu weinen. Ganz leise. Machteld steht auf und geht zur Toilette. Die CD ist zu Ende, der Koch klappert in der Küche mit Töpfen und Pfannen.

»Du kannst von mir halten, was du willst, aber ich bin wenigstens bei deinem Vater geblieben. Obwohl das die Hölle gewesen ist. Die reinste Hölle, nicht mehr, nicht weniger. Ich wollte es euch nie antun, Kinder aus einer zerbrochenen

Familie zu sein. Und was bekomme ich dafür? Einen Tritt in den Hintern. Ich bin gespannt, was Lou und Jack dir an den Kopf schmeißen werden, an deinem fünfundsechzigsten. Mal sehen, ob das so viel angenehmer wird.« Ben holt Luft, als wolle er etwas sagen, schweigt dann aber doch weiter. Über Evas Gesicht rollen dicke Tränen.

Ich raffe noch einmal meinen ganzen Mut zusammen: »Elsie, du bist offenbar unglücklich, aber ...« Doch Jeanne unterbricht mich: »Nein, reagier dich ruhig an deiner Mutter ab, wenn's dir hilft, lass es ruhig raus. Setz ruhig noch einen drauf. Nach fünfundsechzig Jahren Kummer und Sorgen. Am Tag meiner Feier. Nur zu!« Jeannes Make-up ist verschmiert. Schwarze Rinnsale unter den Augen. Und rote Flecken im ganzen Gesicht, den Hals hinunter, wie immer, wenn sie sich aufregt. »Eins möchte ich aber noch hinzufügen: Ihr habt ja keine Ahnung, was ich mit einem Vater wie eurem alles habe aushalten müssen. Wie er ...«

Ab da höre ich nicht mehr hin. Diese Monologe kenne ich zur Genüge. Der Titelsong jeden Tages in Jeannes Leben, der nicht gelingen will. Ich stehe auf, gehe durch die Küche in den Garten. Ich brauche jetzt eine Zigarette. Es ist ein schöner Abend. Meine Zigarette glüht rotorange, wenn ich daran ziehe, die Lunge fülle. Da und dort gehen Lichter an, weißliches Licht fällt durch die Fenster. Ob es dort gemütlich ist? Ein paar Gärten weiter spielen noch Kinder, sie jubeln, weil einer ein Tor geschossen hat. Karel war ein guter Fußballer. Ich erinnere mich an das eine Mal, als er das entscheidende Tor geschossen hat, wodurch die Mannschaft von unserer Straße gegen die der Straße hinter uns gewann.

Wir haben Karel auf unseren Schultern die Straße auf und ab getragen, mit viel Lärm. Er war stolz wie Oskar. Ich muss plötzlich lächeln, als ich daran denke. Erinnerungen können ...

Facing the brutal facts, nennt Elsie das. Doch was soll das bringen? Wenn man es auch ruhig angehen lassen und hinterher wieder nach Hause gehen kann?

Eigentlich habe ich keine Lust mehr hineinzugehen, aber dann wird mir doch kalt. Und in meinem Alter sollte man ein wenig auf seine Gesundheit achten. Im Wohnzimmer höre ich meine Frau und die Kinder, die ich mit auf die Welt gebracht habe. Sie sind lauter als sonst. Und leiser.
  Der Koch sucht meinen Blick. Er hat die Küche aufgeräumt. Ich frage ihn, ob er uns die Rechnung bald zukommen lassen wolle und ob ich ihm beim Einladen helfen solle. Ich hoffe, dass er Nein sagt, denn ich muss an meinen Rücken denken. Das tut er auch.

Ich will mich gerade aufs Sofa statt an den Tisch setzen, als sich Elsie plötzlich wieder an mich wendet: »Und du? Schweigst jahrelang, obwohl du Victor im Suff zum Krüppel gefahren hast. Und dann hast du dich mit einem Taschengeld freigekauft und einfach weitergesoffen, dein Leben lang. Was bist du denn eigentlich für ein Mensch?« Da wird es auf einmal mucksmäuschenstill am Tisch. Eva sieht weg. Jeanne schaut erstaunt. »Was hat euer Vater ...« »Eva hat es mir erzählt, als ich ihr von der Szene auf Onkel Karels Beerdigung berichtet habe, die er vor Imelda abgezogen hat und die ich nicht kapiert habe.« »Mensch, Elsie, das war so nicht abgemacht.« Eva sagt das ganz behutsam. »Von den ganzen Abmachungen hier wird mir noch ganz übel.« Darauf Jeanne: »Ich weiß ja nicht, was Papa gesagt haben soll, aber im Suff bildet er sich manchmal Sachen ein. Ich kann nicht glauben, dass ...« »So was bildet man sich doch nicht ein, Mama, nicht mal unser Vater! Aber dass du mal wieder den Kopf in den Sand steckst, war ja zu erwarten.« »Klar, du weißt ja immer alles besser, das war schon immer so. Wie du jetzt angeblich auch weißt, was das Beste für deine Ehe ist, während jeder normale Mensch doch sieht, dass du verrückt sein müsstest, um so eine gute Partie aufzugeben. Walter ist Arzt, ein Mann, der Leben rettet. Und bevor du so einen entscheidenden Schritt machst, frag dich doch erst einmal, ob du noch jemand anderen finden wirst, in deinem Alter und bei dem Charakter. Ist doch wahr!« Dazu gestikuliert sie wild in der Gegend herum.

Da steht Elsie auf, geht ohne noch ein Wort zu sagen in den Flur und ruft nach oben: »Lou, Jack, kommt ihr, wir gehen!« Sie sucht die Jacken der Kinder, zieht ihre schon einmal an, dann sagt sie unterkühlt: »Ich weiß eigentlich wirklich nicht mehr, warum ich noch hierherkomme. Darüber muss ich mal gründlich nachdenken.« Ben startet noch einen Versuch: »Ach komm schon, Schwesterherz, setz dich wieder hin, trink noch ein Glas Wein mit uns! Wir sind doch eine Familie, Familien können alles ausdiskutieren.« Elsie lacht fast zynisch. Dann sind die Kinder da. Lou gibt Tristan wieder an Ben. »Kommt, wir gehen.« Die Kinder wollen jedem noch einen Abschiedskuss geben, aber Elsie sagt: »Winken reicht, wir müssen jetzt los.« »Aber wieso denn?« Jack stellt sich quer. »Keine Widerworte, Jack.« Die Tür fällt hinter ihnen ins Schloss.

»Oma weinen?«, fragt Tristan. »Nein, nein«, sagt Ben, »Oma ist nur ein bisschen erkältet.« »Bei Opa? Hoppe, hoppe?«, versucht es der Junge. »Komm mal zu Mama«, sagt Machteld. »Wir sollten auch mal lieber nach Hause gehen, Ben, sonst ist morgen mit Tristan wieder nichts anzufangen.« Ben lächelt entschuldigend, sucht dann ihre Sachen zusammen. Ich versuche, Evas Blick zu erhaschen, aber sie schaut mich nicht an, sondern räumt den Tisch ab. Ich stelle mich hinter Jeanne, die reglos auf ihrem Stuhl sitzen bleibt, kneife ihr kurz in die Schulter. Ihr ganzer Körper verkrampft sich. Wie soll ich nur …

Also setze ich mich wieder hin, schalte den Fernseher an. Es läuft ein Film mit Bill Murray. Murray sitzt in der Badewanne, irgendwo in einem Hotel, und telefoniert mit seiner Frau, die zu Hause bei den Kindern ist. Er sagt, er fühle sich völlig verloren und dass er dringend gesünder essen wolle. Woraufhin sie fragt: »Should I worry about you?« Darauf er: »Only if you want to.« Sie sagt, dass sie noch rasch dies oder jenes erledigen müsse, und legt dann auf. Sie ist auf dieses besonders geistreich formulierte Lechzen nach Aufmerksamkeit nicht eingegangen. Bill Murray schaut die Wand an.

Ben, Machteld und Tristan verabschieden sich. »Wir finden schon hinaus.« »In Ordnung, mein Junge, seid gut zueinander. Tschüss, Tristan!« Ich streichle meinem Enkel über den Kopf. Dann brechen sie auf.

In der Ferne höre ich, wie Eva die Teller und Gläser abwäscht. Jeanne hat sich weinend in der Toilette im Flur eingesperrt. Wie ich sie kenne, kann das noch ein Weilchen dauern. Da sitze ich nun, im Wohnzimmer, das ich gekauft habe, lange her, noch vor Elsies Geburt. Jeanne hat die Garnitur schon zigmal austauschen wollen. Die Leute werfen die Sachen zu schnell weg, finde ich.

In der Zwischenzeit läuft Bill Murray irgendwo in Japan herum, begleitet von einem blonden Mädchen, das ich nicht kenne. Sie sind kein Paar, scheint mir, aber so was von zusammen. Das ist...

So müssen sich Katzen fühlen, wenn sie einen Haarballen in der Kehle haben. Aber ich vergieße keine Träne. Als ob Heulen gegen irgendwas helfen würde.

EVA

Es ist Mittag. Wie spät genau, weiß ich nicht. Ich liege bäuchlings auf der Matratze, die Arme gespreizt, die Beine gespreizt, die Decke bis zur Nasenspitze, ein Kissen halb über dem Kopf. Ich schaue nach links, wie durch eine Röhre sehe ich meine Hand mit dem Ring am Finger, den ich mal von Lou geschenkt bekommen habe. Ich sehe einen Teil des Zimmers, gelbliches Herbstlicht, das durch die Spalten neben der Jalousie hereinfällt. Oktober ist ein unterschätzter Monat, sagt mein Vater immer.

Ich spüre meinen Herzschlag, da wo das Herz sitzt und höher, bis zum Hals hinauf. Ich höre meinen Atem, ein und aus, ziemlich schnell. Ich denke eine Menge. Unter anderem, dass ich aufstehen muss. Dass ich anfangen muss. Den Tag in Angriff nehmen.

Das Telefon klingelt. Es ist Elsie. Ihr Foto erscheint auf dem Display. Große Augen, tief gebräunt, knalliger Lippenstift. Ich gehe nicht ran.

Ich muss an vor ein paar Tagen denken. Ich war nach der Arbeit auf dem Weg zu einem Geschäft, da sehe ich plötzlich einen Schwarzen in verschlissener Kleidung auf einer Bank liegen. Er hat keine Jacke an, seine Jeans ist dreckig, seine Sportschuhe abgelaufen. Irgendwas kommt mir bekannt vor. Ich gehe näher heran. Es sieht aus, als schlafe er, jedenfalls sind seine Augen zu. Als ich mich über ihn beuge, erkenne ich ihn: Henri. Ich zögere, berühre ihn dann sachte am linken Arm. »Henri?« Reflexhaft packt er mich am Handgelenk und schießt hoch. »Henri, ich bin es, Eva.« Er schaut benommen, knurrt. Dann hellt sich sein Blick auf, meine ich zu erkennen. »Ich bin's, Eva.« Aber er stößt mich weg, grob. Er ruft: »Get the fuck out of here, you ugly cunt!« Er dreht mir den Rücken zu, legt sich wieder hin. »Belästigt sie dieser Mann?«, fragt ein Junge im Vorbeigehen. »Nein, schon gut, aber danke.« Freundlichkeit kommt immer von unerwarteter Seite.

Ich denke ans Gefängnis, daran, wie ich mal zu einem Kollegen sagte: An dem Tag, an dem ich nicht mehr glaube, dass genug Häftlinge wieder auf die Beine kommen, höre ich auf.

Ich denke an einen Studientag im Gefängnis in Rotterdam. Anschließend nahm ich ein Taxi zum Bahnhof. Der Fahrer stammte aus dem Irak, wo er Biologieprofessor gewesen war. Seine Töchter studierten hier beide Medizin. Er sah nicht froh aus, als er das erzählte. Ob er denn nicht lieber etwas anderes tun würde als Taxi fahren, wollte ich wissen. »Offenbar finden die Niederländer, dass das das Einzige ist, was ich kann«, antwortete er. Er versuchte zu lächeln. Es gibt so vieles, das ich schlimm finde und woran ich nichts ändern kann, dachte ich, als das Taxi zum Stehen kam.

Er war ein schöner Mann, der irgendwie etwas Aristokratisches an sich hatte. Ich gab ihm zehn Euro Trinkgeld und fühlte mich schon schlecht, als ich es ihm reichte. Ich gab einem Mann, der in seinem früheren Leben Ansehen genossen und Format gehabt hatte, zehn mickrige Euro. Ich stieg aus, ging weiter, drehte mich noch einmal um. Er hatte den Motor nicht gestartet. Er sah mich an und winkte.

Ich denke an Elsie. Meine Schwester. Meine liebe, ängstliche Schwester. Meine starke Schwester. Meine Schwester, der die Welt zu Füßen liegt. Das heißt, Casper, was fast dasselbe ist. Irgendwann wird sie das schon noch einsehen. Wenn sich herausstellt, dass es einfach nicht vorbeigeht. Jedenfalls hoffe ich das.

An das eine Mal, als ich sechs verschiedene Hosen anprobierte und nichts kaufte, weil ich fand, dass mir keine davon stand. Ich erinnere mich an den Blick der Verkäuferin: eine Mischung aus Mitleid und Verärgerung.

An Gerts Nachrichten auf meinem Anrufbeantworter. Die erst gut gelaunt, dann weniger gut gelaunt und schließlich schlichtweg enttäuscht geklungen hatten. Schon wieder jemand, den ich unglücklich gemacht habe. Das müsste ich geradebiegen, denke ich.

An Lou, die mich mal gebeten hat, ob sie ein Lied auf meinem iPod anhören dürfte. Mit Grübchen in den Wangen belauschte sie dreimal alle Stücke, die ich ihr empfohlen hatte. Lou ist wirklich ein schönes Mädchen. Erst recht, wenn sie fröhlich ist. Als sie sie zu Ende gehört hatte, sagte sie, dass sie glaubte, kein Junge würde sie je küssen wollen. Ich sagte, ich sei vom Gegenteil überzeugt. Und dass der Moment bestimmt auch nicht mehr lange auf sich warten lassen würde.

Wie sich das denn angefühlt habe, als ich zum ersten Mal einen Jungen geküsst hatte, wollte sie von mir wissen. »Das war fantastisch!«, sagte ich. »Viele Himmel über dem Siebten.« Darüber musste Lou dann wieder lachen.

An einen meiner Freunde, der mal in einer Rede gesagt hatte: »Vergiss nicht, dass alles, wofür es eine Lösung gibt, nicht interessant ist.« Und dass ich das schön fand. Und dass ich auch dachte: So was sagt sich nur dann so leicht, wenn man für genug Dinge Lösungen gefunden hat.

An den Blick meines Vaters, wie er so dasaß. Als sei jetzt alles für immer dahin. Als gäbe er jetzt noch mehr auf, als er es ohnehin immer getan hatte.

An meine Mutter, an die Tochter, die ich bin. Nicht die, die sie gewollt hat.

An lange her, damals, mit ihm. Als ich so glücklich war. Über die Liebe. Und sogar über mich selbst, dann und wann, wenn ich bei ihm sein konnte. Als sei ich die ganze Welt, ich alleine. Oder besser: sechs gerade erst geborene Kätzchen, eng aneinandergeschmiegt. Ein randvoll gefülltes Glas. Ein riesiges Feuer, das laut vor sich hin knistert.

An früher. Ich erinnere mich nicht an vieles, aber haarklein an den Augenblick, als ich mein BMX-Rad bekam. Ich habe ihnen ewig damit in den Ohren gelegen. Und auf einmal, zu meiner Freude und Überraschung stand da an meinem achten Geburtstag: ein funkelnagelneues BMX-Rad. Rot, mit silbernen Buchstaben. Ich glaube nicht, dass ich mich je mehr über ein Geschenk gefreut habe. Nach nur zwei Wochen konnte ich auf einem Rad fahren. Ben hatte mir das beigebracht. Ich heizte oft über den Parcours hinter der Kirche, ganz in der Nähe. Manchmal war ich sogar schneller als manche Jungs.

Eines Tages ging ich nach der Schule zur Garage, um mein Rad rauszuholen, und was sehe ich? Kein BMX-Rad. Panik. Ich rannte in die Küche: »Mein BMX-Rad ist weg!« »O ja«, sagte meine Mutter, ohne sich zu mir umzudrehen, »das hab ich dem Gärtner mitgegeben, für seinen Sohn. Ich fand ein BMX-Rad doch eher was für Jungs.« Sie ließ eine Kartoffel ins Wasser fallen. Mir war klar, das war alles an Erklärung, was ich kriegen würde. »Habe ich etwas falsch gemacht? Soll das eine Strafe sein?« »Nun mach mal kein Drama draus, Eva. Ich habe schon wieder seit drei Tagen am Stück Migräne.«

Als Elsie nach Hause kam, habe ich ihr die Sache erzählt. »Tja, du kennst doch unsere Mutter«, sagte sie bloß und lief die Treppe rauf in unser Zimmer.

Ich drehe mein Gesicht auf die andere Seite. Schließe die Augen. Entweder fühle ich jetzt zu viel oder überhaupt gar nichts, denke ich. Ich bin mir da nicht so sicher.

Gleich werde ich aufstehen, denke ich. Gleich.

ELSIE

Casper: Halt mich mal so richtig fest, dann kann ich das auch mit dir machen.

Elsie: Werden wir das hier wirklich tun?

Casper: Ja.

Elsie: Werden wir das denn können? No matter what?

Casper: Zusammen schaffen wir alles.

Elsie: Und was, wenn ich hinterher vor Kummer und Schuldgefühlen krepiere? Oder wenn die Kinder damit überhaupt nicht zurechtkommen? Wenn sich hinterher herausstellt, dass ich das nicht kann, ein Leben in Unsicherheit?

Casper: Dann halte ich dich fest, bis es dir wieder besser geht, bis sich der Boden unter deinen Füßen fester anfühlt, und wenn's nicht anders geht, verpasse ich dir auch mal einen ordentlichen Tritt in den Hintern.

Elsie: Na hör mal …

Casper: Ich werde ihn vorsichtshalber schon mal küssen.

Elsie: Sag mal, bist du echt so ruhig, wie du rüberkommst?

Casper: Überhaupt nicht.

Elsie: Wie viel Prozent Zweifel hast du noch?

Casper: Ich bin unruhig, und ich habe Angst davor, und am liebsten würde ich erst drei Duvel trinken oder noch besser: drei Wochen mit dir in den Urlaub fahren, ohne irgendwem was zu erklären. Aber Zweifel, nein, keine mehr.

Elsie: Walter wird trotz allem ziemlich aus der Luft fallen, da bin ich mir sicher. Und er wird wütend sein.

Casper: Sag es einfach, wie du es vorhin zu mir gesagt hast, und bleib bei deiner Geschichte, statt dich von Walter mitreißen zu lassen, dann wird es schon gehen.

Elsie: Ja.

Casper: Du kannst alles.

Elsie: Na ja.

Casper: Ich glaube an dich.

Elsie: Ja. Ich weiß, was ich tue und warum. Ich habe so beschissen lange darüber nachgedacht. Ja. Was machen wir also aus, treffen wir uns hier nach den Gesprächen zu Hause?

Casper: Ja, ich lege den Schlüssel an seinen Platz, für den Fall, dass du früher hier bist als ich.

Elsie: Die Kinder bleiben übers Wochenende bei Esther, dieser Freundin von mir. Also bleibt uns etwas Zeit.

Casper: Noch ein bisschen durchhalten, dann wird alles besser, nicht vergessen.

Elsie: Du hast mich wirklich lieb, was?

Casper: Noch viel lieber.

Elsie: Also bis später.

CASPER

Am schlimmsten war die Fahrt dorthin, das Reinkommen, Merel telefonieren und winken zu sehen, mich hinzusetzen, noch mit Jacke an, dann zu merken, dass ich die doch besser ausziehe, mir ein Glas einzuschenken, zu warten, nichts zu trinken. Der Anruf dauert mörderisch lange, weil die Welt mich strafen will, das muss so sein. Meine Hände werden schwitzig: Wo bleibt sie nur? Ich öffne ein Fenster, zu viel Krach von der Straße, ich schließe es wieder, da steht sie auf einmal vor mir, beschreibt ausführlich, was ihr Galerist alles gesagt hat, bis sie merkt, dass etwas nicht stimmt. Sie verstummt, ich warte nicht, ich spreche es aus – ziemlich sachlich, merke ich, in solchen Momenten muss man sich wappnen, das geht einfach nicht anders –, sie brüllt, Tränen laufen über ihre Wangen. Sie sagt, sie habe große Lust, mit allem Möglichen zu schmeißen. Ich tue nichts, ich brülle nicht, ich wiederhole, was ich schon gesagt habe: dass ich wirklich nicht mehr kann, dass ich weg will, muss. Meine Ruhe macht sie noch rasender.

Ich wollte nicht über Elsie sprechen, aber sie setzt mir das Messer an die Kehle: dass ich doch sicher eine andere hätte, ein zwanzig Jahre jüngeres Mädchen mit dicken Möpsen, dass sie es immer schon geahnt habe, dass es einmal so enden würde. »Sie ist ungefähr in meinem Alter, und sie macht mich glücklicher, als ich je geahnt hätte, dass ich es sein könnte.«

Das hörte sich kälter an, als es gemeint war. Sie rennt auf mich zu, drischt auf mich ein, mit beiden Händen auf meine Oberarme und meinen Brustkorb. Ich versuche, ihre Arme zu erwischen, sie windet sich heraus, läuft davon: »Hau schon ab, Mann! Ich will dich nicht mehr sehen!« Sie klingt wütend und erschöpft. »Ich denke, wir sollten besser noch etwas miteinander reden.« »Ich kann und will nicht mehr mit dir reden, nach dem ganzen Blabla die letzten Monate, ich bin ausgelabert.« »Das kann ich verstehen, ich ruf dich noch an, um alles Weitere zu klären, es tut mir leid, wirklich.« »Ohne Zweifel...« Selten hat sie so zynisch geklungen.

Ich ziehe die Tür hinter mir zu, was sich ganz seltsam anfühlt. Ich ziehe die Tür eines Lofts hinter mir zu, in dem ich gerne gewohnt habe, ich nehme Abschied von einer Frau, die wichtig für mich war. Und Willem – er übernachtet heute bei einem Freund –, das wird noch schwierig: ihm das mitzuteilen.

Todmüde bin ich, aber trotzdem erleichtert.

Ich steige ins Auto. Was bin ich froh, Elsie gleich zu sehen. Hoffentlich fühlt sie sich nicht allzu schlecht. Als ich in meinem Atelier angekommen bin und mir ein Glas eingeschenkt habe, sehe ich auf meinem iPhone: eine SMS, von Elsie: »Tut mir leid, ich schaff's nicht!« Ich versuche, sie anzurufen, ihr Telefon ist aus.

Ich habe drei Duvel getrunken und dann noch drei, und dann habe ich geschrien und geheult, ihren Anrufbeantworter voll. Danach habe ich mich kein bisschen besser gefühlt.

LOU

Sie ist auf mich zugekommen. Schon am ersten Tag in meiner neuen Schule. Ein Mädchen mit schneeweißem Haar und blaugrauen Augen, so wie ich. Aber einen Kopf größer, mit sehr großen Füßen, die Haare lang und zum Pferdeschwanz gebunden. »Wir könnten glatt Schwestern sein, und dann wäre ich die Ältere.« Das hat es gesagt, was ich witzig fand, so als ersten Satz.

Es heißt June. »Nach June Carter, der großen Liebe von Johnny Cash. Kennst du Johnny Cash? Den Sänger? Mein Vater steht total auf den. Er ist auch ein großer Elvis-Fan, also hätte ich auch Priscilla heißen können, nach seiner Frau, was noch schlimmer gewesen wäre.« Und falls ich Johnny Cashs Musik noch nicht kennen sollte, müsste ich das dringend ändern, fand sie.

June ist eine richtige Quasselstrippe, das gefällt mir. June ist meine beste Freundin (das hat sie selbst gesagt).

June wird mir Gitarrespielen beibringen, auf der Gitarre meiner Mama von früher. Und diese Weihnachtsferien darf ich mit ihr in den Skiurlaub fahren. Das ist gar nicht mehr so lange hin. Ich bin zum letzten Mal Ski gefahren, als ich fünf war, aber sie meint, das wird in null Komma nichts klappen. Ich bin mir da zwar nicht so sicher, aber June ist sich immer sicher für zwei. Das ist doch schon mal ein guter Anfang.

June glaubt, Robbe sei in mich verliebt. »Das sieht man daran, wie der schaut und so. Und bei der Gruppenarbeit hat er sich zweimal neben dich gesetzt. Und Jonas, sein bester Freund, hat mir gesagt, dass er das auch vermutet. Komisch, was, dass Jungs da nicht einfach drüber reden?« Ich habe gesagt, dass ich das eh nicht glaube. Und dass es ja auch egal ist, selbst wenn es doch wahr wäre, weil ich absolut nicht in ihn verliebt bin. Und dass er auch keine schönen Lippen hat. June glaubt jetzt, dass ich lesbisch bin, weil alle Mädchen von Robbe träumen. (Hoffentlich ist das nicht wahr, das mit dem Lesbischsein.)

June kann ich alles erzählen. Auch von Mama, die dann irgendwann doch gesagt hat, dass es zwischen ihr und Papa nicht so gut läuft. (Sag bloß, das weiß ich schon seit hundert Jahren.) Und dass sie versuchen werden, es hinzukriegen.

Junes Eltern haben sich getrennt, als sie sieben war. Anfangs hat sie schon viel geweint, sagte sie. Aber nach einer Weile ging es besser, und jetzt kann sie sich kaum noch vorstellen, dass es mal anders gewesen ist. Und dass sie zu Weihnachten zweimal Geschenke bekommt und zum Geburtstag und zweimal Geld für ein gutes Zeugnis und dass sie zweimal in den Urlaub fährt, manchmal sogar dreimal, wenn sie mit ihrem Vater im Winter auch noch Skifahren geht, wie jetzt. Und dass sie ihn jetzt eigentlich mehr sieht, dass er an den Tagen, an denen sie bei ihm wohnt, wirklich zu Hause ist. Dass es zwar manchmal etwas doof ist, wenn sie ein Buch im anderen Haus vergessen hat, zum Beispiel, aber dass sie so auch schon mal an einer Strafarbeit vorbeigekommen ist, weil sie eine Hausaufgabe nicht abgegeben hatte, weil sie gelogen hatte, dass sie die bei ihrer Mutter liegen gelassen habe. Und dass die Freundin ihres Vaters einfach spitze ist. Und dass sie ihr neues Schwesterchen so lieb hat, nur wenn es nachts heult, ist es doof, aber das tut es immer seltener. Und dass sich der neue Freund ihrer Mutter nicht so einmischen soll, aber dass sie ihrer Mama das gesagt hat, und die hat ihr versprochen, mit ihm darüber zu reden.

Wenn ich June so reden höre, glaube ich, dass es egal wie am Ende gut werden wird. Das möchte ich jedenfalls glauben. Aber bis es so weit ist, hoffe ich, dass Mama und Papa das hinbekommen.

Ich kann mir nicht vorstellen, dass sie auf einmal in zwei Häusern wohnen, ich nie wieder von beiden am gleichen Abend einen Gutenachtkuss bekommen kann, wir nie wieder zwei Pizzas in vier schneiden können. June sagt, dass viel mehr gleich bleiben wird, vor allem die wichtigen Dinge. Das höre ich gern.

Manchmal wüsste ich jetzt schon gerne, wie es ausgehen wird. Dass man nie vorhersagen kann, was passieren wird, finde ich echt blöd. Manchmal denke ich, ich möchte es lieber nicht wissen, dann gibt es wenigstens noch Hoffnung. Und manchmal denke ich gar nicht daran und albere einfach mit June herum.

Vier Sachen, die ich erstaunlich finde: 1. Dass dieselben Dinge erst so schwer und dann so einfach gehen, wie Freunde finden, zum Beispiel, 2. Dass zwei amerikanische Präsidenten an Durchfall gestorben sind (das hat unser

Geschichtslehrer erzählt, man sollte also besser nachdenken, bevor man die zweite Mandarine aufisst), 3. Dass Papa mir noch gar nichts erzählt hat von den Problemen, die sie haben (deswegen traue ich mich auch nicht, davon anzufangen), 4. Dass, auch wenn man glaubt, nie wieder glücklich zu werden, man trotzdem noch glücklich werden kann.

Eva ist vorbeigekommen, als ich nicht zu Hause war. Sie hat ihren iPod dagelassen. Der sei für mich, hat sie gesagt. Ich glaube, sie hat sich einen neuen gekauft. Das ist so ein cooler mit einem Touchscreen, ihre ganze Musik ist da drauf. Auch Johnny Cash. Eva ist einfach toll. Ich habe June direkt die Neuigkeiten gesimst. »Hast du ein Glück«, schrieb sie zurück. Ja, dachte ich, eigentlich bin ich doch ein Glückspilz.

10

WEIL NIE MEHR WIRKLICH EXTREM LANG IST

JOS

Sie ist einfach hinuntergesprungen.

Über achtzig Meter in die Tiefe. Vom Chicago-Block, einem der höchsten Wohntürme Belgiens. Irgendwie aufs Dach gekommen. Und gesprungen. In der Nacht. In dieser unbekannten Stadt, wo sie den Zug hin genommen hat. Alleine. Weil es eine andere Stadt als ihre sein musste. Hat wahrscheinlich eine Straßenbahn genommen vom Bahnhof bis dorthin. Das letzte Stück zu Fuß. Dann nach oben, warten, bis es dunkel war, oder vielleicht war es das ja schon. Und dann ...

Was sie wohl noch ...

Zwei junge Männer haben sie in dieser Nacht gefunden. Anscheinend Schwarze. In solchen Gegenden stehen auch nachts die Uhren nicht still. Was haben sie wohl gedacht, als sie mein Kind so daliegen sahen? Was ging ihnen als Erstes durch den Kopf?

Ich versuche, mir nicht vorzustellen, wie sie dort gelegen haben muss. Was von ihr ...

Ich versuche, nicht ...

Als Eva klein war, wollte sie immer mit mir auf die Schaukel. Dann kletterte sie auf meinen Schoß, klemmte ihre Beinchen um meine und hielt sich gut an den Seilen fest. Je höher ich schaukelte, umso vergnügter war sie. »Höher«, rief sie, »höher!« Aber ich durfte nicht sagen: Höher geht's nicht, denn dann wurde sie wütend. Ben hatte immer Angst vor so was. Ihm bebte schon die Unterlippe, sobald man ihn zum ersten Mal anschubste. Ihr nicht. Eva war immer mutig.

Ich habe sie seit Jeannes Geburtstag nicht mehr gesehen. Sie hat mich danach aber noch angerufen. Ein paarmal. Auch zwei Tage vor dem verhängnisvollen Tag. Es war ein kurzer Anruf, nicht ungewöhnlich für Eva. Ich weiß nicht mehr genau, worum es ging. Ich habe mir seitdem den Kopf zerbrochen, um das Gespräch zu rekonstruieren, aber es will mir einfach nicht gelingen. Eins weiß ich aber noch: Sie fragte mich, ob es denn wieder ein wenig bessergehe, nach all dem. Ich murmelte irgendwas. Sie meinte, mit Elsie werde schon alles wieder ins Lot kommen und dass wir sie unterstützen sollten, egal wie sie sich entscheide. »Als ob sie zu uns kommen würde, sie wird wohl eher bei dir anklopfen!« Das habe ich noch gesagt. Ich höre es mich noch sagen. Wie kann sie dann bloß …

Am Ende fragte sie, ob ich eigentlich auch wisse, dass sie mich liebe. Mit diesen Worten. »Ja.« Das habe ich gesagt. Nicht, dass ich sie auch liebte. Bloß Ja. Und dann haben wir aufgelegt.

»Sie hätte besser mit dem Wagen in die Leitplanken fahren sollen«, fand Herman, der mit Marie zu Besuch kam, gleich nachdem sie die Nachricht erreicht hatte. Sie brachten einen Topf Suppe mit Sellerie. Mag ich nicht. »Eva hatte noch nicht mal ein Auto.« Ich schnauze Leute an, die es gut meinen, und es ist mir völlig egal. »Wir verstehen dich, Jos. Wein dich mal ruhig aus«, sagt Marie. »Das eigene Kind zu verlieren muss wirklich das Allerschlimmste sein...« Marie hat nicht einmal Kinder. Ich habe große Lust, ihr an die Gurgel zu gehen. »Hauptsache, ihr macht euch keine Vorwürfe. Wenn einer so was tun will, kann das keiner verhindern.« Da hat's mir gereicht, ich bin raus in den Garten gegangen. Ich hörte Jeanne bis draußen weinen. Mich hat es schon immer erstaunt, wie unerschöpflich Jeannes Wasservorrat ist, aber das war Pillepalle im Vergleich zu den Tränen, die ich seitdem habe fließen sehen.

Ich finde es unangenehm, dass mein Haus schon seit Tagen voller Leute ist, aber ich bin froh, dass sich andere um Jeanne kümmern. Ich flüchte in all die Winkel des Hauses, in denen es dunkel und still ist. Ich habe nichts zu sagen. Überhaupt nichts. Angesichts von so etwas...

Was soll...

Ich hatte schon immer was dagegen, dass Eva in einem Gefängnis arbeitet. Das ist doch zu belastend für ein Mädchen. In so einem Umfeld, tagein, tagaus von Elend und Aggressivität umgeben zu sein. Das hält doch keiner aus!

Elsie hat mich gebeten, Filme zu suchen, auf denen Eva drauf ist. Sie stellt offenbar mit einer von Evas Freundinnen die Trauerfeier zusammen. Ich bin zwar generell gegen solche Zeremonien – immerhin wird es nichts Katholisches, weil Eva nicht gläubig war –, aber bei einer Einäscherung kommt man da nicht drum herum, wurde mir gesagt, und ich habe nicht den Mut, Einspruch zu erheben. Sie werden Evas Abschiedsbrief vorlesen, und ein paar Leute werden etwas sagen, aber sie wollen Eva auch zeigen, als sie ein kleines Mädchen war. »Dann machst du dich wenigstens auch mal nützlich.« Elsie sieht mich nicht an, während sie mit mir spricht.

Stundenlang habe ich mir also Super-8-Filme angeschaut. Von Elsie und Ben gibt es mehr als von ihr. Mit dem dritten Kind beschäftigt man sich doch weniger. Es gibt Aufnahmen, wo Eva am Meer im Wasser spielt. Einmal sitzt sie in einem Bötchen und heult herzzerreißend. Elsie hebt sie hoch, will sie trösten, aber es klappt nicht auf Anhieb. Ein andermal ist sie etwa sieben und tanzt mit ihrem Bruder zu irgendeinem Lied, das ich nicht kenne. Er wirbelt sie über seinem Kopf herum, als sei das ein Klacks. Eigentlich lebensgefährlich, aber darüber haben wir uns früher keine Gedanken gemacht. Und dann finde ich einen Film wieder von damals, als sie gerade mal anderthalb war. Eva kann noch nicht gehen, aber schon in ganzen Sätzen sprechen. Sie hatte das schneller raus als alle anderen Kinder in der Familie. Elsie hat Geburtstag, Eva singt, ganz alleine und klar und deutlich: »Hoch soll sie leben, hoch soll sie leben, deimaa hoch!« Dazu klatscht sie in die Hände. »Warum singst du das Lied eigentlich, Eva?«, fragt jemand, der nicht im Bild ist. »Ich hab Duas«, sagt sie, als sei damit die Frage perfekt beantwortet. »Ich will Limonade.« »Wir haben hier keine Limonade«, sagt die Stimme. »Geh dann maa ssum Küschank, da is so viel Limonade, wie wia wollen.« Alle lachen. Sie auch. So viel Vergnügen. Wie kann bloß aus so viel Vergnügen so viel Traurigkeit werden. Dass so etwas …

Ich will nicht von ihr träumen, aber es passiert trotzdem, jede Nacht aufs Neue. In meinem Traum ist Eva immer ein kleines Mädchen. Ich weiß nicht, was das bedeutet, ich weiß nicht, was ich davon halten soll.

Keiner sagt einem, wenn man klein ist, dass es das hier werden wird. Dieses stille und dunkle Leben, aus dem nur die gequälten Seelen entkommen. Um es dann für die, die zurückbleiben, noch stiller und dunkler zu machen.

Manchmal sagt wer: Wenn ich das geahnt hätte, hätte ich ihr noch dies oder jenes sagen wollen. Ich habe das nicht. Da ist nichts, was ich ihr noch hätte sagen wollen. Ich hätte die Gelegenheit nutzen sollen, als ich sie noch hatte.

EVA

Hallo Ihr Lieben,

ich möchte mich bei Euch entschuldigen.

Gäb es einen Weg, Schluss zu machen, ohne anderen wehzutun, würde ich ihn wählen. Ich habe mich so oft gefragt, ob das möglich ist: für andere weiterleben. Ich habe es sogar aktiv probiert. Denn gute Leute zu lieben ist schon viel. Aber es geht nicht mehr. Ich kann nicht mehr.

Ich möchte Euch danken. Für alle Nettigkeiten, die schönen Sätze und wunderbaren Gesten und herrlichen Albernheiten, für all die Zeit. Nur wegen Euch habe ich es siebenunddreißig Jahre ausgehalten. Eben weil ich auch diese schönen Dinge erlebt habe.

Und nein, es gab nichts – wirklich nichts –, was irgendeiner von Euch hätte tun können, um das zu verhindern. Ich bitte Euch um das Schwierigste, worum man jemanden bitten kann: Gönnt es mir. Ich habe so sehr versucht, mich für das Leben zu entscheiden. Ihr schafft das mühelos, oder Ihr unternehmt jedenfalls unglaublich tapfere und kreative Versuche. Mir will das einfach nicht gelingen. Und von zu viel Probieren wird man müder als müde. Also, wenn Ihr könnt, dann lasst mir die Leere, das große Nichts.

Gönnt mir Ruhe in meinem ewig übervollen Kopf. Gönnt mir endlich mal eine Gewissheit, die Gewissheit eines Sturzes, der ein paar Sekunden dauert und alles auflöst, von mir nimmt, still macht.

Mein Herz, mein Kopf und ich, wir haben damit abgeschlossen.

Ich wünsche jedem Einzelnen von Euch das allerschönste, das allerbeste Leben. Lebt hemmungslos und gut und schön und wild. Schaut gut, fühlt besser. Habt keine Angst. Entscheidet Euch für das, was Euch froh macht, was auch immer das sein möge. Traut Euch auszuprobieren, was schwierig erscheint. Legt die Latte hoch genug. Liebt und lasst Euch lieben. Gebt anderen, was sie verdienen, und Euch selbst mindestens genauso viel. Vergesst nicht zu hoffen, zu wollen, zu träumen, zu wünschen. Seid verletzlich und stark und lieb zu kleinen Tieren. Und trinkt ab und zu mal einen guten Tropfen, das hilft immer.

Ich ertrage keinen Abschied, also nehme ich keinen. Denkt daran, wenn sich das gut anfühlt, dass ich trotz allem noch da bin. Irgendwo, immer. Zum Quatschen, wenn Ihr es mal schwer habt. Um nicht alleine zu sein, wenn die Einsamkeit zuschlägt. Um zu sagen: Du weißt sehr wohl, was Du willst, auch wenn Du glaubst, es nicht zu wissen. Um Euch anzufeuern und zu beruhigen: Tu's, geh nur, Du kannst das. Am Ende wird auf die eine oder andere Weise immer alles gut. Wie auch jetzt, bei mir, so.

Jeder von Euch kriegt noch einen dicken Schmatzer!

Trinkt gleich einen auf einander und auf Euch selbst.

    Für immer Eure
    Eva

PS für Lou: Wenn ich sage: Tu's, geh nur, Du kannst das, dann meine ich damit niemanden mehr als Dich, du Klassemädchen! Merk Dir das, ja! Und Dir, lieber Jack, muss ich das nicht einmal sagen. Du wilder Wolf, Du schaffst das schon.

LOU

Mama meinte, es wäre vielleicht gut, wenn ich Eva einen Brief schreibe. Der könne dann mit in den Sarg. Ich finde das seltsam, einen Brief in einem Sarg. Aber ich wollte schon noch was sagen, also mach ich's.

Das ist der Brief.

Liebe Eva,

ich weiß nicht, wo Du jetzt bist
außer hier bei mir
in meinem Kopf
und in meinem Herzen, das blau vor Kälte ist

(weißt Du noch, neulich, in der Stadt, wir beide
wie Du den roten Pulli für mich gefunden hast
und dass Du lachen musstest, als ich mein Eis wieder
einmal habe fallen lassen, ungeschickt wie ich bin
ich dachte damals, dass Du froh warst
das warst Du doch auch ein bisschen, oder etwa nicht?)

Ich verstehe nicht, warum Du geflohen bist
weg von uns
von mir
ich will Dir das schon gönnen,
wenn Du Dir das wünschst,

wenn es Deiner Ansicht nach nicht anders ging,
aber ich weiß nicht so gut, wie

Mama sagt, dass es Dir noch mehr wehgetan haben muss,
das Leben hier,
als Dein Weggehen uns wehtut
ich wünschte, ich hätte das gewusst und verstanden,
als dafür noch Zeit war,
dann hätte ich vielleicht genug liebe Dinge sagen
oder mir schöne Sachen ausdenken können, die wir
zusammen unternehmen
oder einen Mann für Dich gefunden
mit noch schöneren Lippen als die von Benno
vielleicht
Du sagst zwar, dass niemand was dagegen hätte tun können,
aber Du kannst doch gar nicht wissen, was wir uns alles
ausgedacht hätten?
für Dich
so was kann man doch nie wissen?

Ich finde, dass ich – wie in so einem Spiel –
einmal einen Joker einsetzen dürfen müsste
in all den Jahren, die ich leben werde
ein einziges Mal
dann würde ich Dich jetzt zurückholen,
als wäre alles nur ein schlechter Scherz gewesen

Früher wollte ich viel
Freunde, Eltern, die mich verstehen, gute Noten,

einen Kuss von Benno,
das Buch mit dem schönen Umschlag und diese Sandalen
für den Sommer,
heute möchte ich nur eins,
dass Du zurückkommst,
meine Eva
weil nie mehr wirklich extrem lang ist,

aber das geht nicht,
ich kann nur Tschüss sagen

tschüss Eva

ich wünsche Dir lauter Träume, die so schön sind,
dass sie ewig dauern dürfen,
ich wünsche Dir, dass Du jetzt irgendwo bist, wo es wundervoll ist,
weit oben oder weit weg
keine Ahnung,
aber am besten viele Himmel über dem Siebten

    Fühl Dich geküsst
    Lou

CASPER

Elsie stand unter Schock, als sie mich anrief. Ich habe nur verstanden, dass Eva tot ist, aber was genau passiert war, brachte sie einfach nicht über die Lippen. Ich bat Elsie, zu mir zu kommen, aber das hat sie nicht getan. Danach bekam ich eine Mail, die auch noch an ein paar andere Leute ging, in der stand die Geschichte in wenigen Worten. Es war mir unerträglich, nicht bei ihr sein zu können, ihren Körper nicht in meinem verstecken zu können, nicht zu wissen, was sie tut und denkt und fühlt.

Als ich gestern unterwegs war, radelte eine Frau an mir vorbei, von der ich mir sicher – wirklich sicher – war, mindestens vier Sekunden lang, dass es Eva war.

Dass Sterben auch bedeutet, sich nie mehr wiederzusehen, müsste verboten werden.

Was ich zu ihr sagen würde, wenn ich sie noch einmal hier in meinem Atelier haben dürfte, fragte mich ein Freund. Ich wusste es nicht. Jetzt glaube ich: Ich würde sie vor allem mal fest in die Arme nehmen, denn ich glaube, Eva wurde in ihrem ganzen Leben nicht genug fest in die Arme genommen.

Aber was weiß denn ich? Niemand weiß, was sich in den Tagen, Stunden, bevor sie gesprungen ist, in ihrem Kopf abgespielt haben mag. Der pure Horror! Wie einsam muss man dann sein: alleine, hoch oben auf so einem Gebäude, im kalten Wind, und dann nach unten schauen und Angst haben, nehme ich an, und es trotzdem tun. Ich hätte niemals gedacht, dass Eva so was tut. Sie war zu stark, zu lebenslustig und immer für alle und jeden da.

Das letzte Mal, dass ich sie gesehen habe, ist noch nicht so lange her. Wir sprachen über den Stand der Dinge zwischen ihrer Schwester und mir. Ich hatte sie nach dieser furchtbaren SMS von Elsie angerufen, und sie war später dann kurz vorbeigekommen. Sie habe nicht viel Zeit, sagte sie, ich habe sie gefragt, wie es ihr gehe, und sie sagte zwar, sie sei müde, brachte das Gespräch dann aber selbst auf uns: dass sie Elsie gesagt habe, sie werde mich nie vergessen können und es jetzt ohnehin mit Wehtun verbunden sein würde, und dass die wirklich wichtigen Fragen dann wären: Von wem willst du getröstet werden? Bei wem willst du sein, wenn's dir wieder besser geht? Wer holt das Beste aus dir heraus? Dass es okay sei, das Glück mit beiden Händen festzuhalten, wenn es so überdeutlich vor einem stehe.

Kurz vor ihrem selbstgewählten Tod hat sie noch solche Sachen gesagt. Wie soll ein Mensch das verstehen können?

Morgen findet die Beisetzung statt. Ich werde natürlich hingehen, dann sehe ich auch Elsie wieder.

Ich bin seit Wochen nicht mehr zu Hause gewesen, außer dreimal für das, was Merel abschließende Gespräche nennt, als gehe hier eine Geschäftsbeziehung zu Ende. Ich lasse ungefähr alle Sachen dort, aller Wahrscheinlichkeit nach, um mich von Schuld freizukaufen, vielleicht hilft's ja. Ich hätte es Willem gerne mit Merel zusammen erzählt, aber das wollte sie partout nicht. Hoffentlich hat sie ihm gesagt, wie ich sie gebeten habe, dass ich ihn gerne weiterhin sehen würde, und er mich jederzeit anrufen könne, wenn ihm danach sei.

Ich wohne jetzt wieder in meinem Atelier. Das ist mehr als groß genug.

Anscheinend hat Eva einen Brief hinterlassen, den jemand vorlesen wird. Und Elsie wird morgen mit Walter und den Kindern da sein. Wie ich den Tag durchstehen soll, weiß ich beim besten Willen nicht.

»Und wenn wir jetzt einfach vereinbaren, dass jeder ab sofort das bekommt, was er verdient?« Das sagte Eva einmal, nachdem wir uns gemeinsam betrunken hatten. Ich musste an diesen Satz denken, als ich mit Freunden im Restaurant saß, und dann dachte ich an Elsie und an mich und an die Welt: Ja, wenn wir das jetzt einfach mal vereinbaren würden.

ELSIE

Es regnet, wie sich das für einen Tag wie heute gehört.

Ich stehe schon seit Viertel vor sechs in den Startlöchern. Passend angezogen. Und warte. Im Haus ist es still. Alle schlafen noch. Das sind die besten Stunden des Tages. Manchmal hat man einfach keinen Platz mehr für die Trauer anderer. Das sollte so nicht sein, I know.

Ich zähle die Minuten. Ich bin vorbereitet. Ich weiß genau, wie das Ganze gleich ablaufen wird. Ich habe Texte und Musik ausgewählt, die Reden der anderen nachgelesen, den kurzen Film von Eva, als sie klein war, mit ausgesucht. Ich habe die Adressenliste für die geladenen Gäste erstellt. Ich habe Cava bestellt und Häppchen für nach der Trauerfeier. Nichts mit an Tischen herumsitzen, sondern etwas, das Eva selbst gefallen hätte.

Ich habe sie nicht mehr gesehen. Die Leute vom Bestattungsunternehmen haben uns davon abgeraten. Dieser Satz aus dem Mund eines Mannes, der wie ein Gerichtsvollzieher aussah: »Wir raten Ihnen davon ab, einundachtzig Meter, das verstehen Sie sicher.« Das will mir nicht aus dem Kopf gehen.

Vor zwei Wochen erst war sie noch beim Friseur gewesen. Ich habe ihr noch gesagt, wie cool und schön ich's fand. Es stand ihr gut. Ich meine ja nur.

Ich verstehe, dass Leute Selbstmord begehen. Dass es auf einmal genug sein kann. Aber sie doch nicht. Meine kleine Schwester doch nicht.

Ich habe gestern alle schönen Augenblicke mit Eva, an die ich mich spontan erinnern konnte, aufgelistet und dann noch die schönsten Momente, von denen sie mir erzählt hat. Das waren ziemlich lange Listen.

Wollte sie, dass der Schmerz aufhörte, oder wollte sie tot sein. Darüber grüble ich seit Tagen nach. Gestern noch, beim Duschen. Ich glaube, ich habe über eine Stunde unter der Dusche gestanden. Bis es meiner Haut zu viel geworden ist.

Auf einmal kommt Walter ins Zimmer. Er gibt mir einen Kuss in den Nacken. Ich verspanne mich ein wenig. Lou streitet sich oben mit Jack, höre ich. Um Lou mache ich mir Sorgen.

Um zehn Uhr will ich dort sein, um elf fängt die Trauerfeier an. Pünktlich, haben sie uns gesagt, es sei viel los. Doch seltsam, dass wir uns mit den Toten beeilen müssen.

Walter hat Croissants geholt. Normalerweise sind die hart umkämpft, jetzt ist Jack der Einzige, der ordentlich isst. Kinder dosieren ihren Kummer. Walter redet über völlig andere Dinge. Das ist sicher gut gemeint, aber ich finde es unerträglich.

Als wir eintreffen, sind unsere Eltern schon da. Ich gehe absichtlich in eine andere Richtung, um Freundinnen von Eva Hallo zu sagen. Meine Mutter kommt sofort zu uns herüber. »Mein Beileid«, sagt Saskia zu ihr. »Danke, Saskia, als Mutter das eigene Kind zu verlieren, etwas Schlimmeres gibt es nicht.« Das ist hier nicht deine Show, Mutter, heute geht es um Eva. Ich denke es zwar, spreche es aber nicht aus. Jetzt Kontra zu geben kostet Energie, die ich nicht habe. Das ist wahrscheinlich besser für alle Beteiligten.

Mein Vater ist noch blasser als sonst. Er muss am Boden zerstört sein, das kann beinahe nicht anders sein. Er hält den Kopf ein wenig schräg, was bedeutet, dass er sich schon einen genehmigt hat. »Jetzt wird unser Vater sich totsaufen« war ungefähr das Erste, was Ben sagte, als ich ihm am Telefon die Nachricht überbracht habe. Für einen kurzen Moment hatte ich Mitleid mit meinem Vater. Alles ist so strange.

Auf einmal bemerke ich Casper. Er sieht umwerfend aus in dem Anzug. Wir haben uns seit dieser bewussten SMS von mir nicht mehr gesehen. Ich will bloß noch zu ihm. »Elsie, wieso bist du nicht in Schwarz? Rot! Das ist doch nun wirklich keine Farbe für eine Beerdigung.« »Rot war Evas Lieblingsfarbe, Mutter. Wenn du deine Tochter ein wenig gekannt hättest, wüsstest du das.« Sofort tut es mir leid. Das hat keinen Sinn, nicht heute. »Ich hab das für Eva gemacht, warme Farben, ich glaube, das hätte ihr besser gefallen.« Meine Mutter presst die Lippen aufeinander und wendet sich wieder Saskia zu. Dann spüre ich Caspers Blick auf mir. Walter steht etwas weiter weg, mit dem Rücken zu uns. Er kommt einfach zu mir. Dieses Unerschrockene mag ich sehr an ihm. Er nimmt mich in den Arm. Länger, als man das für gewöhnlich tut. In Zeiten der Trauer muss das erlaubt sein. Ich komme zur Ruhe, ein wenig, für einen Moment. Er spürt das, das weiß ich. Ich sehe ihn denken: Na also, ein weiterer Beweis, oder vielleicht denke ich das bloß. Casper sagt: »Wenn Eva uns hier alle so sehen würde, diese ganzen Leute hier, extra wegen ihr hier, völlig aufgelöst, würde sie es dann nicht bereuen?« Ich sehe ihn nur an und weiß nicht, was ich sagen soll.

Lou kommt zu mir. Casper sieht sie an, legt einen Arm um ihre Schulter und sagt: »Auch ein ätzender Kummer wie dieser geht irgendwann vorbei, wusstest du das?« Lou sieht ihn mit großen Augen an. »Wenn man so uralt wie ich ist, weiß man so was.« Er lächelt, und Lou lächelt zurück. »June soll neben mir sitzen«, sagt sie. »Klar, mein Schatz.« Sie geht wieder.

»Es gibt aber auch Kummer, der nie vorbeigeht«, sagt er. Und wie er mich dabei ansieht. Wir dürfen uns nicht küssen, denke ich. Wir dürfen uns nicht küssen.

Die Trauerfeier fängt an, und da sitze ich nun: Walter und meine Eltern links, Jack rechts von mir und neben ihm Lou und June. Ben hinter uns, mit Machteld und dem Kleinen. Vorne meine Schwester, in einem Sarg und auf dem Foto. Nichts, aber auch gar nichts an diesem Bild stimmt.

Von dem, was gesagt wird, bekomme ich kaum etwas mit. Wie in Trance starre ich vor mich hin. Ich weiß eh, was kommt.

Dann kommt der Moment der Verabschiedung am Sarg. Walter geht vor, ich folge, und gerade als ich mich umdrehe, um wieder zu meinem Platz zurückzugehen, entsteht Tumult. Lou hat sich weinend auf den Sargdeckel geworfen. Sich eingerollt. Mit geschlossenen Augen und tränenüberströmtem Gesicht. Ihr kleiner, zarter Körper zuckt. Unter ihrer Schuhsohle klebt ein Kaugummi. Mintgrün. Meine Mutter stößt einen Schrei aus, Walter will nach vorne spurten, um sie da herunterzuholen, ich halte ihn zurück. »Das geht doch wirklich nicht!«, sagt er und macht sich los. Doch inzwischen steht June schon bei Lou, redet auf sie ein und streckt ihr eine Hand entgegen. Lou steht auf und verlässt mit June die Halle. Walter eilt hinterher. Ich schaue ihm nach, sehe Casper auf einem Stuhl sechs Reihen weiter hinten am Gang sitzen. Die meisten schauen nach hinten, er schaut nur mich an. Ich setze mich wieder hin, ziehe Jack auf meinen Schoß, er will aber nicht. Auch heute ein großer Junge, wie er das von seinem Vater gelernt hat. Dann kommt Walter zurück. »Sie wollte nicht mit«, sagt er ärgerlich. »Hab etwas Geduld, sie kommen schon.« Noch bevor sich alle Anwesenden am Sarg von Eva verabschiedet haben, sitzen die beiden Mädchen wieder bei uns auf der Bank. Ich suche Lous Blick, aber sie schaut nur zu Boden. Mein Mädchen hatte schon immer mehr Ähnlichkeit mit Eva als mit mir. Jack nimmt die Hand seiner Schwester und drückt sie. Lou drückt zurück, sehe ich. Erst da fange auch ich an zu weinen.

Verdammte Scheiße, Eva.

11

MIT OFFENEN AUGEN IST ALLES WENIGER SCHLIMM ALS MIT GESCHLOSSENEN

JOS

Kinder in die Welt setzen, das tut man, ohne groß darüber nachzudenken. Jeanne wollte welche, ich war einverstanden. Es kostete uns einige Mühe, aber Mühe ist in diesem Kontext natürlich relativ. Und dann werden sie geboren, wachsen und gedeihen, alles geht von selbst. Bis ...

Wenn ich ehrlich bin, weiß ich nach allem, was ich jetzt weiß, nicht, ob ich es wieder tun würde.

So etwas darf man natürlich nicht sagen.

Am schlimmsten ist das Aufwachen. Eben hat man noch diese eine schlaftrunkene Minute, in der nichts ist und alles möglich, aber dann öffnet man die Augen, und die Wahrheit knallt einem mit voller Wucht an den Kopf.

Und es ist ja nicht nur mein Kummer, sondern auch der von Jeanne. Lauter als meiner. Damit muss man erst mal umgehen lernen: jeden Morgen neben einer weinenden Frau aufzuwachen. Nach ein paar Monaten habe ich einfach angefangen so zu tun, als sei das normal, dass sie weint, wie ein anderer sich räkelt oder noch kurz auf der Bettkante sitzt. Dazu sagt man schließlich auch nichts.

Aber dann fängt der Tag an, und man braucht sehr viele Worte. Worte für die, die zu Besuch kommen, Worte für Anrufer, und wenn niemand anders da ist: Worte für mich.

Manchmal, wenn sie wieder Erinnerungen an Eva hervorkramt, habe ich Lust, sie anzuschreien: Halt doch verdammt nochmal den Mund, lass die Toten in Gottes Namen tot sein. Aber stattdessen stelle ich den Ton ab und schenke mir noch ein Gläschen ein. Ich versuche erst gar nicht mehr, es zu verbergen. Meine Energie ist schließlich auch begrenzt.

Natürlich denke ich auch an Eva. Zum Beispiel, wenn ich in unserem Garten eine Katze sehe. Sie hat sich früher immer eine gewünscht. Nie bekommen. Tja, wegen der angeblichen Allergie ihrer Mutter ging das nicht.

Ich denke an sie, wenn das Telefon klingelt. Für den Bruchteil einer Sekunde denke ich, dass sie's ist. Oder wenn ich Suppe koche. Brokkoli, die mochte sie am liebsten. Und eigentlich auch, wenn die Vögel niedrig fliegen. Auch wenn sie hoch fliegen. Wenn der Himmel grau und still ist. Oder blau und strahlend. Oder...

Ich habe Elsie angefleht, kurz nach der Beerdigung, uns doch hin und wieder mal zu besuchen, ab und zu mal anzurufen. Ich bin auf sie zugegangen, hab ihr gesagt, dass ich mich so weit wie möglich im Hintergrund halten würde, falls das helfen würde. Da hat sie mich angesehen. Lange. Mit etwas wie Schmerz und Sanftheit um die Mundwinkel. Sie hat genickt und Okay gesagt. Letzte Woche war sie hier, mit Lou und Jack, denen es unter den gegebenen Umständen recht gut zu gehen schien. Kinder sind wirklich hart im Nehmen. Und dann wird über Eva geredet oder über nichts Besonderes.

Jeanne trifft sich auch wieder mit Imelda. Trauer und Trauer gesellt sich anscheinend gern. Ich begegne ihr ab und zu einmal, wenn sie nachmittags zum Kaffee kommt. Ich bin dann freundlich und mache mich möglichst schnell wieder aus dem Staub. Über die Vergangenheit wird mit keinem Wort gesprochen. Manche Tiefen sollte man einfach nicht ...

Jeanne redet manchmal mit Eva, behauptet sie. Das ist nichts für mich. Ich wüsste nicht, was ich sagen soll.

Letzte Woche hatte ich eine Virusinfektion und musste deshalb zum Arzt. Dass ich mit dem Trinken aufhören müsse, meiner Gesundheit zuliebe, sagte der gute Mann und setzte dabei eine ernste Miene auf. Ich habe laut gelacht.

Zum ersten Mal finde ich es in Ordnung, alt zu sein. Dann hab ich wenigstens nicht mehr allzu lange.

Der Garten tut inzwischen so, als käme bald der Frühling. Ich weiß nicht, ob ich das tatsächlich glauben möchte.

Aber als die Sonne vorhin plötzlich so verschwenderisch zu scheinen begann, bin ich doch an die frische Luft gegangen. Ich habe Jeanne gerufen: »Komm, fühl mal, es ist richtig warm.« Sie hat nicht reagiert, ist auch nicht gekommen. Ich bin eine Weile draußen geblieben. Ohne an irgendwas zu denken, einfach nur zum Schauen. So weit ich schauen konnte.

Manchmal bin ich wütend auf Eva. Immer bin ich wütend auf mich selbst.

ELSIE

So hatte ich mir mein Leben eingerichtet. Sicherer, als das Leben überhaupt sein kann. Ich war davon überzeugt, dass alles eine Frage der Entscheidungen ist. Besser gesagt, dass man eine Entscheidung fällt und die dann wie einen massiven Pfahl in den Boden rammt und daran dann festhält. Als Waffe gegen die wankende Welt. Um sich aufrecht halten zu können, auch wenn es stürmt und weht und wütet, innen drin und da draußen.

Und dann ist Eva auf einmal tot. Sie ist gesprungen. Sie war auch gut im Entscheidungenfällen. Keine halben Sachen. Kein affiges Getue mit Tabletten und Gefundenwerden und das Ganze noch mal von vorne.

    Sie wollte sterben, weil ihr das Leben nicht brachte, wovon sie träumte. Weil sie sehr tief empfinden konnte. Weil sie nicht mehr konnte. Ich glaube immer noch: Sie wollte gar nicht unbedingt sterben, sie wollte nur dieses Leben nicht, diesen Kopf nicht, dieses ramponierte Herz nicht. Das ist wirklich etwas anderes. Man hätte noch so vieles versuchen können. Das macht mich momentan eher traurig als wütend.

Nach der Sache mit Eva hab ich gedacht: Es geht darum, flexibel zu bleiben. Sich das, was da ist, immer wieder anzuschauen. Darum, ab und zu eine Vierteldrehung zu machen und noch einmal hinzuschauen. Sich zu trauen, Möglichkeiten zu sehen. Wenn sie das nur getan hätte. Ich hätte ihr das sagen müssen, aber damals konnte ich das nicht. Erst danach habe ich allmählich kapiert: Es geht darum zu fühlen. Offen zu sein. Sich selbst treu zu sein, ehrlich zu sich selbst zu sein. Sie hatte es mir gesagt: dass ich den Kopf in den Sand gesteckt habe, wie es unsere Eltern immer getan haben. Ich habe das abgetan, wie so oft. Bei ihr gab es nichts zu sehen. Bei mir stand es direkt vor meiner Nase. Das war der Unterschied.

Casper ging nicht weg. Wer so tief in dein Herz dringt, bleibt immer wenigstens ein bisschen. Ich war von ihm weggegangen. Auf Messers Schneide nicht fortgegangen, sondern zu Hause geblieben. Ich entschied mich für Walter, weil ich mich nicht entscheiden wollte. Weil ich glaubte, nur so aufrecht stehen bleiben zu können. Ich sah die Abmachung, die ich mit mir selbst getroffen hatte. Sah unsere gemeinsamen Jahre. Sah unsere Kinder. Ich nannte das Liebe, und das war es ja auch. Aber war das die beste Liebe für mich? War es diese wohltuende Wärme, die einen voll und ganz ausfüllen kann? War es diese geteilte Verletzlichkeit, sich bis in die hässlichsten Winkel hinein zu lieben? War es diese tiefe Verbundenheit, die das ganze Leben diesen alles entscheidenden Tick besser macht? War es dieses Knistern, das einen so wunderbar nahe zueinander bringen kann? War es dieses Sich-gegenseitig-Stimulieren und Einander-Finden in fast allem, was zählt? War es dieser unbedingte Wunsch nach Nähe, die nie erstickend ist? War es dieser Riesenspaß miteinander? Eigentlich traute ich mich nicht, Walter anzusehen.

Mir Walter und mich anzusehen. Das, was unter und hinter dem Konstrukt steckte. Nicht wirklich jedenfalls. Vermutlich aus Angst, etwas ins Wanken zu bringen. Aus Angst, aus der Rolle zu fallen. Angst, nicht die zu sein, die andere wollten, dass ich bin, von der ich glaubte, dass sie wollten, dass ich bin, wie ich fand, dass ich zu sein hätte. Aber wenn man Angst hat, etwas in Frage zu stellen, wie kann das dann das Richtige sein?

Eva hat einmal gesagt: »Man sagt ja, das Leben sei kurz. Mir kommt es lang vor, aber das ist gerade ein Grund, mehr Gas zu geben.«

Casper blieb auf viele Arten. In dem, was er mir gegeben hatte. In dem ebenso beunruhigenden wie tief verwurzelten Gefühl, dass zwischen uns etwas war, das unglaublich gut passte. In dem, was andere von ihm erzählten, manchmal auch einfach so oder in einem seiner Gemälde. In dem, was er mich gelegentlich wissen ließ. Vor allem aber: in jedem einzelnen Detail, an das ich mich erinnerte. Wie er lächeln konnte, wenn er mich anlächelte. Sein Blick, wenn er kam, leicht schielend, und wie er mich hinterher an sich heranzog und mich alles vergessen ließ, außer ihm und mir selbst. Wie er immer genau im richtigen Moment die Hand auf meine legte. Manches Verstehen geht von allein.

Und er blieb in einem grundlegenden Wissen anwesend, obwohl ich das lange nicht wahrhaben wollte. Dass er mich besser machen konnte, als ich war, in vielerlei Hinsicht, und ich ihn. Dass er mir Lust auf fast alles machte, was ich mehr brauchte, als ich mir selbst eingestehen wollte. Dass ich bei ihm keine Angst hatte, nie, vor nichts, nicht mal vor mir selbst. Dass er für mich da sein konnte, wie niemand in meinem ganzen Leben für mich da gewesen ist. Nicht so. Nicht so absolut.

Aber Eva bleibt tot, und alles ist ohnehin am Wanken. Das hat mir Mut gemacht. Denn sich selbst festzuschrauben, mag einem zwar Halt geben, macht aber nicht wirklich glücklich.

Ich habe viel geredet, mit mir selbst, mit Eva, was vielleicht dasselbe ist, und auch mit Esther. Und nach langem Warten bin ich ihn holen gegangen, Casper. Ich bin auch gesprungen. Damit mein Sprung ihren wiedergutmachen würde. Weil ich sie nicht hatte retten können, aber wenigstens mich selbst noch.

CASPER

Plötzlich stand sie da: vor der Tür meines Ateliers, das vorübergehend mein Zuhause geworden war. Ich sah sie auf dem Bildschirm der Gegensprechanlage, der Kopf etwas größer und runder als normal, wegen der Linse, und trotzdem noch schön.

Das war, viele Wochen nachdem ich ihr meine Zeichnung von ihr geschickt hatte. Ich hatte dazugeschrieben: Das ist keine Zeichnung von dir, sondern von der Liebe, das ist mein Herz, das du mehr geheilt hast, als du es je brechen könntest.

Das meinte ich ernst: Manche Menschen bleiben immer schön, auch wenn sie weglaufen, wie schmerzhaft das auch sein mag.

Sie ist hereingekommen und hat gesagt: »Ich will nicht reinkommen.« Ich habe sie festgehalten, ganz lange, bis ihr Körper sich entspannt hat, bis die Tränen kamen.

Sie wollte sich noch einmal erklären, dachte sie, denke ich. Ich habe sie reden lassen, habe genauer hingehört, als nur das zu hören, was sie sagte, habe vieles sagen wollen, es nicht getan. »Man muss lernen, auf sich selbst zu hören, das ist besser als auf andere, sogar wenn es sich bei dem anderen um mich handelt«, das habe ich schon gesagt, mit einem kleinen Lachen. Ich habe gesagt, dass ich nie im Leben vor meinem Gefühl davonlaufen würde, dass ich nicht glaube, dass ich das überhaupt könnte: dieses eine Leben führen, dass so zerbrechlich ist, wie Eva uns gerade gezeigt hat, in dem Wissen, dass ich wegschaue, mich ablenke, mich betäube, dass ich nicht mehr malen könnte, wenn ich das täte, dass ich es früher unheimlich fand, dem ins Auge zu sehen, was da ist, aber dass die Angst genau dann weggeht. Mit offenen Augen ist alles weniger schlimm als mit geschlossenen.

Dass sie sich schuldig fühle, sagte sie, weil ich hier jetzt alleine säße, in diesem Hause, das kein Zuhause sei, dass sie fand, ich müsse gefälligst glücklich werden, weil ich dafür gemacht sei. Ich habe ihr geantwortet, dass es höllisch wehtue: sie zu vermissen, ihre Knöchel und ihre Lippen und die typischen Elsie-Sätze und ihre Zweifel und ihre idiotische Sachlichkeit. Ich habe ihr erzählt, dass Eva mir noch gesagt hatte, sie sei gegen tragische Liebesbeziehungen, und dass ich vorher nie so darüber nachgedacht hatte, bis jetzt, und dass ich ihr recht geben müsse, weil daran nichts richtig sei, an einer großen Liebe, die nicht sein dürfe, und dass es tatsächlich etwas heiße, wenn dir manche Dinge einfach nicht mehr aus dem Kopf gehen wollen. Mir bleibe nichts anderes übrig, als ihren Wunsch zu respektieren, und dass ich sie jetzt noch ein letztes Mal küssen werde, weil es nicht anders ginge. Dann habe ich sie gebeten zu gehen: Nie ist mir etwas schwerer gefallen, glaube ich, nie.

Dann hat sie sich viel Zeit gelassen. Ich habe in der Zwischenzeit viel gemalt – nicht meine besten Werke –, habe gelebt, bin durch die Straßen gezogen, habe auch mal eine Frau geküsst und behauptet, es sei prima so. Ich wusste es besser. Ich habe Willem getroffen und wieder getroffen, das tat gut. Ich habe nicht aufgehört, traurig zu sein, irgendwo tief im Innern, bis ins Mark. Ich habe nicht aufgehört zu glauben: dass sie schließlich doch auf sich selbst würde hören müssen, dass sie schließlich doch erkennen würde, dass sie es verdiente. Manchmal schwankte er auch, mein Glaube, aber er ist nie ganz weggegangen.

Und dann, an einem Donnerstag: Da war sie, mühte sich mit zu vielen Einkaufstüten ab. Ich bin auf sie zugegangen, habe die Birnen, die auf den Boden gefallen waren, aufgehoben. »Eine ist hin«, habe ich gesagt. Sie blickte auf, erschrocken und zugleich wahnsinnig froh, das sah ich ihr an. »Ich mag eh keine Birnen«, sagte sie. »Nur Walter isst die gern.« Ich hatte nie so einen Blick bei ihr gesehen wie da.

Sieben Wochen später war sie bei mir, mit ein paar Koffern, Büchern, Schallplatten, Fotos, mit wenig. Mit Tränen und viel Festhalten, mit Worten und viel Schweigen.

Eva wollte wissen: Wieso bekommen die Leute nicht einfach, was sie verdienen? Vielleicht, weil sie sich auch verdienen müssen, was sie bekommen, denke ich inzwischen. Denn das ist schwierig: in den Spiegel zu schauen, dir das Leben anzuschauen, das du immer geführt hast, und dich zu fragen, ob es besser sein könnte, und sich das einzugestehen. Und dann genug Selbstvertrauen zu haben, um sich für Veränderung zu entscheiden. Weil die Liebe so groß ist. Weil sie einfach nicht vorbeigeht. Weil du tief in dir drin weißt, dass da das wahre Glück zu finden ist. Und dass sich bis in die letzte Faser mit jemandem verbunden zu fühlen alles besser macht, abstrahlt auf alle, die du liebst.

Elsie und ich haben füreinander gekämpft. Indem wir gewartet haben, indem wir Entscheidungen getroffen haben, indem wir einander festgehalten haben und vorwärtsgeschoben. Dann zu bekommen, was man die ganze Zeit über wollte, ist das Schönste, was es gibt. Denn so etwas wie ein perfektes Leben gibt es nicht, aber schon so etwas wie das beste.

Eva hätte auch noch so vieles tun können, glaube ich, mit ein wenig Hilfe, vielleicht.

Jetzt sind viele Monate vergangen: Elsie sitzt hier und liest ein Buch. Ich stehe vor einem Bild, das fertig wirkt, es irgendwie noch nicht ganz ist, und plötzlich fällt mein Blick auf sie, und ich muss aufhören und schauen: Sie ist noch schöner, wenn sie nicht merkt, dass man sie ansieht. Jetzt spürt sie es doch, sie richtet sich auf, unsere Blicke kreuzen sich, sie lächelt, wie sie mich schon von Anfang an immer angelächelt hat. »Schöne Frau«, sage ich. »Dieses Lächeln ist für immer«, sagt sie. »Und weißt du auch, warum?« »Weil du glücklicher bist, als du es je für möglich gehalten hättest. Nicht, weil du sagst, dass es so ist, sondern weil du's spürst«, antworte ich. »Das auch, Doktor Freud«, sagt sie. »Aber noch mehr, weil du dann so zurücklächelst wie jetzt.«

Ich schaue wieder auf mein Bild. »Es ist noch nicht fertig«, sagt sie. Ich lache auf. »Was gibt's da zu lachen?«, fragt sie und stellt sich zu mir und legt mir die Hand sanft in den Nacken, einfach so. »Weil ich glücklicher bin, als ich je zu hoffen gewagt hätte«, sage ich und gebe ihr einen Kuss auf die Schläfe.

»Ich räume jetzt auf, die Kinder kommen in etwa einer Stunde. Sie haben übrigens gefragt, ob du wieder deine legendären Spaghetti machen würdest.«

Ich schaue aus dem Fenster: Die Wolken ballen sich zusammen. So wie's aussieht, wird es bald regnen. Mir ist das egal.

LOU

Und dann dachte ich auch noch: Wenn du tot bist, gibt es dich nicht mehr. Und alles, was es nicht gibt, ist nicht, könnte man sagen. Also gibt es das eigentlich nicht: tot sein. Aber dann muss ich doch wieder an Eva denken.

Manchmal stelle ich mir vor, Eva sei verreist. Dass sie irgendwo in einer netten Stadt shoppen ist, dass sie zu viele schöne Schuhe kauft, was sie aber trotzdem fröhlich macht. Oder dass sie bei der Arbeit aufgehalten wurde, weil die Gefangenen streiken und sie dableiben muss, sehr lange. Eva macht das keine Angst, weil all die Männer dort wissen, was Eva für eine Superfrau ist. Oder dass sie einen Supermann gefunden hat, einen gutaussehenden, reichen, klugen, der leider in Buenos Aires wohnt, wo sie jetzt zusammen Eis verkaufen, in diesem weit entfernten Land, und wirklich unheimlich glücklich sind.

Ich habe in der vierten Klasse mal einen Aufsatz geschrieben. Was wir später einmal werden wollen, darüber sollte er gehen. Ich habe mich für Weltverbesserer entschieden, hatte einen richtigen Plan, wie ich das angehen würde. Ich würde alle Traurigkeiten von allen Menschen nehmen, so habe ich das genannt. Die Lehrerin gab mir einen Punkt Abzug: Es heiße Traurigkeit, nicht Traurigkeiten. Das möchte ich inzwischen doch bezweifeln.

Seltsam, wie viel auf einmal anders sein kann. Eva weg. (Mehr weg, als ich je ahnte, dass jemand weg sein kann.) Mama und Papa getrennt.

Das ist schwieriger, aber auch einfacher, als ich dachte. Zuerst war ich wütend auf Mama, und das fand sie okay, was ich wiederum besonders fand. Wir haben viel geredet, Mama und ich, mehr, als wir je miteinander geredet haben. Papa tut mir schon leid, auch wenn er ständig irgendwelche Witze macht. Ich wünschte, Papa wäre ehrlicher zu mir. Jack und ich sind jedenfalls besonders lieb zu ihm. Das finden wir sowieso einen guten Plan.

Mama hat einen neuen Freund. Sie küssen sich oft, sie streiten sich nicht und haben immer total viel zu erzählen. Das ist schön zu sehen. Wenn Mama froh ist, macht mich das auch froh. Das klingt jetzt ein bisschen platt, ist aber so.

June findet, Casper ist ein netter Mann. Ich warte noch ein wenig ab, aber er bringt mich zum Lachen. Außerdem malt er Bilder, die ich spannend finde, und seine Spaghetti sind lecker. Er nennt sie seine legendären Spaghetti, was ein bisschen albern ist. Na ja, ein bisschen seltsam zu sein ist ja nicht schlimm. Das bin ich schließlich auch.

Manchmal bin ich beim Aufwachen so traurig, dass ich keine Worte finde. Und das geht nicht immer von selbst vorbei. Wenn June das merkt, sagt sie, dass sie sicher ist, dass am Ende alles gut wird. Das bedeutet dann, wenn es noch nicht gut ist, ist es noch nicht das Ende. Ich weiß zwar nicht, ob das so stimmt, find's aber sehr lieb von ihr.

Ich bin so froh, dass es June gibt. Manchmal müssen wir

beide so furchtbar lachen, dass ich mich plötzlich frage, ob das eigentlich okay ist. Wegen der Sache mit Eva. Aber in ihrem Brief hat sie ja geschrieben, dass sie in solchen Momenten da ist. Ich weiß nicht, ob ich das glaube, aber ich versuch's. Dann würde sie nämlich sagen: »Mensch Lou, wieso sollte so ein Klassemädchen wie du nicht fröhlich sein dürfen!« Zum Beispiel.

Vier Dinge, die ich mir ganz doll wünsche: 1. Dass Papa bald wieder immer fröhlich ist (obwohl ich glaube, dass Jack und ich ihn froh machen, weil er sich viel mehr als früher Mühe gibt, bei uns zu sein), 2. Dass ich nie vergesse, wie Evas Stimme geklungen hat, wenn sie zum Beispiel »ach Mausebär« zu mir gesagt hat, 3. Dass mich dieses Jahr endlich jemand so richtig echt küsst, 4. Dass June recht hat, wenn sie sagt, dass unser Leben später fabulous wird. (D. h. spannend und gut und schön und außergewöhnlich. June kann gut Englisch, das kommt auch wegen ihres Namens und so.)

Ich liege auf dem Bett und schaue zum Dachfenster raus. Viele verschiedene Blaus und Graus, da, an einer Stelle ein bisschen Weiß und Rosa. Eva mochte Rosa nicht besonders, da wird sie also nicht sein, nehme ich an. Darüber muss ich lachen.

Es gibt vieles, was ich blöd finde. Ich mache mir dauernd Sorgen. Ich weiß nicht, wie mein Leben später aussehen wird. Und das von June und Mama und Papa und Jack und Opa und Oma und Casper genauso wenig. Das kann keiner wissen. Meistens macht mir das Angst. Aber wenn ich Angst habe, lasse ich mich einfach ein wenig Angst haben. Eva meinte immer, das sei okay. Und dann mache ich schnell ein Lied von Johnny Cash an, »I walk the line«, zum Beispiel, denn June hat recht: Ein gutes Lied hilft immer.

Die Originalausgabe erschien 2013
unter dem Titel »Vele hemels boven de zevende«
bei Uitgeverij Prometheus, Amsterdam.

Sollte diese Publikation Links auf Webseiten Dritter enthalten,
so übernehmen wir für deren Inhalte keine Haftung,
da wir uns diese nicht zu eigen machen, sondern lediglich auf
deren Stand zum Zeitpunkt der Erstveröffentlichung verweisen.

Verlagsgruppe Random House FSC® N001967

1. Auflage
Deutsche Erstveröffentlichung Juni 2019
© by btb Verlag in der Verlagsgruppe Random House GmbH,
Neumarkter Str. 28, 81673 München
Copyright der Originalausgabe © 2013 by Griet Op de Beeck
Originally published in 2013 by Uitgeverij Prometheus, Amsterdam
Covergestaltung: semper smile, München
Covermotiv: © Getty Images/Henrik Sorensen
Satz: Uhl+Massopust, Aalen
Druck und Einband: GGP Media GmbH, Pößneck
mr · Herstellung: sc
Printed in Germany
ISBN 978-3-442-71818-4

www.btb-verlag.de
www.facebook.com/btbverlag